MW01591282

Nouvelles policières du monde abbasside

أخبار بوليسية

من العصر العباسي

Langues pour tous
Collection dirigée par Jean-Pierre Berman,
Michel Marcheteau et Michel Savio

ARABE

❏ Pour débuter (ou tout revoir) :
  • **40 leçons pour parler arabe** (CD)

❏ Pour se débrouiller rapidement :
  • **L'arabe tout de suite !** (CD)

❏ Pour prendre contact avec des œuvres en version originale :
  • **Série bilingue :**

➡ Niveaux : ❏ facile (1er cycle) ❏❏ moyen (2e cycle) ❏❏❏ avancé

  • **Nouvelles arabes du Proche-Orient** ❏❏
  • **Nouvelles arabes du Maghreb** ❏❏
  • **Nouvelles policières du monde abbasside** ❏❏
  • **Les Mille et Une Nuits** ❏❏

Autres langues disponibles dans les séries
de la collection **Langues pour tous**

**ALLEMAND - ANGLAIS - AMÉRICAIN - CHINOIS - ESPAGNOL
FRANÇAIS - GREC - HÉBREU - OCCITAN - ITALIEN
JAPONAIS - LATIN - NÉERLANDAIS - POLONAIS - PORTUGAIS
RUSSE - TCHÈQUE - TURC - VIETNAMIEN**

Nouvelles policières du monde abbasside

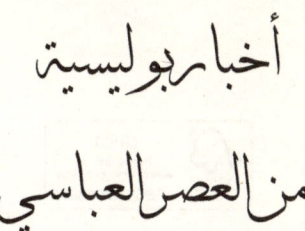

Par

Katia Zakharia

Professeur de Littérature et Civilisation arabes classiques à l'Université Lumière-Lyon 2 ; membre titulaire du Groupe de Recherche et d'Etude sur la Méditerranée et le Moyen Orient (GREMMO, UMR 5195, Lyon 2-CNRS)

Pocket, une marque d'Univers Poche,
est un éditeur qui s'engage pour la
préservation de son environnement et
qui utilise du papier fabriqué à partir
de bois provenant de forêts gérées de
manière responsable.

© 2008 – *Langues pour tous* – Pocket,
département d'Univers Poche
© 2013 pour cette présente édition

ISBN : 978-2-266-17372-8

Sommaire

Comment utiliser la série bilingue

Cet ouvrage de la série bilingue permet aux lecteurs :

- d'avoir accès à la version originale des **Nouvelles policières du monde abbasside** et d'en apprécier, dans les détails, la forme et le fond.
- d'améliorer leur connaissance de l'arabe, en particulier dans le domaine du vocabulaire dont l'acquisition est facilité par l'intérêt même des récits, et le fait que les mots et expression apparaissent en situation dans un contexte, ce qui aide à bien cerner leur sens. Cette série constitue donc une véritable méthode d'apprentissage dont la structure est la suivante :
    - Page de droite, le texte en arabe
    - Page de gauche, la traduction française
    - Bas des pages de gauche et de droite, un ensemble de notes grammaticales, lexicales et culturelles.

Les notes de bas de pages, auxquelles s'ajoutent un appareil complet en fin d'ouvrage, ainsi qu'un lexique récapitulatif, permettent à l'utilisateur un approfondissement dans la connaissance de l'œuvre.

Il est suggéré au lecteur de lire d'abord l'arabe, de se reporter aux notes et de ne passer qu'ensuite à la traduction ; sauf, bien entendu, s'il éprouve de trop grandes difficultés à suivre le texte dans ses détails, auquel cas il lui faut se concentrer d'avantage sur la traduction, pour revenir finalement au texte original, en s'assurant bien qu'il en a maintenant maîtriser le sens.

Introduction

Quoique le choix du terme se justifie pleinement, ce n'est pas moins par une manière d'abus de langage qu'il est parlé ici de « nouvelles », puisqu'en termes techniques, les brefs récits traduits sont chacun un *khabar* (pl. *akhbâr*), genre littéraire dominant dans la prose littéraire abbaside. Le *khabar* est un récit minimal, généralement bi-partite, constitué par un *sanad* (chaîne des transmetteurs du récit) et d'un *matn* (récit transmis). Né dans le cadre de la transmission du *hadîth* (dits prophétiques), dans laquelle le *sanad* représentait autant de témoignages validant ou invalidant l'information transmise, le *khabar* s'impose plus légèrement comme la forme privilégiée de la prose littéraire classique.

Le *khabar* met en oeuvre une conception de l'auteur, en tant qu'instance littéraire, sensiblement différente de celle qui est la nôtre aujourd'hui : chacune de ces unités narratives peut être reprise d'un ouvrage à l'autre, d'un auteur à l'autre, à l'identique ou avec des variantes plus ou moins importantes, reflétant les orientations narratives ou idéologiques de celui qui s'en empare. En effet, « [...] une fois constitué comme unité stable, le *khabar* devient un élément de l'ensemble de *akhbâr* circulant dans la mémoire collective et dans les textes, une sorte de *materia prima* dans laquelle un auteur est désormais celui qui, très souvent, sélectionne, en fonction de ses objectifs narratifs et éducatifs, des unités en harmonie avec le sujet dont il traite. » [1]

C'est pourquoi les *akhbâr* mentionnés ici, extraits d'ouvrages dont les auteurs sont connus, ne peuvent pas être considérés comme

---

1- Toelle H., Zakharia K., *A la découverte de la littérature arabe*, Flammarion (Champ), Paris, 2005, p. 118. Voir sur le *khabar*, p. 117-119.

leur oeuvre au sens contemporain du terme, puisque même dans le cas où on ne les trouve pas dans des sources écrites antérieures, il est difficile d'affirmer catégoriquement qu'ils en sont les premiers « inventeurs », soit parce que des sources se sont perdues, soit parce qu'une partie conséquente de la culture se transmettait oralement. Toutefois, dans certains cas, on peut avoir de fortes présomptions sur cette « paternité ».

C'est avec ces précisions à l'esprit que nous allons présenter les ouvrages desquels ont été extraits les vingt-huit récits traduits, produits au fil de la longue période abbasside couvrant dans sa totalité cinq siècles, de 750, date d'arrivée au pouvoir de la dynastie, à 1258, date d'entrée des troupes mongoles à Bagdad.

Deux récits, les plus anciens, les *akhbâr* 24 et 28, sont puisés dans l'ouvrage d'al-Mas'ûdî (m. 956)[2], *Murûj al-dhahab* (Les prairies d'or/ Les laveries de l'or). Il s'agit d'un ouvrage en deux parties. La première constitue une sorte d'histoire universelle du monde préislamique. La seconde traite de l'histoire de l'Islam, depuis le Prophète jusqu'au califat d'al-Mutî' Li-llâh (m. 974). Dans cette seconde partie, un chapitre est consacré à chaque calife abbasside, incluant une brève notice biographique puis une série d'*akhbâr* concernant le calife ou son entourage. Pour composer l'ouvrage, Mas'ûdî a eu recours à plus de cent-soixante cinq sources écrites, sans parler des informations acquises dans le cadre de la transmission orale.

Un récit, le plus tardif cette fois-ci, le *khabar* 27, est pris dans *Fâkihat al-khulafâ'* (Le dessert des califes), un miroir des princes composé par Ibn 'Arabshâh (m. 1450). Ce texte est aux limites de notre échantillon pour deux motifs. La date d'abord. En effet, nous sommes largement en dehors de la période abbasside (750-1258). D'autre part, à la différence des autres récits, dont le style est presque sec, dans une forme de concision faussement simple, comme nous le verrons, celui-ci est au contraire particulièrement riche en figures du discours. Cet excursus semblait intéressant pour que ce périple dans les énigmes posées à l'intelligence des princes dans le monde musulman classique ne s'achève pas sans un petit détour par un texte

---

2- Les dates de naissance de ces auteurs sont peu connues. On les situe donc par leur date de mort. L'abréviation m. vaut pour « mort en ».

en *saj'* (prose rimée et rythmée). Et l'histoire de la puce délatrice est si savoureuse qu'elle méritait de trouver place dans notre corpus malgré ce qui l'en différencie.

Deux autres récits, les *akhbâr* 7 et 8, sont pris dans l'ouvrage d'Ibn Manzûr (m. 1312), *Mukhtasar târikh Dimashq* (Précis de l'histoire de Damas). Auteur de l'un des plus célèbres dictionnaires de la période classique, le *Lisân al-'arab* (La Langue des Arabes). Ibn Manzûr s'est par ailleurs consacré à abréger les ouvrages encyclopédiques de certains de ces prédécesseurs, ne conservant que ce qui était, à ses yeux, l'essentiel. Ainsi, son *Mukhtasar târîkh Dimashq* reprend le *Târîkh Dimashq* (Histoire de Damas) d'Ibn 'Asâkir (m. 1178).

Six *akhbâr* (17, 18, 19, 20, 21, 26) sont extraits de *Nishwâr al-muhâdara* (Délices savoureuses de la conversation) du cadi al-Muhassin al-Tanûkhî (m. 994). La plupart des récits rapportés dans cet ouvrage relèvent d'un thème fédérateur cher à l'auteur, qui l'exploite également dans son *al-Faraj ba'd al-shidda* (La joie après la tristesse / La délivrance après l'épreuve) : Par quelles aides humaines ou grâce divine échappe-t-on aux situations difficiles dans lesquelles on se trouve pris ? Autre particularité de l'ouvrage : Tanûkhî a cherché à recueillir et à transmettre exclusivement des récits qu'il a entendus. Ce qui confère aux *akhbâr* une part d'originalité, dont il serait prématuré d'évaluer l'étendue.

Enfin, dix-sept *akhbâr* sont empruntés à Ibn al-Jawzî (m. 1200), dont un seul à son encyclopédie historique *al-Muntazam* (Le Méthodique), une source exceptionnellement riche en ce qui concerne l'histoire du califat de 871 à 1179. Les autres *akhbâr* sont extraits du *Kitâb al-adhkiyâ'* (Livre des Intelligents). Ibn al-Jawzî, l'un des auteurs les plus prolifiques et les plus marquants du monde abbasside, a en effet consacré deux ouvrages en diptyque, l'un à l'intelligence et l'autre à la bêtise. Pour ce théologien de l'école hanbalite, qui fut un temps inquisiteur à Bagdad, l'intelligence est un don de Dieu mis au service du Bien. Les princes ou leurs auxiliaires doivent en faire bon usage, identifiant les coupables, rendant la justice et préservant la morale. Ibn al-Jawzî puise à diverses sources antérieures, dont Tanûkhî, mais les variantes qu'il introduit dans les *akhbâr*, les orientent vers la morale religieuse telle qu'il la conçoit.

L'ensemble de ces récits montre une société vivante, diversifiée, dans laquelle, à toutes les échelles de la société, les desseins les plus sombres ou les plus projets les plus noirs sont dévoilés par les instruments de la volonté divine, s'agirait-il d'une simple puce, et par la perspicacité inspirée de ceux qui ont en charge à la justice. Il faut ensuite à ces derniers prononcer les sanctions qu'ils estiment les plus appropriées, parfois en appliquant simplement la *sharî'a*, parfois en l'atténuant, ou au contraire en l'alourdissant. Loin de l'image d'Epinal d'un monde musulman médiéval figé, arcbouté sur une application littéraliste de ses normes, ces récits, dans leur diversité, montrent au contraire une société en mouvement, dans laquelle la foi se nourrit de l'intelligence et du raisonnement.

Mais l'intérêt de ces récits ne réside pas seulement dans les thèmes qu'ils abordent. Leurs style généralement simple, fondé sur la rapidité des phrases courtes, est faussement facile. Finement ciselés, utilisant moins les figures du discours qu'une rhétorique de la disposition et de la composition, ils sont focalisés sur les seuls détails immédiatement utiles au projet narratif. La description en est presque absente et toute tentative de les résumer met en lumière l'utilité de chaque détail rapporté. On y voit aussi l'utilisation de procédés qui ne sautent pas toujours aux yeux : les répétitions des termes-clé, l'opposition entre les personnages nommés par un nom propre et ceux désignés par leur fonction, ou plus simplement par leur genre ; l'exploitation des ressources morphologiques de la langue arabe, induisant des réseaux de similitudes ou de contraste.

Il convient d'attirer l'attention du lecteur sur le fait que la ponctuation et le paragraphage des textes arabes y ont été introduits pour les rendre plus accessibles, là où, pour les lecteurs d'un autre temps, la scansion syntaxique suffisait, à elle seule ou presque, pour lire. Calé autant que faire se peut sur les structures du texte, ce découpage ne le dénature pas, mais il ne doit pas être considéré, pour autant, comme une composante originale. De même, si la traduction tend à respecter la logique du discours rapporté ou du dialogue, fondée *a minima* dans les deux cas sur les alternances de « il a dit », dans la bouche du narrateur, cette règle a été rompue quand cela risquait de rendre le texte français incohérent.

Ces récits ont été classés selon leur difficulté croissante. Ils peuvent être travaillés dans l'ordre à partir de ce classement, ou de manière aléatoire, chacun constituant une entité à lui seul et disposant des notes de bas de page et des renvois suffisants pour être abordé de manière isolée.

Autre point commun de ces récits, l'intrigue ou l'enquête policière, qui y ajoute un suspens dramatique les rendant encore plus attrayants. Véritables petits bijoux, procédant de ce que les critiques abbassides appelaient le « facile inimitable », ils constituent une plaisante introduction au monde des textes anciens en langue arabe.

Tableau des transcriptions utilisées

K	ك	Z	ز	â	ا
L	ل	S	س	'	ء
M	م	Sh	ش	B	ب
N	ن	S, s	ص	T	ت
H	ه	D, d	ض	Th	ث
W, û	و	T, t	ط	J	ج
Y, î	ي	Zh	ظ	H, h	ح
		'	ع	Kh	خ
a	ﹷ	Gh	غ	D	د
i	ﹻ	F	ف	Dh	ذ
u	ﹹ	Q	ق	R	ر

Liste des abréviations

acc.	Accompli	n.	Nom
apoc.	Apocopé	p.	Personne
COD	Complément d'objet direct	pl.	Pluriel
f.	Féminin	pr.	Pronom
Gr.	Notes Grammaticales	R	Consonne radicale
inacc.	Inaccompli	s.	Singulier
litt.	Littéralement, mot à mot.	subj.	Subjonctif
m.	Masculin	suff.	Suffixe
(m....)	Mort en...		

NB :
1) [Texte] Texte arabe entre crochets dans les notes = expression figée
2) Les noms propres sont vocalisés conformément à l'*Encyclopédie de l'Islam*

12

Pour une lecture non vocalisée, fluide et agréable

Seule la lecture non vocalisée permet d'accéder au livre réel, qu'il s'agisse de la lecture silencieuse (avec les yeux) ou de la lecture à voix haute. Cette dernière, une fois maîtrisées les techniques qui la régissent, apporte une aide précieuse dans la mise en place d'automatismes, qui pourront être réutilisés dans des exposés oraux. Pour vous aider à maîtriser ces techniques, nous précisons ici les principes qui ont régi notre manière de vocaliser, tout en rappelant quelques règles élémentaires.

La première règle à garder présente à l'esprit durant la phase d'acquisition des techniques de la lecture non vocalisée est que celle-ci ne procède pas d'une devinette mais d'un *code*. Ce qui ne peut manquer de vous rassurer : un code, même complexe, peut s'apprendre et se maîtriser. La connaissance de ce code, sa transformation progressive en automatisme, nécessite, d'une part, un travail de répétition et d'autre part un travail de réflexion sur les règles morphologiques, phonologiques, sémantiques et syntaxiques que l'on met en jeu à chaque fois que l'on lit. Quoiqu'il ne s'agisse pas de la partie la plus gratifiante du travail, la répétition réfléchie et choisie est une nécessité, un « entraînement » sans lequel l'aisance se fait attendre ou se dérobe. Sans lui donner plus d'importance qu'elle n'en mérite, il ne faut pas la sacrifier. Quant à la réflexion, elle doit être menée sur les textes eux-mêmes, mais elle doit également être complétée par une étude des règles grammaticales, si elles ne sont pas déjà acquises. Cette réflexion indispensable peut, dans un premier temps, ralentir la lecture ; mais il ne faut pas que cela vous rebute. En effet, ses effets bénéfiques se révèlent très rapidement, et l'effort volontaire consenti au début, pour mettre en place l'ensemble des mécanismes nécessaires, génère des automatismes qui deviennent très vite de précieux alliés pour une lecture aussi agréable à réaliser qu'à entendre. Après avoir travaillé lentement et soigneusement la lecture, avec l'aide des indications données ci-dessous, on pourra la reprendre de manière plus libre avec l'aide de la version non vocalisée des récits figurant en annexe, p. 198.

Vous trouverez dans ces pages un nombre important de consignes qu'il vous sera difficile d'assimiler parfaitement à la première lecture et une fois pour toutes. *N'hésitez donc pas à relire régulièrement ces pages, lors de votre découverte des premiers textes. Même au-delà, un va-et-vient entre ces données et votre pratique de la lecture sera indispensable à leur intégration et mise en application*.

Pour vous préparer progressivement à cette lecture non-vocalisée, nous appliquerons systématiquement les règles suivantes :

A) **Les prépositions, coordonnants et diverses particules**, dont la vocalisation est invariable ne seront pas vocalisés mais il vous faut les connaître avec leurs voyelles *ad hoc* pour les lire correctement à chaque fois, en tenant compte notamment des modifications phonétiques induites par leur présence avant un article ou une *hamza* instable (voir tableau 1).

B) **Les verbes** :

1) Verbes de Forme I

- Pour les verbes réguliers de Forme I (paradigme فَعَلَ ou R1a**R2**VR3[1]), à la voix active (معلوم), conjugués à l'accompli (ماضي) ou à l'inaccompli indicatif (مضارع مرفوع), la voyelle V qui suit R2 sera notée systématiquement et il conviendra de la mémoriser. Pour les textes 1 à 15, la voyelle du suffixe ت précisant la personne, sera

---

1 - Pour une approche plus détaillée de cette forme verbale, voir Kouloughli D. E., *Grammaire de l'arabe d'aujourd'hui*, Press Pocket (Langues pour Tous), p. 194-200. Les renvois aux notions grammaticales dans le corps du texte ou en annexe seront toujours faits à cet ouvrage.

14

également notée pour lever toute ambiguïté. Exemples : علمتَ يشرَب . Les autres voyelles du verbe ne seront pas notées ; leur lecture suppose évidemment une connaissance de la conjugaison.

- Pour les verbes de Forme I dits redoublés, dans lesquels R2=R3, une vocalisation minimale sera proposée pour les textes 1 à 10[2]. Exemples : وسلّه (accompli coordonné + suffixe) ; وَيلُفّ (inaccompli subjonctif coordonné ; رُدّ (impératif). Ils seront abordés dans les notes grammaticales, point 5.

- Pour les verbes de Forme I, utilisés au passif (مجهول), ils seront vocalisés pour les textes 1 à 10. Ils seront abordés dans les notes grammaticales, point 1. Exemple : جِيْءَ .

2) Verbes réguliers de forme augmentée

Pour les verbes réguliers de forme augmentée, la conjugaison répond à des normes fixes et prédictibles. Ils ne seront donc pas vocalisés sauf pour le préfixe de l'inaccompli des formes II, III et IV et pour les passifs dans les textes 1 à 10. Exemples : فانزعج - تحرّكتْ - تُدخل . De plus, pour les textes 1 à 15, la forme du verbe, la personne et, s'il y a lieu, le pronom suffixe COD, seront signalés en note. Pour les textes 16 à 20, seule la forme sera donnée en note. Ces indications vous permettront, en revenant à vos connaissances sur la formation de ces formes et leur conjugaison, ou en les révisant, de vocaliser le verbe adéquatement. En effet, l'assimilation de la conjugaison sera un précieux allié de la lecture. N'hésitez pas à vous exercer régulièrement à conjuguer les nouveaux verbes que vous découvrez, en alternant les consignes que vous vous donnerez (accompli, inaccompli, passif, apocopé, subjonctif). Ce travail mécanique, sous réserve de ne pas en faire une fin en soi et de l'aborder rationnellement (inutile de chercher à conjuguer أمطر – pleuvoir – à toutes les personnes !) permet d'augmenter la vitesse de lecture. Si le travail a été fait régulièrement pour les textes 1 à 20, avec l'aide des notes et d'une pratique régulière de la conjugaison, la lecture des verbes de forme augmentée figurant dans les textes 21 à 28 pourra se faire sans trop de difficulté[3].

2 - Voir aussi Kouloughli, *op. cit.*, p. 314-317.
3 - Kouloughli D. E., *op. cit.*, p. 198-209.

3) Radicaux verbaux avec *hamza* ou avec glides

Ils seront, comme les verbes redoublés, vocalisés partiellement. Ils feront l'objet d'une note quand leur conjugaison ne suivra pas les mêmes règles que les verbes réguliers[4]. Ils seront abordés dans les notes grammaticales, point 5. Exemples : أَقْلِني - فَخُذْه .

4) Verbes de toutes formes au subjonctif et à l'apocopé

Pour les verbes utilisés à l'inaccompli subjonctif (مضارع منصوب) ou à l'inaccompli apocopé (مضارع مجزوم), les voyelles finales seront indiquées dans l'ensemble des textes. Exemples : أَنْ يسرُقَ - فلم يُمكِّنْهُ .

C) Noms, adjectifs, *masdars*... (voir tableau 2)

5) Participes et *masdar* de la Forme I

Les participes actif et passif de la Forme I, prédictibles, ne seront pas vocalisés. Le *masdar* de Forme I est variable. Toutefois, 40% de ses actualisations sont de schème *fa'lun*. Celles-ci ne seront pas vocalisées. Exemples : الجفن - القلب . Pour les autres schèmes du *masdar* de cette forme, elles seront vocalisées selon les normes générales évoquées ci-dessous en D.

6) Participes et *masdar* des formes augmentées du verbe

Les participes actif et passif et les *masdars* des formes augmentées sont réguliers et prédictibles. Ils ne seront donc pas vocalisés, sauf la pénultième consonne pour différencier les participes actif et passif des formes II à X et le *mîm* dans les textes 1 à 15. Exemples : مُعتضِد - مُعلِّق .

7) *Tâ' marbûta*

La voyelle brève qui précède une *tâ' marbûta* [ة] étant une *fatha* [َ], celle-ci ne sera pas notée. Exemples : الظلمة - شمعة .

D) Règles générales, pour tous les termes :

Une première synthèse de ces données conduit à proposer, pour

4 - Kouloughli D. E., *op. cit.*, p. 64-65 et 317-336.

tous les termes, les consignes suivantes :

- La première consonne (radicale ou augment) sera vocalisée, pour toutes les formes, si elle porte une *damma* [ـُ] (exemple : سُلطان) ou une kasra [ـِ] (exemple : جِبال). Cependant, quand un même terme se répète dans un récit, il ne sera pas vocalisé au-delà de trois reprises.

- La seconde consonne sera vocalisée, quelle que soit sa voyelle (donc si elle ne porte pas de *sukûn*) ; exemples : مَلك - أَحَد - الرَجُل.

- Les autres consonnes seront vocalisées sauf la consonne précédant une *tâ' marbûta*. Exemples : بُرغُوث - مُثمنة.

- La vocalisation partielle sera faite de manière systématique dans les premiers documents. Par la suite, elle sera proposée chaque fois qu'elle sera nécessaire pour faciliter la lecture.

E) Liaison (voir tableau 3)

La lecture fluide nécessite une réalisation correcte des liaisons, qu'elles se fassent avec l'article ou une *hamza* instable. Dans les textes 1 à 20, la présence d'une liaison obligatoire entre deux termes sera indiquée par le signe * placé devant le second terme (exemple : أَحدُ *الرجلين) ; si la liaison se fait entre un terme et un élément suffixé, le signe * sera placé devant le suffixe (بالسرقة*). Dans tous les textes, la voyelle finale du terme qui précède l'article ou la *hamza* instable, nécessaire à la production orale de la liaison, sera notée, que sa fonction soit syntaxique (exemple : أَحدُ *الرجلين) ou phonétique (exemple : قد اتّهما*). Il est préférable, en effet, pour s'approprier la langue arabe littérale et les mécanismes de lecture, de produire la voyelle adéquate plutôt que de la remplacer par une voyelle épenthétique.

Pour une production assurée des liaisons, il faut revoir la répartition des consonnes en « solaires » (coronales entraînant l'assimilation du ل de l'article à la première consonne du mot qu'il définit) et « lunaires » (toutes les autres consonnes, pour lesquelles le ل de l'article se prononce normalement)[5].

_____

5 - Pour une lecture correcte de l'article et des liaisons, voir aussi Kouloughli D. E., *op. cit.*, p. 17-20 et p. 81.

D) Pronom suffixe

Pour les textes 1 à 25, la voyelle finale sera notée avant tous les pronoms suffixes qu'ils soient attachés à un verbe ou à un nom. Cette voyelle ne sera pas notée lorsque les pronoms sont suffixés à une préposition invariable. Exemples : حداثته - أشعلها - بك - له

Ces règles ne seront pas suffisantes pour éviter que le lecteur débutant ne commette quelques erreurs de lecture. Mais elles contribueront grandement à lui permettre de progresser rapidement vers une lecture autonome.

Memento : Ces différentes règles ont des conséquences pratiques qui peuvent se résumer ainsi en cette étape de votre apprentissage : pour chaque unité, une fois supprimés les éléments préfixés ou suffixés, si aucune voyelle ne vous est proposée sur la première consonne, déduisez qu'il s'agit d'une *fatha* [ـَ] et lisez-la comme telle. Si aucune voyelle ne vous est proposée pour la seconde consonne, déduisez qu'elle porte un *sukûn* [ـْ]. Si la troisième consonne précède une *tâ' marbûta*, déduisez qu'elle est vocalisée avec une *fatha* [ـَ]. Les autres voyelles dont vous aurez besoin vous seront données, sauf pour les conjugaisons prédictibles, qu'il faut assimiler ou pour les termes invariables qu'il faut apprendre.

Exemple : Voici un fragment pris dans le premier texte :

لو تحرّكتْ في *البيت فأرة لأزعجتْه، ومنَعتْه أن يسرُقَ

Voyons quels sont tous les paramètres à prendre en compte et à transformer en automatismes, pour le lire correctement et avec fluidité :

● Ne sont pas vocalisés أن - في - لو . Ils sont invariables et supposés connus (voir tableau 1). Dans le cas du graphème أنْ , l'absence de *shadda*, la présence d'une *hamza* suscrite sur l'*alif* et le fait qu'il soit suivi par verbe à l'inaccompli permettent de déterminer qu'il se lit *an*. La présence de *law* au début de l'énoncé, implique d'identifier le *l* préfixé au verbe لأزعجتْه comme étant *la* et non *li*. Dans le cas de في , sa présence devant un terme déterminé par l'article, qui est soulignée

18

par l'astérisque, doit vous rappeler qu'il sera produit فِ et rattaché au ل de l'article.

● L'article se trouve en effet devant un mot qui commence par la consonne lunaire *b* (البيت). Cela veut dire qu'ici, le *l* de l'article n'est pas assimilé. Par contre, comme le mot n'est pas en début de phrase, le *a* de l'article est, lui, élidé. في البيت* sera donc réalisé *fil-bayt* [فِل بَيْت]. Car, outre ces remarques sur l'article, l'absence de vocalisation sur l'élément البيت vous informe que la première voyelle brève est un *a* et que la seconde consonne porte un *sukûn*.

● Le même raisonnement permet de vocaliser correctement فأرة. En l'absence de voyelles sur les deux premières consonnes, la première voyelle brève est un *a* et la seconde consonne porte un *sukûn*. La dernière consonne étant une *tâ' marbûta*, vous en aurez déduit que la pénultième porte un *a*. Ainsi, فأرة sera produit فَأْرَة .

● Les verbes تحرّكتْ - أزعجتْه sont des formes augmentées. Les notes de bas de page, vous donnant la forme, l'aspect, le genre, le nombre et la personne vous permettront (si cela n'est pas déjà devenu pour vous un réflexe) de les vocaliser convenablement en tenant compte de l'ensemble de ces variables. Mais avant de vous reporter à la note, la présence sur la seconde radicale de تحرّكتْ d'une *shadda* et la présence concomitante dans أزعجتْ de la *hamza* initiale et du suffixe *t* (alors que nous sommes en présence d'un terme de cinq lettres), doivent vous avoir déjà informés qu'il s'agissait de verbes augmentés de forme V pour le premier et IV pour le second.

● Les deux verbes أن يسرُقَ et ومنَعتْه sont des verbes réguliers de forme I. Dans les deux cas, la voyelle de R2 est notée. Pour يسرُقَ , employé au subjonctif (voir أنْ), la voyelle finale est également notée.

———————

Certes, l'énumération de toutes ces consignes peut faire apparaître la lecture dans un premier temps comme particulièrement complexe. Pour autant, si d'autres avant vous y sont arrivés, c'est que cette complexité n'est pas insurmontable. Et, pour vous donner du coeur à l'ouvrage, pensez aux heures d'entraînement des sportifs

19

de haut niveau et des musiciens, aux gestes répétés inlassablement qui, ensuite, nous donnent l'impression d'une fluidité naturelle et sans effort. Bon courage et bon travail.

Memento abrégé

Données imprimées ⟶ Lecture, oralisation

Première consonne non vocalisée
⟶ Voyelle brève = [⌣]
Seconde consonne non vocalisée
⟶ Consonne quiescente = [°].
Consonne précédant une *tâ' marbûta*
⟶ Voyelle brève = [⌣]
Verbe non vocalisé
⟶ Appliquer la vocalisation de la forme
Voyelle longue précédant une liaison
⟶ Transformer en voyelle brève
Article précédant une « solaire »
⟶ Assimiler le *l* de l'article à l'oral
Article précédé par un terme
⟶ Assimiler le *a* de l'article à l'oral

Tableaux à garder à sa portée comme aide-mémoire
pour une lecture non-vocalisée :

1) Tableau 1 : Mots invariables

Condition de modification	Modifications éventuelles	Lire / Dire	Mot invariable
		أَيْنَ ←	أين
Avec pronom suffixe	إِلَيْـ... ←	إِلَى ←	إلى
Devant article ou *hamza* instable	إلَـ... ←		
Devant article ou *hamza* instable	أَمِ ←	أَمْ ←	أم
Devant article ou *hamza* instable	أنِ ←	أَنْ ←	أن
		أَنَّ ←	أنّ
Devant *hamza* instable	إنِ ←	إِنْ ←	إن
		إِنَّ ←	إنّ
Devant article ou *hamza* instable	أَوِ ←	أَوْ ←	أو
		بِـ ←	بـ
		بَعْدَ ←	بعد
Devant article ou *hamza* instable	بَلِ ←	بَلْ ←	بل
		تَحْتَ ←	تحت
		ثُمَّ ←	ثمّ
Devant article ou *hamza* instable	حَتَّـ... ←	حَتَّى ←	حتّى

la suite page 20...

21

Suite du Tableau 1...

Condition de modification	Modifications éventuelles	Lire / Dire	Mot invariable
Avec pronom suffixe	...عَلَيْ ← عَلَى		على
Devant article ou *hamza* instable	...عَلَ ←		
Devant article ou *hamza* instable	عَنِ ← عَنْ	←	عن
		عِنْدَ ←	عند
		فَ ←	ف
Devant article ou *hamza* instable	...فِ	فِي ←	في
Devant article ou *hamza* instable	قَدِ ← قَدْ	←	قد
		كَ ←	ك
		لِ ←	ل
		لَمْ ←	لم
		لِمَ ←	لم
		لَنْ ←	لن
Devant article ou *hamza* instable	...لَ .. لَوْ ←...لَ .. لَوْ		لو .. لـ...
Devant article ou *hamza* instable	مَنِ ← مَنْ	←	من
Devant article ou *hamza* instable	مِنَ ← مِنْ	←	من
	مِنْ بَعْدُ ؛ ... مِنْ بَعْدِ ← من بعد		
		مُنْذُ ←	منذ
		وَ	و

22

Tableau 2 : Formes augmentées du verbe, participes actif et passif, *masdar*

Participe passif	Participe actif	*Masdar*	Inaccompli 3° p.m.s.	Accompli 3° p.m.s.	Forme
مَفْعُولٌ	فاعِلٌ	Variable	يَفْعَلُ	فَعَلَ	I
			يَفْعُلُ	فَعَلَ	
			يَفْعِلُ	فَعَلَ	
			يَفْعُلُ	فَعُلَ	
			يَفْعَلُ	فَعِلَ	
			يَفْعِلُ	فَعِلَ	
مُفَعَّلٌ	مُفَعِّلٌ	تَفْعِيلٌ	يُفَعِّلُ	فَعَّلَ	II
مُفاعَلٌ	مُفاعِلٌ	مُفاعَلَةٌ	يُفاعِلُ	فاعَلَ	III
مُفْعَلٌ	مُفْعِلٌ	إفْعالٌ	يُفْعِلُ	أَفْعَلَ	IV
مُتَفَعَّلٌ	مُتَفَعِّلٌ	تَفَعُّلٌ	يَتَفَعَّلُ	تَفَعَّلَ	V
مُتَفاعَلٌ	مُتَفاعِلٌ	تَفاعُلٌ	يَتَفاعَلُ	تفاعَلَ	VI
مُنْفَعَلٌ	مُنْفَعِلٌ	انْفِعالٌ	يَنْفَعِلُ	انْفَعَلَ	VII
مُفْتَعَلٌ	مُفْتَعِلٌ	افْتِعالٌ	يَفْتَعِلُ	افْتَعَلَ	VIII
non usité	مُفْعِلٌ	افْعِلالٌ	يَفْعَلُّ	افْعَلَّ	IX
مُسْتَفْعَلٌ	مُسْتَفْعِلٌ	اسْتِفْعالٌ	يَسْتَفْعِلُ	اسْتَفْعَلَ	X

pas de correspondance automatique entre la voyelle de R2 de l'accompli et celle de l'inaccompli.

➤ اِ = *hamza* instable

23

Tableau 3 : Lecture correcte de l'article en cas de liaison

A. Article suivi par une consonne « solaire »

| Place du terme défini : |
| J'entends/ je dis أسمع / أقول ⬅ J'écris أكتب |
| ● Le terme défini est en début d'énoncé : |
| شمسٌ ⬅ ال + شَمْس = الشَّمْس ⬅ [أَشْ شَمْس] |
| ● Le terme défini n'est pas en début d'énoncé : |
| وَ + ال + شَمْس = وَالشَّمْسُ ⬅ [وَشْ شَمْس] |
| ● Le terme défini est en début d'énoncé : |
| طالِبٌ ⬅ ال + طالِب = الطَّالبُ ⬅ [أَط طالب] |
| ● Le terme défini n'est pas en début d'énoncé : |
| يدرس الطالب ⬅ [يَدرسْط طالب] |

B. Article suivi par une consonne « lunaire »

| Place du terme défini : |
| J'entends/ je dis أسمع / أقول ⬅ J'écris أكتب |
| ● Le terme défini est en début d'énoncé : |
| قَمَر ⬅ أل + قَمَر = الْقَمَرُ ⬅ [أَلْ قَمَر] |
| ● Le terme défini n'est pas en début d'énoncé : |
| وَ + ال + قَمَر = وَألْقَمَرُ ⬅ [وَلْ قَمَر] |
| ● Le terme défini est en début d'énoncé : |
| جامعةٌ ⬅ ال + جامعة = الْجامعة ⬅ [أَلْ جامعة] |
| ● Le terme défini n'est pas en début d'énoncé : |
| في + ال + جامعة = في ألْجامعة ⬅ [فِلْ جامعة] |

Les nouvelles

الأخبار

Khabar 1

Abû Hakîm Ibrâhîm Ibn Dînar, le théologien, m'a raconté, il a dit : Mon père m'a raconté, il a dit :

On amena à Ibn al-Nasawî deux hommes accusés de vol. Il les fit comparaître devant lui. Puis il dit : « De l'eau à boire ! » On la lui apporta. Il se mit à boire puis il lâcha [le récipient] délibérément. Il tomba et se cassa. L'un des deux hommes se troubla quand il se cassa et l'autre resta imperturbable. Il dit à celui qui s'était troublé : « Toi, tu peux partir. » Puis il dit à l'autre : « Restitue ce que tu as pris. » On lui dit : « Comment l'as-tu su ? » Il répondit : « Le voleur a de l'aplomb et ne se trouble pas. Celui qui s'est troublé était innocent car si une souris avait bougé dans la maison, elle l'aurait troublé et l'aurait empêché de voler. »

---

1 - Forme II فَعَّلَ. Acc., 3° p. du m. s. + pr. suff. (1° p. s.) COD.

2 - Ibrâhîm Ibn Dînâr (m. 1160), transmetteur de *hadîth* (dits prophétiques) et l'un des maîtres d'Ibn al-Jawzî.

3 - Cette séquence constitue la partie du *khabar* appelée *sanad* ; le récit rapporté étant le *matn* (voir introduction).

4 - Acc. passif, 3° p. du m. s. Voir Notes grammaticales (désormais Gr.) 1.

5 - Ibn al-Nasawî (m. 1060) d'abord transmetteur de *hadîth*, il devint ensuite chef de la police à Bagdad.

6 - Forme VIII ; radical : وهَمَ (au lieu de اوتهم) ; utilisé au passif. 3° p. m. d. Voir Gr. 1et Gr. 5

7 - Forme IV 3° أَفْعَلَ p. m. s. + pr. suff. (3° p. d.) COD

8 - [بين يديه] (litt : entre ses mains) = « En sa présence ».

9 - Dans ce récit, comme dans les suivants, قال (dire, il a dit) introduit soit la dimension dialogique soit le discours rapporté. Son sujet sémantique est rarement mentionné et قال est employé indifféremment

26

1 حدّثَني[1] أبو حكيمٍ إبراهيم بن دينار[2] الفقيه، قالَ : حدّثَني أبي، قال[3] :

جيءَ[4] إلى *ابنِ *النَسَوي[5] بِرجُلَيْن قَد *اتُّهِما[6] *بالسرِقة، فأقامَهما[7] بين يدَيهِ[8]، ثمّ قال[9] : « شربةَ ماءٍ ! » فجيءَ بها. فأخَذ يشرَب[10]، ثمّ ألقاها[11] من يدِه عمدًا، فوقَعتْ *فانكسرتْ[12]. *فانزعج[13] أحَدُ *الرجلَيْن *لانكسارِها،

5 وثَبَت *الآخر. فقال *لِلمُنزعِج[14] : «اذهَب أنت.» وقال *للآخر : « رُدَّ[15] ما أخَذتَ ! » فقيل له : « من أينَ علِمتَ ؟ » فقالَ : « *اللّصّ قويُّ *القلب[16]، لا ينزعج ؛ وهذا *المُنزعِج بريءٌ، لأنَّهُ لو تحرّكَتْ[17] في *البيت فأرة لأزعجته[18]، ومنعتْه أن يسرُقَ ! » (ابن الجوزي : الأذكياء)

---

avec les valeurs de : dire, demander, répondre, questionner, affirmer, ajouter, etc... Dans la tradition classique, c'est au récepteur (lecteur et/ou auditeur) de déterminer l'identité du personnage qui s'exprime et la nature de son propos. Pour respecter l'esprit des textes présentés, cet usage sera conservé dans la traduction, sauf quand il pourrait nuire à la compréhension du texte en français.

10 - Voir Gr. 4.

11 - Forme IV أَفْعَلَ acc. 3° p. m. s. + pr. suff. (3° p. f. s.) COD

12 - Forme VII انْفَعَلَ acc. 3° p. f. s.

13 - Forme VII انْفَعَلَ acc. 3° p. m. s.

14 - Participe actif.

15 - Impératif. Forme I, R2=R3. 2° p. m. s. Voir Gr. 5.

16 - [قويُّ القلب]= ferme, ayant de l'aplomb, courageux (litt : fort de coeur) ; voir Gr. 11.

17 - Forme V تَفَعَّلَ acc. 3° p. f. s.

18 - Forme IV أَفْعَلَ acc. 3° p. f. s. + pr. suff (3° p. m. s.) COD.

لو تحرّكت... لأزعجته : Voir Gr. 19.

27

Khabar 2

Un vieux maître m'a raconté, il a dit :

On vola cinq cent dinars à un homme. Il mena les accusés devant le gouverneur. Le gouverneur dit : « Je ne ferai frapper aucun de vous. Mais j'ai un fil tendu dans une pièce sombre. Entrez et que chacun passe la main sur le fil, d'un bout à l'autre, puis qu'il enveloppe sa main dans sa manche et qu'il sorte. En effet, le fil s'enroulera autour de la main de celui qui a volé. » Il avait auparavant noirci le fil avec de la suie. Ils entrèrent. Tous passèrent la main sur le fil dans l'obscurité, hormis un seul. Quand ils sortirent, il vit que leurs mains étaient noircies, sauf un. Il lui ordonna de restituer l'argent. Il reconnut l'avoir pris.

---

1 - Forme II فَعَّلَ. Acc., 3° p. du m. s. + pr. suff. (1° p. s.) COD.

2 - Voir Gr 1.

3 - Le dinar abbasside est une pièce d'or d'environ 4,25 grammes.

4 - Participe passif.

5 - Pour le faire avouer.

6 - بيت : Employé de nos jours surtout dans le sens de « maison », désigne d'abord une chambre (endroit où l'on dort). Par ailleurs, = Vers.

7 - Impératif, 2° p. m. pl.

8 - Forme IV أَفْعَلَ. R2=R3. La particule *li* (qui se prononce sans voyelle quand elle est précédée par *fa*) devant le verbe à l'inaccompli lui donne le sens de l'impératif. Pour la voyelle finale du verbe, voir Gr 5.

9 - Impératif coordonné au précédent (voir n. 5). Forme I, R2=R3. لفّ = envelopper ; dans la phrase suivante : s'enrouler.

28

2 حدَّثني[1] بعضُ *الشُّيوخ، قال :

سُرقَ[2] من رجُل خمسمائة دينار[3]، فحمَلَ *المُتَّهَمين[4] إلى *الوالي. فقالَ

*الوالي : « أنا ما أضرِب أحَدًا منكم[5] ؛ بل عندي خيط ممدود في بيت[6]

مُظلِم، *فادخُلوا[7] ؛ فلْيُمِرّ[8] كُل منكم يدَه عليه، من أوّلِ *الخيط إلى آخره،

وَيلُفّ[9] يدَه في كُمّه[10]، ويخرُج. فإنّ *الخيط يلُفّ على يد *الذي سرَق. »

وكان قد سوّدَ[11] *الخيط بسُخام. فدخَلوا. فكُلُّهم جرّ[12] يدَه على *الخيط

في *الظُّلمة، إلاّ واحدًا منهم[13]. فلمّا خرَجوا، نظَر إلى أيديهم مُسوَّدَة[14]، إلاّ

واحدًا[15]، فألزمَه[16] *بالمال، فأقرّ[17] به. (ابن الجوزي : الأذكياء).

---

10 - La manche, qui recouvrait traditionnellement la main (c'est d'ailleurs l'étymologie donnée de *kumm*), servait aussi de poche pour transporter des objets peu encombrants ou de la menue monnaie.

11 - Forme II فَعَّلَ. Acc. 3° p. m. s.

12 - Forme I, R2=R3. Acc. 3° p. m. s.

13 - فكُلُّهم جرّ يده على *الخيط إلاّ واحدًا منهم : Voir Gr 15.

14 - Participe actif.

15 - أيديهم مسوَّدة إلاّ واحدًا : Voir Gr 15.

16 - Forme IV أَفْعَلَ. Acc. 3° p. m. s. + pr. suff. (3° p. m. s.) COD

17 - Forme IV أَفْعَلَ. R2=R3. Acc. 3° p. m. s. Voir Gr 5.

29

Khabar 3

Ibn Tûlûn vit un jour un portefaix qui transportait une caisse et tremblait sous son poids. Il dit : « Si ces tremblements étaient dûs au poids de ce qu'il porte, son cou se serait enfoncé [dans ses épaules]. Or, je vois son cou bien apparent. Cela ne vient donc que de la peur qu'il éprouve en raison de ce qu'il transporte. » Il ordonna qu'on lui fît poser la caisse. Il y trouva une jeune femme qui avait été tuée et découpée. Il dit au portefaix : « Dis-moi la vérité à son sujet. » Il répondit : « Quatre hommes, dans telle maison, m'ont donné ces dinars et m'ont ordonné de transporter cette femme assassinée. » Il donna au portefaix deux cent coups de bâton et ordonna que l'on tue les quatre hommes.

---

1 - Héros éponyme d'Ahmad Ibn Tûlûn (m. 884), fils d'un esclave turc, officier de la garde califale, qui réussit à se rendre véritable maître de l'Egypte et de la Syrie, tout en demeurant le vassal du calife.

2 - رأَى *ابن طولون يومًا حمّالاً : Voir Gr. 16.

3 - Forme VIII اِفْتَعَلَ. L'augment ت se transforme en ط en raison du voisinage du ض présent dans le radical.

4 - لو كان هذا الاضطراب من ثقل المحمول لغاصت عنقه : Voir Gr. 19.

5 - ما هذا إلا من خوف ما يحمل : Voir Gr. 15.

6 - جارية (traduit ici par jeune femme) désigne souvent une jeune femme de condition servile ou, plus généralement, une femme. Dans ce récit, rien ne permet de déterminer qu'il s'agirait d'une esclave.

7 - Forme II فَعَّلَ. Acc. 3° p. f. s. passif. Voir Gr. 1.

8 - Impératif 2° p. m. s. + pr. suff (1° p. s.) COD.

30

3 ورأى *ابن طولون[1] يومًا حمّالاً[2] يحمل صُندوقًا وهو يضطرب[3] تحتَه،

فقال : « لو كان هذا *الاضطراب من ثِقل *المحمول لَغاصتْ عُنُقُه[4] ؛

وأنا أرى عُنُقَه بارزة ؛ وما هذا إلّا من خوف ما يحمل[5]. » فأَمر بحطِّ

*الصُندوق. فوجَد فيه جارية[6]، قد قُتِلَتْ وقُطِّعَتْ[7] ؛ فقالَ : « *اصدُقْني[8]

5 عن حالها ! » فقال : « أرْبَعة نفَرٌ، في *الدارِ *الفُلانيّة، أعطوْني[10] هذه

*الدنانير[11]، وأمَروني بحمل هذه *المقتولة. » فضَرَبَ *الحمّال مائتي

ضرْبة[12] بعصا، وأمَر بقتلِ *الأربعة. (ابن الجوزي : الأذكياء)

---

9 - أرْبَعة نفَر : Voir Gr. 8.

10 - Forme IV أَفْعَلَ. Acc. 3° p. m. pl. Voir Gr. 5.

11 - Voir *khabar* 2 ; n. 3.

12 - مائتي ضرْبة : Voir Gr. 8.

31

Khabar 4

Al-Muhassin dit :

Il m'est parvenu qu'al-Mu'tadid bi-Llâh se leva la nuit pour un besoin. Il vit un jeune serviteur imberbe se lever de sur le dos d'un autre, ramper à quatre pattes et se glisser au milieu des serviteurs. Al-Mu'tadid vint et se mit à poser la main sur le cœur de l'un après l'autre, jusqu'à ce qu'il pose la main sur le cœur de celui qui avait agi. Et voilà qu'il battait à tout rompre. Il lui asséna un coup de pieds. Il se redressa. [Le calife] fit apporter les instruments de torture. Il avoua. Il l'exécuta.

---

1 - Il s'agit d'al-Muhassin al-Tanûkhî (m. 994), présenté dans l'introduction. Participe actif.

2 - Héros éponyme d'Ahmad Ibn Talha dit al-Mu'tadid bi-Llâh (m. 902), calife abbasside connu pour sa détermination et son énergie militaire (« Son épée précède ses paroles », disait-on de lui). Participe actif.

3 - Pluriel de غُلام . De nos jours, surtout : « jeune garçon », غُلام désigne d'abord dans les textes anciens un homme de condition servile, sans préjuger de son âge, même s'il est fréquemment employé pour désigner les éphèbes, notamment dans les textes à coloration homoérotique.

4 - [دبّ على أربعته] = marcher à quatre pattes. S'agissant d'adultes ou d'adolescents, dans les textes classiques, l'allégorie d'une fuite faisant suite à un viol nocturne. Pour دبّ , voir Gr. 5.

5 - Forme VII انْفَعَلَ ; R2=R3. Subj. 3° p. m. s. Voir Gr. 5.

6 - Forme I, R1 = و ; voir ligne suivante (إلى أن وضَع). Pour جعَل يضَع : voir Gr. 4 et Gr. 5.

32

4 قال *المُحسِّن[1] :

وبلَغَني أنَّ *المُعتضِد *بالله[2] قام في *الليل لحاجة، فرأَى بعضَ
*الغِلْمانِ *المُردان[3] قد نهَض من ظهر غُلام أمرد، ودبَّ على أربَعته[4]، حتّى
*اندسَّ[5] بينَ *الغِلمان. فجاء *المُعتضِد، فجعَل يضَع[6] يدَه على فُؤاد واحد
5 بعد واحد، إلى أن وضَع يدَه على فُؤاد ذلكَ *الفاعل[7]. فإذا به يخفِق[8]
خفقانًا شديدًا[9]، فركَزَه برجله، فقعَد. *واستدعى[10] آلاتِ *العُقوبة، فأقرَّ[11]،
فقتَلَه[12].(ابن الجوزي : الأذكياء)

---

7 - Le terme الفاعل a un double sens : auteur de l'action / sodomite
actif.

8 - Se conjugue également يخفق .

9 - يخفق خفقانًا شديدًا : Voir Gr. 13.

10 - Forme X اِسْتَفْعَلَ ; 3° p. m. s.

11 - Forme IV أَفْعَلَ ; R2=R3. 3° p. m. s. Voir Gr. 5.

12 - Sans entrer dans les nuances très complexes, indiquons qu'en cas
de sodomie entre deux hommes de même âge et de même statut (ce
qui est le cas dans le *khabar*) l'exécution du partenaire actif (voire des
deux partenaires) est le châtiment extrême prévu par la *sharî'a*. Il a
souvent été remplacé par des peines plus légères, notamment pour les
esclaves.

33

Khabar 5

Un Turcoman, qui s'était lié avec un autre Turcoman, vint voir Jalâl al-Dawla et lui dit : « J'ai découvert que celui-ci est l'amant de ma fille et je veux que vous m'accordiez l'autorisation de le tuer. » Jalâl al-Dawla lui dit : « Ne le tue pas. Nous allons la lui donner en mariage et nous verserons le *mahr* à sa place sur notre trésor. » Il dit : « Je ne me satisferai que de sa mort. » Le sultan dit : « Donnez-moi une épée. » On l'apporta, il la prit, la tira de son fourreau et dit à l'homme : « Approche. » Les gens s'étonnèrent et crurent qu'il allait tuer le père. Lorsqu'il s'approcha de lui, il lui donna l'épée, attrapa le fourreau et lui ordonna de remettre l'épée dans son fourreau. Or,

---

11 - Héros éponyme de Jalâl al-Dawla (m. 1044), l'un des derniers émirs de la dynastie iranienne des Buyîdes, qui exerça, par son pouvoir militaire, une véritable tutelle sur le califat de Bagdad.

2 - Le terme تركماني ou Turcoman désigne les membres de tribus musulmanes, nomades ou semi-nomades, d'Asie Centrale, principalement les Oghuz.

3 - Forme III فاعَلَ . Acc. 3° p. m. s.

4 - Forme VIII افْتَعَلَ . Acc. 3° p. m. s. Voir Gr. 5.

5 - Forme IV أَفْعَلَ . Inacc. 1° p. s. Voir Gr. 5.

6 - Sanction maximale de l'adultère ou des relations sexuelles hors mariage. Elle est tempérée dans les faits par la nécessité de produire quatre témoins fiables (des hommes selon la plupart des écoles juridiques) qui en attestent. L'homme demande l'autorisation car on ne peut se faire justice soi-même et qu'il ne peut vraisemblablement pas produire les témoins.

7 - لا est employé ici avec une valeur de prohibitif (« impératif négatif »). Voir Gr. 2.

5 وجاء إلى [جلالِ *الدولة[1]] تُركُمانيّ[2] قد لازم[3] تُركُمانيًّا، فقال له :

« إنِّي وجَدتُ هذا قد *ابتنى[4] *بابنتي، وأُريد[5] أن تأذَنَ لي في قتله[6]. »

فقال : « لا تقتُلْه[7]، ولكنّا نُزوِّجُها[8] به، ونُعطي[9] *المهر[10] من خزانتنا عنه. »

فقال : « لا أقنَع إلّا بقتله[11]. » فقال : « هاتوا[12] سيفًا. » فجيء به. فأخَذَه

5 وسلَّه[13]، وقال *للرجُل : « تعالَ[14]. » فتعجَّبَ[15] *الناس، وظنّوا[16] أنّه يقتُلُ

*الأب. فلما قرّب[17] منه أعطاهُ[18] *السيف، وأمسك[19] *بيدِهِ *الجفن، وأمرَه

---

8 - Forme II فَعَّلَ . Inacc 1° p. pl. + pr. suff (3° p. f. s.) COD.

9 - Forme IV أَفْعَلَ . Inacc 1° p. pl. Voir Gr. 5.

10 - Improprement traduit parfois par « dot » (la dot est le bien qu'apporte une *femme* en se mariant), le *mahr* est un don nuptial fait par le fiancé et qui demeure la propriété de l'épouse après le mariage ou en cas de divorce.

11 - لا أقنَع إلّا بقتله : Voir Gr. 15.

12 - هاتوا = impératif m. pl. Au m. s. هاتِ . Au f. s. = هاتي . S'emploie pour « venez ! » ou « donnez ! ».

13 - Forme I, R2= R3. Acc 3° p. m. s. + pr. suff (3° p. m. s.) COD. Voir Gr. 5.

14 - [تعالَ]= Viens. Forme impérative figée, associée au verbe تعالى (Forme VI).

15 - Forme V تَفَعَّلَ . Acc. 3° p. m. s.

16 - Forme I, R2=R3. Acc. 3° p. m. pl. Voir Gr. 5.

17 - Forme II فَعَّلَ . Acc. 3° p. m. s.

18 - Forme IV أَفْعَلَ . Acc. 3° p. m. s. + pr. suff (3° p. m. s.) COD.

19 - Forme IV أَفْعَلَ . Acc. 3° p. m. s.

chaque fois que l'homme essayait de le faire, le sultan retournait le fourreau de sorte qu'il ne lui permettait pas d'y introduire l'épée. Puis il lui dit : « Pourquoi donc ne l'introduis-tu pas ? » Il répliqua : « O sultan ! Vous ne me laissez pas faire ! » Il lui dit alors : « Il en va ainsi de ta fille. Si elle n'avait pas voulu ce que cet homme a fait avec elle, il n'aurait pas pu la forcer et la contraindre. Si donc tu veux le tuer pour ce qu'il a fait, alors tues-les tous les deux. » L'homme resta un moment silencieux puis il dit : « C'est le sultan qui commande. » Le sultan fit venir quelqu'un qui les maria et donna le *mahr* sur le trésor.

---

20 - Forme IV أَفْعَلَ . Inacc. subj. 3° p. m. s. Voir Gr. 5.

21 - Forme II فَعَّلَ . Inacc. apoc. 3° p. m. s. + pr. suff. (3° p. m. s.) COD.

22 - Forme IV أَفْعَلَ . Inacc. 2° p. m. s.

23 - يا سُلطان : Voir Gr. 10.

24 - Forme I. inacc. 2° p. m. s. Voir Gr. 5.

25 - Forme IV أَفْعَلَ . Inacc. apoc. 3° p. f. s. Voir Gr. 5.

26 - Forme IV أَفْعَلَ . Acc. 3° p. m. s.

27 - Il faut situer cet énoncé dans son contexte : en raison de la ségrégation spatiale entre les femmes et les hommes extérieurs à leur cercle familial proche, cet homme n'a pu devenir l'amant de la fille du plaignant qu'avec l'approbation et l'aide de celle-ci.

لو لم ترد ما فعل بها هذا الرجل، لما أمكنه غصبها وقهرها : Voir Gr. 19.

28 - Forme IV أَفْعَلَ . Inacc. 2° p. m. s.

29 - إن كنت تريد قتله لأجل فعله فاقتلهما جميعًا : Voir Gr. 20.

30 - Forme I, R2=R3. Inacc. 3° p. m. s. فبقِيَ لا يردّ : Voir Gr. 4.

36

أن يُعيدَ[20] *السيف إلى *الجفن. فكُلّما رامَ *الرجُل ذلك قلَبَ *السُّلطانُ

*الجفن، فلم يُمكّنْهُ[21] من إدخالِ *السيف فيه. فقال : « ما لك لا تُدخِلُ[22]

*السيف ؟ » فقال : « يا سُلطان[23]، ما تدَعُني[24]. » فقال : « كذلكَ *ابنتُك،

10 لو لم تُرِدْ[25] ما فعَل بها هذا *الرجل، لما أمكنَه[26] غصبَها وقهرَها[27]. فإن كُنتَ

تُريد[28] قتلَه لأجل فِعله *فاقتلْهما جميعًا[29]. » فبقيَ *الرجُل لا يردّ[30] جوابًا،

وقال : « الأمر *للسُّلطان. » فأحضر[31] من زوجّه[32] بها، وأعطى[33] *المهر منَ

*الخِزانة. (ابن الجوزي : المنتظم)

---

31 - Forme IV أَفْعَلَ . Acc. 3° p. m. s.

32 - Forme II فَعَّلَ . Acc. 3° p. m. s. + pr. suff (3° p. m. s.) COD.

33 - Forme IV أَفْعَلَ . Acc. 3° p. m. s.

Khabar 6

Muhammad Ibn 'Abd al-Malik al-Hamdânî a mentionné que…

… Ahmad Ibn Tûlûn était assis un jour dans l'un de ses jardins, en train de manger. Il vit un mendiant en haillons. Il attrapa un pain, une poule et un coquelet, des morceaux de viande et une portion de *fâlûdhaj*, puis il ordonna à un serviteur de les lui donner. Le serviteur revint et signala que cela ne lui avait pas fait plaisir. Ibn Tûlûn lui dit : « Amène-le moi. » Il le fit tenir devant lui. Il le questionna. L'homme lui répondit convenablement, sans être troublé par sa prestance. Il lui dit alors : « Apporte-moi les documents qui sont avec toi et dis-moi sans mentir qui t'a envoyé, car je suis convaincu que tu es un

---

1 - Muhammad Ibn 'Abd al-Malik al-Hamdânî (pour Hamadhânî) (m. 1127) est un célèbre historien, connu notamment pour sa suite à l'*Histoire universelle* de Tabarî (m. 923).

2 - Voir *khabar* 3, n.1.

3 - جلَس يومًا : Voir Gr. 16.

4 - مُتَنَزِّه : Radical نزه . Participe passif.

5 - سائل . mendiant. Litt. qui demande [l'aumône].

6 - [في ثوب خلِق] = en haillons.

7 - [وضَع يده في] = attraper ; litt. : mettre la main dans…

8 - Le *fâlûdhaj* est un dessert consistant, à base de farine et de miel.

9 - Voir *khabar* 4, n. 3.

10 - Forme I. Voir Gr. 5.

6 وذكر محمَّد بن عبدِ *الملِك *الهمداني[1] أنّ...

... أحمَد بن طولون[2] جلَس يومًا[3] في مُتَنَزَّه[4] له يأكُل. فرأَى سائلًا[5]
في ثوب خلِق[6]. فوضَع يدَه في[7] رغيف ودجاجة وفرخ وقِطَع لحم وقطعة
فالوذَج[8]، وأمَر بعضَ *الغلمان[9] مُناوَلته. فرجَع *الغُلام، وذكر أنّه ما هشّ[10]
له. فقالَ *ابن طولون *للغُلام : « جِئْني[11] به. » فمثَل به بين يدَيْه[12] ؛
*فاستنطقَه[13]، فأحسنَ[14] *الجواب ولم يضطربْ[15] من هيبتِه. فقال له :
أحضِرْني[16] *الكُتُبَ *التي معك، *واصدُقْني[17] عمّن[18] بعَث بك، فقد صحَّ[19]

11 - Forme I, impératif 2° p. m. s. + pr. suff. 1° p. s. COD. Voir Gr. 2
et 5.

12 - [بين يديه] : voir *khabar* 1, n. 9.

13 - Forme X اسْتَفْعَلَ . Acc. 3° p. m. s. + pr. suff. (3° p. m. s.) COD.

14 - Forme IV أَفْعَلَ . Acc. 3° p. m. s.

15 - Forme VIII افْتَعَلَ . L'augment ت se transforme en ط en raison du
voisinage du ض radical. Inacc. apoc. 3° p. m. s.

16 - Forme IV أَفْعَلَ . Impératif 2° p. m. s. Voir Gr. 2.

17 - Forme I, impératif 2° p. m. s.

18 - Contraction de عن من .

19 - Forme I, acc. 3° p. m. s. Voir Gr. 5.

espion. » Et il fit apporter les fouets. L'homme reconnut les faits. Quelqu'un dans l'assistance dit : « Voilà, par Dieu, la magie même ! » Ahmad répondit : « Ce n'est nullement de la magie mais un raisonnement valide. J'ai vu la misère de celui-là. Je lui ai donc fait porter une nourriture telle, que même repu, on la dévorerait ; cela ne lui a pas fait plaisir et il n'y a pas porté la main. Je l'ai fait venir. Il m'a fait face avec aplomb. Quand j'ai vu son aspect miséreux et son cœur ferme, j'ai su que c'était un espion. »

20 - [صاحب خَبَر] : Employée par la suite pour désigner tout agent de renseignement, cette expression a d'abord désigné un fonctionnaire chargé d'informer le pouvoir central de tout mouvement inhabituel se déroulant dans les capitales provinciales. Tâche souvent assurée par le fonctionnaire déjà en charge de la poste. De manière générale, la même expression désigne quiconque est porteur d'une nouvelle.

21 - Forme X اسْتَفْعَلَ . Acc. 3° p. m. s.

22 - Forme VIII افْتَعَلَ . Acc. 3° p. m. s.

23 - Inspiré par le syllogisme grec, le *qiyâs* est le raisonnement par analogie.

24 - Forme II فَعَّلَ . Acc. 2° p. s.

25 - Verbe شره (une coquille dans les textes imprimés a été corrigée).

26 - Forme IV أَفْعَلَ . Acc. 1° p. s. + pr. suff. (3° p. m. s.) COD.

عندي أنَّك صاحب خبَر. [20] » *واستحضرَ [21] *السِّياط. *فاعترف [22] له بذلك.

فقال بعض من حضَر : « هذا ـ *والله ـ *السِّحر ! » فقال أحمَد : « ما

10 هو بسحر ولكنَّه قياس [23] صحيح. رأيتُ سُوء حال هذا، فوجَّهتُ [24] إليه

بطعام يشرَه [25] إلى أكلهِ *الشبعان، فما هشَّ له، ولا مدَّ يدَه ؛ فأحضرتُه [26]،

فتلقَّاني [27] بقُوَّة جأش [28]. فلمَّا رأيتُ رثاثة حالهِ وقُوَّة جنانِه [29] علمتُ أنَّه

صاحب خبَر. » (ابن الجوزي : الأذكياء)

---

27 - Forme V تَفَعَّلَ . Acc. 3° p. m. s. + pr. suff. (1° p. s.) COD

28 - [قُوَّة جأش] = fermeté, courage, détermination.

29 - قلب، فؤاد = جنان

Khabar 7

Abû Muhammad al-Qurashî nous a raconté ; il a dit :

Un homme confia de l'argent à un autre puis le lui réclama. L'homme nia [qu'il le lui ait confié]. Le premier porta la querelle devant Iyâs Ibn Mu'âwiya. Le plaignant dit : « Je lui ai bien remis l'argent. » [Le juge] dit : « Qui était présent ? » Il dit : « Je le lui ai donné à tel et tel endroit et personne n'était avec nous. » Il lui demanda : « Et qu'y avait-il à cet endroit ? » Il dit : « Un arbre. » Il lui dit : « Hâte-toi vers cet endroit et regarde l'arbre. Peut-être que Dieu le Très-Haut te manifestera là-bas quelque chose qui mettra ton droit en évidence. [Ou] peut-être astu enterré ton argent sous l'arbre et l'as-tu oublié. Alors, en voyant l'arbre, tu t'en souviendras. » L'homme partit. Iyâs dit à l'accusé : « Assied-toi en attendant que ton adversaire revienne. » Il resta là un temps, tandis qu'Iyâs

---

1 - Forme IV أَفْعَلَ . Acc. 3° p. m. s. + pr. suff (1° p. pl.) COD.

2 - Abû Muhammad al-Qurashî : Transmetteur difficile à identifier avec certitude sans autres données. Vu la fréquence du nom, il pourrait aussi bien s'agir d'un célèbre contemporain du *cadi* mentionné que de l'un des contemporains d'Ibn al-Jawzî. Noter que la *nisba* (nom de relation) قُرَشِّي désigne les contribules de Quraysh, tribu du Prophète. On dit également Qurayshî. De même, قرشي est parfois vocalisé قَرَشِي.

3 - Forme X اسْتَفْعَلَ . Acc. 3° p. m. s.

4 - استودع رجُل رجُلاً مالاً :Voir Gr. 14.

5 - Forme III فاعَلَ . Acc. 3° p. m. s. + pr. suff. (3° p. m. s.) COD.

6 - Héros éponyme d'Iyâs Ibn Mu'âwiya (m. v. 739), *qâdî* de Basra, que la littérature d'*adab* présente comme une sorte de Salomon.

42

7 أخبرَنا[1] أبو محمّد القُرَشيّ[2]، قال :

استودع[3] رجُل رجُلاً مالاً[4]. ثمّ طلَبَه فجحَدَه. فخاصمَه[5] إلى إياس بن مُعاوية[6]. فقالَ *الطالب : « إنّي دفَعتُ *المال إليه. » قال : « ومن حضَر ؟ » قال : « دفَعتُه إليه في مكان كذا وكذا، ولم يحضُرْنا أحَد. » قال :

5 « فأيّ شيء كان في ذلكَ *الموضع ؟ » قال : « شجَرة. » قال : « *فانطلِقْ[7] إلى ذلكَ *الموضع، *وانظُرْ إلى *الشجَرة ؛ فلعَلَّ *الله تعالى[8] يُوضح[9] لك هُناك ما يُبين[10] لك حقَّك. لعلَّك دفَنتَ مالَك عند *الشجَرة ونسيتَ، فتذكُر إذا رأيتَ *الشجَرة. » فمضى الرجُل. وقال إياس *للمطلوب[11] : « اجلِس حتّى يرجِعَ خصمُك. » فجلَس وإياس يقضي وينظُر إليه ساعة[12]. ثمّ قال

---

7 - Forme VII اِنْفَعَلَ . Impératif 2° p. m. s.

8 - الله تعالى : La mention du nom de Dieu est généralement suivie d'une eulogie.

9 - Forme IV أَفْعَلَ . Inacc. 3° p. m. s.

10 - Forme IV أَفْعَلَ . Inacc. 3° p. m. s.

11 - Noter l'opposition entre les participes actif طالب et passif مطلوب employés pour « plaignant » et « défendeur ».

12 - وإياس يقضي وينظُر إليه ساعة : Voir Gr. 18.

rendait justice, le regardant par intermittence. Puis il lui dit : « Hé, toi, penses-tu que ton camarade est arrivé à l'endroit où se trouve l'arbre qu'il a mentionné ? » Il répondit : « Non. » Il lui dit : « Ennemi de Dieu ! Tu es assurément un traître ! » Il lui dit : « Pardonne-moi, que Dieu te pardonne ! » Il ordonna à quelqu'un de le garder jusqu'au retour de l'homme. Puis Iyâs lui dit : « Il t'a reconnu ton droit. Tu peux donc exiger qu'il te le rende. »

---

13 - يا عدُوَّ الله : Voir Gr. 10. L'expression « Ennemi de Dieu » est empruntée au Coran, sourate 8, verset 60. Elle renvoie habituellement aux apostats, hérétiques ou grands criminels.

14 - لَخائن : La traîtrise est affirmée par l'emploi du *lâm* de corroboration.

15 - Impératif. 2° p. m. s. Voir Gr. 2 et 5.

16 - Forme IV أَفْعَلَ . Acc. 3° p. m. s. + pr. suff. (2° p. m. s.) COD. Même v. que n. 12.

17 - Forme VIII اِفْتَعَلَ . Inacc. 3° p. m. s.

18 - Forme IV أَفْعَلَ . Acc. 3° p. m. s.

19 - Impératif. 2° p. m. s. Voir Gr. 2 et 5.

10 له : « يا ذا، أتُرى صاحبُك بلَغ موضِعَ *الشجرةِ *التي ذكَرَها ؟ » قال :

« لا. » قال : « يا عدُوَّ *اللهِ[13] ! إنّك لَخائن[14]. » قال : « أقِلْني[15]، أقالَك[16]

*اللهُ ! » فأمر من يحتفظ[17] به حتّى جاء *الرجل. فقال له إياس : « قد

أقرَّ[18] لك بحقِّك، فخُذْه[19] به. » (ابن منظور : مختصر تاريخ دمشق)

45

Khabar 8

Un homme confia de l'argent à un autre. [Le transmetteur] dit : C'était un intendant apprécié. Le déposant partit pour La Mecque. Quand il revint, il réclama son bien et l'autre nia [qu'il le lui ait confié]. Il alla voir Iyâs Ibn Mu'âwiya et lui raconta. Iyâs dit : « Sait-il que tu es venu me voir ? » Il dit : « Non. » Il dit : As-tu porté la querelle devant quelqu'un d'autre ? » Il dit : « Non. Personne n'est au courant de cela. » Il dit : « Pars, garde ton affaire secrète et reviens me voir dans deux jours. » L'homme partit. Iyâs convoqua l'intendant en question et lui dit : « Beaucoup d'argent vient d'arriver et je veux le faire porter chez toi. Ta maison est-elle bien protégée ? » Il dit : « Oui. » Il dit : « Prévois une place pour l'argent et des gens pour le porter. » L'homme revint voir Iyâs. Il

---

1 - Forme X اِسْتَفْعَلَ. Acc. 3° p. m. s.

2 - واستودع رجُل رجُلاً مالاً : Voir Gr. 14.

3 - أمين : Employé ici comme substantif (intendant) et non comme adjectif (honnête) comme cela est confirmé plus loin dans le *khabar* (فدعا إياس أمينَه ذاك).

4 - [لا بأس به] = Convenable, satisfaisant, « pas mal ».

5 - Participe actif.

6 - Voir *khabar* 7, n. 6.

7 - Forme IV أَفْعَلَ. Acc. 3° p. m. s. + pr. suff (3° p. m. s.) COD.

8 - أ = particule interrogative.

9 - Forme III فاعَلَ. Acc. 2° p. m. s. + pr. suff. (3° p. m. s.) COD.

10 - Impératif. Forme VII اِنْفَعَلَ   2° p. m. s. Voir Gr. 2.

46

8 واستودع[1] رجُل رجُلاً مالاً[2]. قال... وكان أمينًا[3] لا بأس به[4]. وخرَجَ

*المُستودِع[5] إلى مكّة. فلمّا رجَع، طلَبَه فجحَدَه. فأتى إياس بن مُعاوية[6]،

فأخبَرَه[7]. فقال له إياس : « أعَلِمَ[8] أنّك أتَيْتَني؟ » قال : « لا. » قال :

« فنازعتَه[9] عند أحَد ؟ » قال : « لا. لم يعلَمْ أحَد بهذا. » قال : « *فانصرفْ[10]

5 *واكتُمْ أمرَك، ثمّ عُدْ[11] إليّ بعد يومَين. » فمضى *الرجُل. فدعا إياس أمينَه

ذاك، وقال له : « قد حضَر مال كثير، أُريد أن أُصيِّرَه[12] إليك ؛ أفحصينٌ[13]

منزلُك ؟ » قال : « نعم. » قال : « فأعِدَّ[14] موضعًا *للمال وقومًا يحمِلونَه. »

وعادَ *الرجل إلى إياس، فقال له : « انطلقْ[15] إلى صاحبك، *فاطلُبْ مالَك.

فإن أعطاك[16]، فذاك ؛ وإن جحَدَك، فقُلْ[17] له[18] : "إنّي أُخبِرُ[19] *القاضي" »

---

11 - Impératif : Voir Gr. 2.

12 - Forme II فَعَّلَ. Inacc. subj. 1° p. s.

13 - Voir n. 8. Comme souvent dans la prose abbasside, *fa* (ou *wa*) s'intercale entre la particule interrogative et le terme sur lequel porte l'interrogation.

14 - Forme IV أَفْعَلَ. Impératif. Voir Gr. 2 et 5.

15 - Forme VII اِنْفَعَلَ. Impératif. Voir Gr. 2.

16 - Forme IV أَفْعَلَ. Acc. 3° p. m. s + pr. suff. 2° p. m. s. COD.

17 - Impératif. Voir Gr. 2 et 5.

18 - فإن أعطاك، فذاك ؛ وإن جحَدَك، فقُلْ له : Voir Gr. 20.

19 - Forme IV أَفْعَلَ. Inacc. 1° p. s.

20 - مالي، وإلّا أتيْت القاضي وشكَوْت إليه أمري : Voir Gr. 15.

47

lui dit : « Va voir ton homme et demande-lui ton argent. S'il te le donne, ce sera fait. S'il nie, dis-lui : "Je vais le dire au cadi" » L'homme alla voir le dépositaire et lui dit : « Mon argent ! ou j'irai voir le cadi et me plaindre à lui ! » Il lui donna son argent. L'homme retourna voir Iyâs et lui dit : « Il m'a donné l'argent. » Puis l'intendant vint voir Iyâs pour l'affaire dont il lui avait parlé. Il le réprimanda et le rembarra, disant : « Ne t'approche plus jamais de moi, traître ! »

---

21 - Voir n. 16 + pr. suff. 1° p. s. COD.

22 - Forme VIII افْتَعَلَ. (forme I = نَهَرَ) 3° p. m. s. + pr. suff. 3° p. m. s. COD.

23 - لا تقرُبَنِّي : Voir Gr. 3.

24 - يا خائن :Voir Gr. 10.

١٠ فأتى ⋆الرجل صاحبَه، فقال له : « مالي، وإلاّ أتيتُ ⋆القاضي وشكَوْتُ إليه

أمري[20] ! » فدفَع إليه مالَه. فرجَعَ ⋆الرجل إلى إياس، فقال : « قد أعطاني[21]

⋆المال. » وجاءَ ⋆الأمين إلى إياس لموعِده، فزبَرَه ⋆وانتهرَه[22]، وقال : « لا

تقرُبَنّي[23]، يا خائن[24] ! » (ابن منظور : مختصر تاريخ دمشق)

Khabar 9

Yazîd Ibn Hârûn nous a raconté, il a dit :

Un homme très fiable, qui avait une connaissance abondante et sûre du *hadîth*, fut nommé cadi à Wâsit. Un homme vint et confia à l'un des témoins assermentés un sac scellé en lui disant qu'il contenait mille dinars. Le sac étant chez lui et l'absence de l'homme se prolongeant, le témoin supposa qu'il était mort et envisagea de dépenser l'argent. Il réfléchit à la manière de mener l'affaire puis il décousit le sac par le bas, prit les dinars, les remplaça par des dirhams et refit la couture à l'identique. Le sort voulut que l'homme revint et réclama son dépôt au témoin. Il lui donna le sac scellé. Quand il fut chez lui, il brisa le sceau et trouva dans le sac des dirhams. Il retourna chez le témoin et lui dit : « Que Dieu te préserve, rends-moi mon argent. Je t'avais confié des dinars et ce que j'ai

---

1 - Forme IV أَفْعَلَ. Acc. 3° p. m. s. + pr. suff. (1° p. pl.) COD.

2 - Yazîd Ibn Hârûn (m. 821) est considéré comme l'un des plus célèbres, prolixes et fiables transmetteurs de *hadiths* (dits prophétiques). Il va de soi qu'il n'a pas pu être l'informateur direct d'Ibn al-Jawzî (m. 1200).

3 - Forme V تَفَعَّلَ. Acc. 3° p. m. s.

4 - L'ancienne ville iraquienne de Wâsit était à mi-chemin de Basra et Baghdad sur la rive gauche du Tigre.

5 - ثقة : Voir Gr. 6.

6 - *Hadîth* : ensemble des paroles attribuées au Prophète Muhammad ; recueils qui comprennent l'ensemble des traditions relatives aux actes et aux paroles du Prophète et de ses compagnons. La connaissance avertie de ce corpus est une des branches des sciences religieuses islamiques. Pour كثيرُ الحديث, voir Gr. 11.

7 - Forme X اسْتَفْعَلَ. Acc. 3° p. m. s.

8 - الشهود = Les témoins assermentés étaient désignés par les cadis

50

9 أخبرَنا[1] يزيد بن هارون[2]، قال :

تقلّدَ[3] *القضاء في واسط[4] رجُل ثقة[5]، كثيرُ *الحديث[6]. فجاء رجُل، *فاستودع[7] بعضَ *الشُّهود[8] كيسًا مختومًا، ذكر أنَّ فيه ألف دينار[9]. فلمّا حصَلَ *الكيس عندَ *الشاهد، وطالتْ غيبةُ *الرجُل، قدّرَ[10] أنّه قد هلَك، ٥ فهَمَّ[11] بإنفاق *المال. ثمّ دبّرَ[12]، وفتَقَ *الكيس من أسفَله، وأخَذَ *الدنانير، وجعَل مكانَها دراهِم، وأعادَ[13] *الخياطة كما كانت. وقُدّرَ[14] أنّ *الرجل وافٍ[15]، وطالبَ[16] *الشاهد بوديعته، فأعطاهُ[17] *الكيس بختمه. فلمّا حصَل في منزلِه، فضّ[18] ختمَه، فصادف[19] في *الكيس دراهِم، فرجَع إلى *الشاهد،

---

parmi les personnes qui avaient leur confiance, pour les seconder dans l'exercice de la justice. Ils étaient rétribués pour cette fonction.

9 - Voir *khabar* 2, n. 3.

10 - Forme II فَعَّلَ. Acc. 3° p. m. s.

11 - Forme I, R2=R3. Voir Gr. 5.

12 - Forme II فَعَّلَ. Acc. 3° p. m. s.

13 - Forme IV أَفْعَلَ. Acc. 3° p. m. s.

14 - Voir n. 9. Passif. Voir Gr. 1.

15 - Forme III فاعَلَ. Acc. 3° p. m. s.

16 - Forme III فاعَلَ. Acc. 2° p. m. s.

17 - Forme IV أَفْعَلَ. Acc. 3° p. m. s. + pr. suff. (3° p. m. s.) COD.

18 - Forme I, R2=R3, Voir Gr. 5.

19 - Forme III فاعَلَ. Acc. 3° p. m. s. + pr. suff. (2° p. m. s.) COD

trouvé à leur place, ce sont des dirhams. » Le témoin nia. L'homme porta l'affaire devant le cadi susmentionné. Il ordonna que l'on présente devant lui le témoin et son adversaire. Quand ils se présentèrent, le cadi demanda : « Depuis combien de temps lui as-tu remis ce sac ? » Il dit : « Depuis quinze ans. » Le cadi prit les dirhams et lut les légendes qu'ils portaient. Et voilà que c'étaient des dirhams qui portaient [un texte] frappé quelque deux ou trois ans auparavant. Le cadi ordonna au témoin de payer les dinars à l'homme et il les lui donna. Puis il le déchut et lui dit : « Traître ! » Puis il fit proclamer par son crieur : « Oyez ! Untel fils d'Untel, le cadi, a déchu Untel fils d'Untel, le témoin ! Que tous le sachent et que nul, à compter de ce jour, ne se laisse tromper par lui ! » Le témoin vendit ses biens à Wâsit et s'enfuit de la ville. On n'a plus entendu parler de lui ni vu la moindre de ses traces.

---

20 - Forme III فَاعَلَ. Acc. 3° p. m. s.

21 - Forme IV أَفْعَلَ. Impératif. 2° p. m. s.

22 - Voir plus haut, n. 6. 1° p. s. + pr. suff. (2° p. m. s.) COD.

23 - استودعتُك دنانير : Voir Gr. 14.

24 - Forme IV أَفْعَلَ. Acc. 3° . m. s. + pr. suff. (3° p. m. s.) COD.

25 - Forme X اسْتَفْعَلَ. Acc. 3° p. m. s.

26 - Participe passif.

27 - حاكم : Employé pour « gouverneur » ou « détenteur du pouvoir », c'est aussi dans sa valeur de participe actif, « celui qui juge, émet des sentences », donc le cadi.

28 - Forme IV أَفْعَلَ. Acc. 2° p. m. s.+ pr. suff. (3° p. m. s.) COD.

29 - خمس عشرة سنة : Voir Gr. 8.

30 - Forme IV أَفْعَلَ. Acc. 3° p. m. s. + pr. suff. (3° p. m. s.) COD.

52

فقال له : « عافاكَ *الله [20] ! اردُدْ [21] عليَّ مالي ؛ فإنِّي *استودعتُك [22] دنانير [23]،

10 *والذي وجَدتُ دراهم مكانَها. » فأنكرَه [24] ذلك. *واستعدى [25] عليهِ

*القاضيَ *المُقَدَّم [26] ذكرُه. فأمَر بإحضارِ *الشاهد مع خصمه. فلمَّا حضَرا،

سألَ *الحاكم [27] : « مُنذُ كم أودَعتَه [28] هذا *الكيس ؟ » قال : « منذ خمس

عشرةَ سنةً [29]. » فأخَذَ *القاضي *الدراهم، وقرأَ سِكَكَها، فإذا هي دراهم

عليها ما قد ضُرِبَ منذ سنتَينِ وثلاث ونحوَها. فأمَره أن يدفَعَ *الدنانير

15 إليْه، فدفعَها إليه. وأسقطَه [30]، وقال له : « يا خائن [31] ! » ونادى [32] مُناديه [33] :

« ألا ! إنَّ فلان بن فلانٍ *القاضي قد أسقط [34] فلان بن فلانٍ *الشاهد.

*فاعلَموا ذلك، ولا يغترَّنَّ [35] به أحَد بعدَ *اليوم ! » فباعَ *الشاهد أملاكَه

في واسطَ، وخرَج عنها هاربًا. فلم يُعْلَمْ [36] له خبَر، ولا أُحسَّ [37] منه أثَر. (ابن

الجوزي : الأذكياء)

---

31 - يا خائن : Voir Gr. 10.

32 - Forme III فاعَلَ. Acc. 3° p. m. s.

33 - Participe actif.

34 - Voir n. 23.

35 - Forme VIII افْتَعَلَ. Inacc. 3° p. m. s. Voir Gr. 3.

36 - Passif apocopé. Voir Gr. 1.

37 - Forme IV أَفْعَلَ. Acc. 3° p. m. s. Passif. Voir Gr. 1 et 5.

Khabar 10

L'auteur de l'ouvrage a dit :

On m'a raconté qu'un commerçant était venu du Khurassân [à Bagdad, en route] pour le pèlerinage. S'étant préparé pour le pèlerinage, il lui resta sur son argent mille dinars dont il n'avait pas besoin. Il se dit : « Si je les emporte, je les expose au danger. Si je les confie en dépôt à quelqu'un, je crains qu'il ne renie [que je l'ai fait]. » Il se rendit dans le désert. Il vit un ricinier sous lequel il creusa un trou et enterra son argent sans que personne ne le voie. Puis il se rendit au pèlerinage et revint. Il creusa au même endroit mais ne trouva rien. Il se mit à pleurer et à se frapper le visage. Quand on lui demandait ce qu'il avait, il répondait : « Elle a volé mon argent, la terre ! » Comme cela lui arrivait de plus en plus souvent, on lui dit : « Et si tu allais voir 'Adud

---

1 - Participe actif.

2 - Forme II فَعَّلَ. Acc. 1° p. s. Passif. Voir Gr. 1.

3 - A l'époque abbasside, le Khurassân représente le Nord-Est de l'Iran actuel et quelques parties de ce qui est aujourd'hui l'Afghanistan et les anciennes Républiques Soviétiques d'Asie Centrale.

4 - Comme de nos jours, les pèlerins du passé devaient suivre, pour accomplir ce rite (un des cinq piliers de l'islam), des routes balisées (caravansérails, points d'eau, protection contre les attaques...), qui pouvaient entraîner des détours. Dans ce *khabar*, on peut présumer que les événements se déroulent à Bagdad, lieu de résidence du 'Adud al-Dawla historique et point de départ d'une caravane pour La Mecque.

5 - Forme V تَفَعَّلَ. Acc. 3° p. m. s.

6 - Voir *khabar* 2, n. 3.

7 - Forme VIII افْتَعَلَ. Inacc. 3° p. m. s.

54

10 وقال مُؤَلِّفُ[1] *الكِتاب :

وحُدِّثتُ[2] أنّ بعضَ *التُّجار قدِم من خُراسان[3] ليحُجَّ[4]. فتأهَّب[5] *للحجِّ، وبقيَ معه من ماله ألف دينار[6] لا يحتاج[7] إليها. فقال : « إنْ حمَلتُها، خاطَرتُ[8] بها ؛ وإن أودعتُها[9]، خِفتُ[10] جحدَ *المُودَع[11]. » فمضى إلى *الصحراء، فرأى شجَرة خروَع، فحفَر تحتها ودفَنَها ؛ ولم يرَهُ[12] أحَد. ثمّ خرَج إلى *الحجّ وعاد. فحفَر *المكان، فلم يجدْ[13] شيئًا، فجعَل يبكي ويلطِم وجهَهُ[14]، فإذا سُئِلَ[15] عن حاله، قال : « الأرض سرَقتْ مالي ! » فلما كثُر ذلك منه، قِيل[16] له : « لو قصَدْتَ[17] عضُدَ *الدولة[18]، فإنّ له فِطنة[19]. »

─────────────

8 - Forme III فاعَلَ. Acc. 1° p. s.

9 - Forme IV أَفْعَلَ. Acc. 1° p. s.

10 - Forme I. Voir Gr. 5.

11 - إنْ حمَلتها، خاطَرتُ بها ؛ وإن أودعتها، خِفت جحدَ المُودَع : Voir Gr. 20.

12 - Forme I. Apocopé. Voir Gr. 5.

13 - Voir n. 12.

14 - جعَل يبكي ويلطِم وجهه : Voir Gr. 4.

15 - Passif. Voir Gr. 1 et 5.

16 - Passif. Voir Gr. 1 et 5.

17 - Se lit « قَصَتَّ ».

18 - Héros éponyme de l'émir ʿAdud al-Dawla (m. 983), la figure la plus marquante de la dynastie buyide. Grand chef militaire et administrateur, il fut également un bâtisseur et un important mécène.

19 - لو قصَدْتَ عضُدَ الدولة، فإنّ له فِطنة : Voir Gr. 19.

55

al-Dawla ? Il a de la sagacité. » Il répondit : « Et il aurait connaissance des mystères du monde invisible ! » On lui répondit : « Il n'y a pas de mal à aller le voir. » Il lui raconta son histoire. 'Adud al-Dawla rassembla les médecins et leur dit : « Avez-vous soigné quelqu'un cette année avec des racines de ricin ? » L'un répondit : « Moi, j'ai soigné Untel, qui est l'un de vos proches. » Il dit : « Qu'on aille me le chercher. » Il vint. Il lui demanda : « T'es-tu soigné cette année avec des racines de ricin ? » Il dit : « Oui. » Il lui dit : « Qui te les as apportées ? » Il dit : « Untel, l'intendant en charge de la literie. » Il dit : « Qu'on aille me le chercher. » Quand il vint, il lui dit : « Où as-tu pris les racines de ricin ? » Il dit : « De tel endroit. » Il lui dit : « Prends cet homme avec toi et montre-lui l'endroit où tu les as prises. » Il partit avec le propriétaire de l'argent jusqu'à cet arbre même et lui dit : « De cet arbre, je les ai prises. » L'homme dit : « C'est là, par Dieu, que j'avais laissé mon argent ! » Il retourna chez 'Adud al-Dawla et lui raconta. Ce dernier dit à l'intendant : « Hâte-toi de rapporter l'argent. » Il atermoya. Il le menaça de sanctions. Il rapporta l'argent.

_____

20 - أ = particule interrogative. Voir *khabar* 8, n. 12. Ici, l'élément intercalé entre la particule interrogative et le terme auquel elle est préfixée est *wa*.

21 - الغيب : Mystère, au sens religieux du terme ; ce qui est inaccessible aux sens et à la raison, donc à la connaissance humaine, mais qui est caché dans la sagesse divine (Coran, 2/33 et 6/50).

22 - Voir n. 16.

23 - Forme IV أَفْعَلَ. Acc. 3° p. m. s. + pr. suff (3° p. m. s.) COD.

24 - Forme III فاعَلَ. Acc. 2° p. m. pl.

25 - Voir n. 21. Acc. 1° p. s.

56

فقال : « أَوَيعلَمُ [20] *الغيب [21] ؟ » فقيل [22] له : « لا بأس بقصده. » فأخبرَه [23]

10 بقِصَّته. فجمَعَ *الأطبّاء، وقال لهم : « هل داويتُم [24] في هذهِ *السنة

أحَدًا بعُروقِ *الخرَوَع ؟ » فقال أحَدُهم : « أنا داويتُ [25] فُلانًا، وهو من

خواصّك. » فقال : « عليَّ به. » فجاء. فقال له : « هل تداويتَ [26] في هذهِ

*السنة بعُروقِ *الخرَوَع ؟ » قال : « نعَم. » قال : « من جاءَك به ؟ » قال :

« فلانٌ *الفَراش. » قال : « عليَّ به. » فلمّا جاء، قال : « من أين أخَذتَ

15 عُروقَ *الخروَع ؟ » فقال : « منَ *المكانِ *الفُلاني. » فقال : « اذهَب [27]

بهذا معك، فأرِه [28] *المكانَ *الذي أخَذتَ منه. » فذهَب بصاحب *المال

إلى تلكَ *الشجَرة، وقال : « من هذه *الشجَرة أخَذتُ. » فقالَ *الرجُل :

« هَهُنا ـ *والله ـ تَرَكتُ مالي ! » فرجَع إلى عضُد *الدولة، فأخبرَه [29]. فقال

*للفَراش : « هَلُمّ [30] *بالمال ! » فتلكّأ [31] ؛ فأوعدَه [32]، فأحضرَ [33] *المال. (ابن

20 الجوزي : الأذكياء)

---

26 - Forme VI تَفاعَلَ. Acc. 2° p. m. s.

27 - Impératif. Voir Gr. 2.

28 - Impératif. Voir Gr. 2 et 5.

29 - Voir n. 23. 3° p. m. s. + pr. suff. (3° p. m. s.) COD.

30 - Impératif.

31 - Forme V تَفَعَّلَ. Acc. 3° p. m. s.

32 - Forme IV أَفْعَلَ. Acc. 3° p. m. s. + pr. suff. (3° p. m. s.) COD.

33 - Forme IV أَفْعَلَ. Acc. 3° p. m. s.

Khabar 11

Muhammad Ibn 'Abd al-Malik al-Hamdânî a dit dans son *Histoire* que…

'Adud al-Dawla fut informé qu'un clan de Kurdes brigandait sur les routes. Ils étaient installés dans des montagnes escarpées, de sorte que l'on ne pouvait rien contre eux. Il convoqua un commerçant et lui remit une mule chargée de deux caisses de friandises. On y avait mélangé du poison puis on les avait abondamment aromatisées et disposées dans des emballages luxueux. Il lui donna de l'argent et lui ordonna de se joindre à la caravane et de prétendre que c'était là un cadeau pour l'épouse de quelque gouverneur des régions frontalières. Le commerçant obtempéra et prit la tête de la caravane. Les Kurdes fondirent sur eux et prirent les bagages et les marchandises. L'un des Kurdes s'empara de la mule et la fit monter avec eux sur la montagne ; les voyageurs se retrouvèrent dépouillés. Quand [le brigand] ouvrit

---

1 - Muhammad Ibn 'Abd al-Malik al-Hamdânî : Voir *khabar* 6, n. 1.

2 - 'Adud al-Dawla : Voir *khabar* 10, n. 16.

3 - Vivant sur un territoire montagneux (Taurus, Zagros), les Kurdes eurent des relations conflictuelles avec le 'Adud al-Dawla historique. Rien d'étonnant qu'ils soient pris comme anti-héros dans un récit concernant son éponyme héroïque.

4 - Considéré comme un crime contre la religion (*kabîra*), le brigandage est puni de mort s'il s'accompagne d'homicide. Sinon, la première sanction est l'amputation de la main.

5 - Forme IV أَفْعَلَ. Inacc. 3° p. m. pl.

6 - Passif.

7 - Forme X اِسْتَفْعَلَ. Acc. 3° p. m. s.

8 - Passif.

11 وذكر محمّد بن عبدِ *الملكِ *الهمداني[1] في تاريخه أنّه...

... بلغ إلى عضُدِ *الدولة[2] خبَر قوم منَ *الأكرادِ[3]، يقطَعونَ *الطريقَ[4]،

ويُقيمون[5] في جبالٍ شاقّة، فلا يُقدَرُ[6] عليهم. فاستدعى[7] أحَدَ *التُّجّارِ،

ودفَع إليه بغلاً عليه صُندوقان، فيهما حلوى قد شِيبَتْ[8] *بالسّمّ، وأُكثِرَ[9]

5   طِيبُها[10]، وتُركَتْ في *الظُّروفِ *الفاخرة ؛ وأعطاه[11] دنانيرَ[12]، وأمَرَه أن

يسيرَ معَ *القافلة، ويُظهِرَ[13] أن هذه هديّة لإحدى نساء أُمَراءِ *الأطراف.

ففعَلَ *التاجر ذلك، وسار أمامَ *القافلة. فنزَلَ *القوم، وأخَذوا *الأمتعة

*والأموال[14]. *وانفرد[15] أحَدُهم *بالبغل، وصعد به مع جماعتهم إلى

*الجبَل، وبقيَ *المسافرون عُراة. ولمّا فتَحَ *الصُّندوقَيْن، وجَدَ *الحلوى

10   يضوع طِيبُها، ويُدهِش[16] منظرُها، ويُعجِب[17] ريحُها. وعلم أنّه لا يُمكنُه[18]

---

9 - Forme IV أَفْعَلَ. Acc. 3° p. m. s. Passif.

10 - Sujet apparent (نائب فاعل) du verbe au passif. Voir Kouloughli D. E., *op. cit.*, p. 266-268.

11 - Forme IV أَفْعَلَ. Acc. 3° p. m. s. + pr. suff. (3° p. m. s.) COD.

12 - Voir *khabar* 2, n. 3.

13 - Forme IV أَفْعَلَ. Inacc. subj. 3° p. m. s.

14 - الأموال : Désignant spécifiquement l'argent, ce terme désigne, de manière générale, biens et marchandises.

15 - Forme VII اِنْفَعَلَ. Acc. 3° p. m. s.

16 - Forme IV أَفْعَلَ. Inacc. 3° p. m. s.

17 - Forme IV أَفْعَلَ. Inacc. 3° p. m. s.

18 - Forme IV أَفْعَلَ. Inacc. 3° p. m. s. + pr. suff. (3 p. m. s.) COD.

les deux caisses, il trouva les friandises. Leur arôme s'exhalait sitôt qu'on les touchait, leur aspect fascinait et leurs délicieux effluves se répandaient dans l'air. Il sut qu'il ne pourrait se les réserver et il convia ses amis. Ils virent là quelque chose qu'ils n'avaient encore jamais vu. Ils s'acharnèrent sur la nourriture car ils étaient affamés. Ils tombèrent à la renverse et moururent jusqu'au dernier. Aussitôt, les commerçants prirent leurs marchandises, leurs biens et leurs armes et récupèrent ce qui leur avait été pris dans sa totalité. Je n'ai jamais rien entendu de plus étonnant que ce piège qui a annihilé la trace des arrogants et la force des corrupteurs.

---

19 - Forme IV أَفْعَلَ. Acc. 3° p. m. pl.

20 - Forme VII اِنْفَعَلَ. Acc. 3° p. m. pl.

21 - Forme III فاعَلَ. Acc. 3° p. m. s.

22 - Nom verbal du verbe transitif أَخَذَ. Agit comme un verbe car il peut être remplacé par le verbe de même radical au subj. (voir Kouloughli D. E., *op. cit.*, p. 215 et ss.)

23 - Forme X اِسْتَفْعَلَ. Acc. 3° p. m. pl.

24 - Cette violente conclusion ne figure que dans cette seule version du récit. Elle se fonde sur divers emprunts coraniques dont Coran, sourate 2, verset 60.

60

*الاستبداد بها، فدعا أصحابَه. فرأوْا ما لم يرَوْه أبَدًا قبل ذلك ؛ فأمعنوا[19] في *الأكل عقيب مجاعة ؛ *فانقلبوا[20]، فهلَكوا عن آخرِهم. فبادرَ[21] *التُّجّار إلى أخذ[22] أموالَهم وأمتعتَهم وسِلاحَهم، *واستردّوا[23] *المأخوذ عن آخرِه. فلم أسمَع بأعجب من هذهِ *المكيدة، محَت أثرَ *العاتين وشوكةَ *المُفسدين[24].

15 (ابن الجوزي : الأذكياء)

61

Khabar 12

L'auteur dit également :

Il m'est parvenu à propos de 'Adud al-Dawla, qu'il y avait, au nombre de ses gouverneurs militaires, un jeune homme turc. Ce dernier stationnait devant une fenêtre, regardant la femme qui se tenait derrière. La femme dit à son mari : « Ce Turc m'interdit de regarder par la fenêtre. Toute la journée, il la scrute, même quand il n'y a personne. Les gens ne douteront pas que j'ai pris langue avec lui. Je ne sais que faire. » Son [vieux] mari lui dit : « Ecris-lui un mot dans lequel tu diras : "Cela n'a pas de sens que tu te tiennes là. Viens chez moi après la prière du *'ishâ'*, quand les gens seront inattentifs dans l'obscurité. Je serai derrière la porte." » Puis le mari alla creuser un trou en longueur derrière la porte et le guetta. Quand le Turc vint, il lui ouvrit la porte et l'autre entra. L'homme le poussa et il tomba dans le trou. Ils l'y ensevelirent. Les jours passèrent sans qu'on ne sache ce qu'il était devenu. 'Adud al-Dawla s'enquit de lui. On lui dit : « Nous n'en avons aucune nouvelle. » Il ne cessa de réfléchir, jusqu'au moment où il envoya chercher le muezzin de la mosquée voisine de cette demeure. Il le

---

1 - Voir *khabar* 10, n. 16.

2 - كان يقِف : Voir Gr. 4.

3 - Dans les dictionnaires anciens, ce terme d'origine persane désigne une ouverture dans le plafond ou une fenêtre. Rien n'indique que celle-ci soit à claustrat.

4 - Forme II فَعَّلَ. Acc. 3° p. m. s.

5 - Forme V تَفَعَّلَ. Inacc. subj. 1° p. s.

6 - Laisser planer sur une femme musulmane vertueuse l'accusation

12 وقالَ *المؤلِّف أيضًا :

بلَغَني عن عضُدِ *الدولةِ[1]، أنّه كان في بعض أُمَرائِه شابٌّ تُركيّ، وكان

يقِفُ[2] عند رَوزَنةٍ[3]، ينظُر إلى *امرأةٍ فيها. فقالتِ *المرأةُ لزوجِها : « قد

حرّم[4] عليّ هذا *التُّركيّ أن أتطلّعَ[5] في *الروزَنةِ، فإنّه طُولَ *النهار ينظُر

إليها وليس فيها أحَد، فلا يشُكُّ الناسُ أنّ لي معه حديثاً[6]؛ وما أدري كيف

أصنَع. » فقال زوجُها : « أكتُبي إليه رُقعة، وقُولي فيها : "لا معنى لوُقوفِك،

فتعالَ[7] إليّ بعدَ *العشاءِ[8] إذا غفَلَ *الناسُ في *الظُّلمة، فإنّي خلفَ *البابِ."

ثم قام وحفَر حُفرة طويلة[9] خلفَ *البابِ، ووقَف له. فلمّا جاءَ *التُّركيّ،

فتَح له *البابَ، فدخَل، فدفَعَهُ *الرجُل، فوقَع في *الحُفرة، وطمُّوا عليه.

وبقِيَ أيّامًا لا يُدرى[10] ما خبَرُه. فسأل عنه عضُدُ *الدولة. فقيل له : « ما

لنا فيه خبَر. » فما زال يُعمل[11] فِكرَه، إلى أن بعَث يطلُب مؤذِّنَ *المسجدِ

---

d'adultère, par des ragots ou par des actes, est considéré comme un crime contre la religion (*kabîra*), généralement passible de 80 coups de fouet.

7 - [تعالَ] : Voir *khabar* 5, n. 14.

8 - Cinquième prière de la journée. Elle se déroule après la disparition de toute lueur crépusculaire et peut s'étendre jusqu'à la fin du premier tiers de la nuit.

9 - حفَر حُفرة طويلة : Voir Gr. 13.

10 - Passif.

11 - Forme IV أَفْعَلَ. Inacc. 3° p. m. s. ما زال يُعمل : Voir Gr. 4.

63

réprimanda très violemment en public. Puis il lui dit [en privé] : Voilà cent dinars. Prends-les et tiens-t'en à ce que je vais t'ordonner. De retour à ta mosquée, fais l'appel à la prière [pour] cette nuit et reste dans la mosquée. La première personne qui entrera et te demandera pour quelle raison je t'ai mandé, informe-m'en. » Il répondit : « Soit. » Et il fit ainsi. La première personne à entrer fut le vieillard qui lui dit : « J'étais de cœur avec toi. Que te voulait 'Adud al-Dawla ? » Il répondit : « Il ne me voulait rien et tout s'est bien passé. » Quand il se réveilla le matin, il informa aussitôt 'Adud al-Dawla. Il envoya quérir le vieillard puis il lui dit : « Qu'a fait le Turc ? » Il répondit : « Je vais te dire la vérité. J'ai une femme pudique et estimable. Il l'épiait et se tenait sous sa fenêtre. Elle s'est plainte, craignant que sa station ne fasse scandale. J'ai donc fait de lui ceci et cela. » Il lui dit : « Va-t'en dans la bienveillance de Dieu. Les gens ne [t']ont pas entendu [avouer] et [disons que] nous ne [t']avons pas interrogé. »

---

12 - فَأَخَذَه أخذًا عنيفًا : Voir Gr. 13.

13 - Voir *khabar* 2, n. 3.

14 - Forme VIII اِفْتَعَلَ. Impératif.

15 - Forme II فَعَّلَ. Impératif.

16 - Forme IV أَفْعَلَ. Impératif. 2° p. m. s. + pr. suff. (1° p. s.) COD.

17 - Forme IV أَفْعَلَ. Acc. 3° p. m. s.

18 - Voir n. 16.

19 - [وما كان إلا الخير] : litt. « il n'y a eu que du bien » pour « tout s'est bien passé » ou « tout est bien qui finit bien ». Voir Gr. 15.

64

*المجاور لتلكَ *الدار. فأخَذَه أخذًا عنيفًا[12] في *الظاهر، ثمّ قال له : هذه مئة دينار[13] ؛ *خُذْها، *وامتثلْ[14] ما آمُرُك. إذا رجَعتَ إلى مسجدِك، فأذِّنِ[15] الليلة، *واقعُدْ في *المسجد. فأوّل من يدخُل عليك، ويسألُك عن سبَب

15 إنفاذي إليك، فأعلمْني[16] به. » فقال : « نعم. » ففعل ذلك. فكان أوّل من دخَل ذلكَ *الشيخ، فقال له : « قلبي إليك، وأيّ شيءٍ أراد[17] منك عضُدُ *الدولة ؟ » فقال : « ما أراد[18] منّي شيئًا، وما كان إلا *الخير.[19] » فلمّا أصبح[20]، أخبر[21] عضُدَ *الدولة *بالحال. فبعَث إلى *الشيخ فأحضرَه[22]، ثم

20 قال له : « ما فعَلَ *التركيّ ؟ » فقال : أصدُقُك. لي *امرأة سترية مستحسَنة، كان يُراصدُها[23]، ويقِف تحت روزنتِها ؛ فضجّت من خوف *الفضيحة بوُقوفِه. ففعَلتُ به كذا وكذا. » فقال : « اذهَب في دعةِ *الله، فما سمِعَ *الناس، ولا قُلْنا. »[24] (ابن الجوزي : الأذكياء)

---

20 - Forme IV أَفْعَلَ. Acc. 3° p. m. s.

21 - Forme IV أَفْعَلَ. Acc. 3° p. m. s.

22 - Forme IV أَفْعَلَ. Acc. 3° p. m. s. + pr. suff. (3° p. m. s.) COD.

23 - Forme III فاعَلَ. Inacc. 3° p. m. s. + pr. suff. (3° p. f. s.) COD. كان يُراصدها : Voir Gr. 4.

24 - 'Adud al-Dawla choisit de ne pas appliquer la sanction prévue par la *shari‘a*, selon laquelle le meutre doit être puni de mort. Contrairement au *khabar* 11, dans lequel il applique une peine maximale, ou au *khabar* 15, dans lequel il applique une peine exorbitante, il atténue ici la sanction.

Khabar 13

Il nous est parvenu, à propos d'al-Mansûr, qu'il se tenait dans l'une des tourelles de sa ville, quand il vit un homme agité errer dans les rues. Il l'envoya quérir. Il l'interrogea alors sur sa situation. L'homme lui raconta qu'il était parti en voyage pour son commerce et qu'il avait gagné de l'argent ; qu'il était revenu et avait remis l'argent à son épouse ; que sa femme lui avait dit que l'argent avait été volé de sa chambre et qu'il n'avait vu ni trou dans le mur ni traces d'escalade. Al-Mansûr lui demanda : « Depuis combien de temps l'as-tu épousée ? » Il dit : « Un an .» Il lui dit : « L'as-tu épousée vierge ? » Il dit : « Non. » Il lui dit : « A-t-elle un enfant d'un autre que toi ? » Il dit : « Non. » Il dit : « Est-elle jeune ou âgée ? » Il dit : « C'est même une jeunette. » Al-Mansûr fit apporter un flacon de parfum qui lui était spécialement destiné, à l'odeur forte et étrange, et le lui donna en disant : « Parfume-toi avec ce parfum, il dissipera tes ennuis. » Quand l'homme sortit de chez al-Mansûr, al-Mansûr dit à quatre de ses hommes de confiance : « Que

1 - Abû Ja'far al-Mansûr (m. 775), second calife de la dynastie abbasside. Autocrate mais politicien de génie, réputé pour sa fermeté autant que son avarice, il est le fondateur de la ville de Bagdad.

2 - Bagdad est souvent désignée par l'expression مدينة المنصور (la ville d'al-Mansûr) en référence à son fondateur.

3 - Forme IV أَفْعَلَ. Acc. 3° p. m. s.

4 - Forme IV أَفْعَلَ. Acc. 3° p. m. s. + pr. suff. (3° p. m. s.) COD.

5 - Forme IV أَفْعَلَ. Acc. 3° p. m. s.

6 - أهل, parents, proches. Peut s'employer en lieu et place de زوجة (épouse).

66

13 وبلغَنا عنِ ٭المنصور[1] أنّه جلَس في إحدى قِباب مدينته[2]، فرأى رجلاً

ملهوفًا يجول في ٭الطُرُقات، فأرسل[3] من أتاه به. فسأله عن حاله ؛ فأخبَرَهُ[4]

٭الرجُل أنّه خرَج في تجارة، فأفادَ[5] مالاً ؛ وأنّه رجَع ٭بالمال إلى منزلِه،

فدفَعَه إلى أهله[6] ؛ فذكَرَتِ ٭امرأتُه أنّ ٭المال سُرِقَ[7] من بيتها، ولم يَرَ[8] نقبًا

5 ولا تسَلُّقًا. فقال لهُ ٭المنصور : « مُنْذُ كم تزوجتَها[9] ؟ » قال : « سنة. » قال :

« أفبِكرًا[10] تزوجتَها ؟ » قال : « لا. » قال : « فلها ولَد من سِواك ؟ » قال :

« لا. » قال : « فشابّة هي أم مُسِنّة ؟ » قال : « بل حدَثة. » فدعا ٭المنصور

بقارورة طِيب كان يُتَّخَذ[11] له، حادّ ٭الرّائحة، غريب ٭النّوع[12]، فدفَعَها إليه،

وقال له : « تطيّبْ[13] من هذا ٭الطِّيب، فإنّه يُذهب[14] همَّك. » فلمّا خرَجَ

10 ٭الرجُل من عندِ ٭المنصور، قالَ ٭المنصورُ لأربعة من ثِقاته[15] : « ليقعُدْ[16]

---

7 - Forme I, passif.

8 - Forme I, apocopé. Voir Gr. 5.

9 - Forme V تَفَعَّلَ. Acc. 2° p. m. s. + pr. suff. (3° p. f. s.)

10 - أفِبِكرًا : Voir *khabar* 8, n. 13.

11 - Forme VIII اِفْتَعَلَ. Inacc. 3° p. m. s. Passif. كان يُتَّخَذ : Voir Gr. 4.

12 - حادّ الرّائحة، غريب النّوع : Voir Gr. 11.

13 - Forme V تَفَعَّلَ. Impératif, 2° p. m. s.

14 - Forme IV أَفْعَلَ. Inacc. 3° p. m. s.

15 - لأربعة من ثِقاته :Voir Gr. 6 et 8.

16 - Impératif.

67

chacun d'entre vous se tienne à l'une des portes de la ville ; quiconque passera par vous, sur qui vous sentirez l'odeur de ce parfum - et il le leur fit sentir -, amenez-le moi ! » L'homme sortit, emportant le parfum. Puis il donna à son épouse en lui disant : « Le commandeur des croyants m'en a fait cadeau ! » Quand elle le sentit, elle envoya chercher un homme qu'elle aimait et à qui elle avait donné l'argent, lui disant : « Parfume-toi avec ce parfum, le commandeur des croyants en a fait cadeau à mon mari. » L'homme se parfuma et passa par l'une des portes de la ville. Celui qui était en charge de la porte sentit sur lui l'odeur du parfum et le conduisit chez al-Mansûr. Al-Mansûr lui dit : « D'où tiens-tu ce parfum ? Il a une odeur originale et plaisante. » Il dit : « Je l'ai acheté. » Il lui dit : « Dis-nous à qui tu l'as acheté. » L'homme bredouilla et dit n'importe quoi. Al-Mansûr fit venir le chef de sa police et lui dit : « Prends cet homme vers toi ; s'il apporte ci et ça comme dinars, laisse-le

---

17 - باب من أبوابِ. Voir Gr. 7.

18 - Forme IV أَفْعَلَ. Acc. 3° p. m. s.

19 - Impératif.

20 - Forme IV أَفْعَلَ. Inacc. 3° p. f. s. كانت تُحبّه، وقد كانت دفعَت : Voir Gr. 4.

21 - Voir n. 14.

22 - Voir n. 14. Acc. 3° p. m. s.

23 - مرّ مُجتازًا : Voir Gr. 22.

24 - Forme X اِسْتَفْعَلَ. Acc. 2° p. m. s. Se lit « اِستَفَّت ».

25 - Forme VIII اِفْتَعَلَ. Acc. 1° p. s. + pr. suff. (3° p. m. s.) COD.

68

على كُلّ باب من أبوابٍ[17] *المدينة واحد منكم، فمن مرّ بكم فشمَمتُم منه

رائحة هذا *الطِّيب - وأشمَمَهم[18] منه - فليأتِني[19] به ! » وخرَجَ *الرجل

*بالطِّيب، فدفَعَه إلى *امرأتِه، وقال لها : « وهَبَ لي أميرُ *المُؤمنِين ! » فلمّا

شمَّتْه، بعثَتْ إلى رجل كانت تُحِبُّه[20]، وقد كانت دفعَتِ *المال إليه، فقالت

15 له : « تطيَّبْ[21] من هذا *الطِّيب، فإنّ أميرَ *المؤمنِين وهَبَه لزوجي. »

فتطيَّبَ[22] منهُ *الرجل، ومرَّ مُجتازاً[23] ببعض أبوابِ *المدينة ؛ فشمَّ *المُوكَّل

*بالباب رائحةَ *الطيب منه، فأخَذَه فأتى به *المنصور. فقال لهُ *المنصور :

« من أينَ *استفدتَ[24] هذا *الطِّيب، فإنّ رائحتَه غريبة مُعجِبة ؟ » فقالَ :

« *اشتريتُه[25]. » فقال : « أخبِرْنا[26] ممّن *اشتريتَه[27]. » فتَلَجْلَجَ[28] *الرجل،

20 وخلَطَ كلامه. فدعا *المنصور صاحبَ شُرطتِه، وقال له : « خُذْ[29] هذا *الرجل

إليك ؛ فإن أحضرَ[30] كذا وكذا منَ *الدنانِير[31]، فخلّه[32] يذهَبُ حيثُ شاء ؛

---

26 - Forme IV أَفْعَلَ. Impératif 2° p. m. s. + pr. suff. (1° p. pl.) COD.

27 - Voir n. 24. Acc. 2° p. m. s. + pr. suff. (3° p. m. s.) COD.

28 - تلجلج : Verbe quadrilitère, construit à partir de لَجَّ.

29 - Impératif.

30 - Forme IV أَفْعَلَ. Acc. 3° p. m. s.

31 - Voir *khabar* 2, n. 3.

32 - Forme II فَعَّلَ. Impératif 2° p. m. s. Pour فخلّه ... فإن أحضر ... : Voir
Gr. 20.

partir où il veut ; mais, s'il s'en abstient, alors donne-lui mille coups de fouet sans revenir m'en demander l'autorisation ! » Quand l'homme sortit de chez lui, il fit revenir le chef de sa police et lui dit : « Menace-le et fais-le mettre nu mais, surtout, ne lui donne pas un seul coup avant de revenir m'en demander l'autorisation !» Le chef de la police sortit. Quand il l'eut déshabillé et enfermé, il promit de rendre les dinars et les rapporta en l'état. Il en informa al-Mansûr. Il fit venir le propriétaire des dinars et lui dit : « Qu'en dis-tu ? Si je te rends tes dinars en l'état, me fais-tu juge de ta femme ? » Il dit : « Oui .» Il lui dit : « Voici tes dinars et j'ai prononcé ton divorce de cette femme .» Puis il lui raconta son histoire.

---

33 - Forme VIII اِفْتَعَلَ. Acc. 3° p. m. s. Pour وإن امتنع فاضرِبه : Voir Gr. 20.

34 - Menace exorbitante par comparaison à la sanction légale qui prévoit cent coups de fouet. Il est cependant arrivé qu'elle soit effectivement appliquée. Elle revient, de fait, à une mise à mort.

35 - مُؤامَرة, employé aujourd'hui d'abord pour « complot », a ici son sens premier : prendre ses ordres, demander des directives.

36 - Forme II فَعَّلَ. Impératif 2° p. m. s.

37 - Forme II فَعَّلَ. Impératif 2° p. m. s. + pr. suff. (3° p. m. s.) COD.

38 - Forme IV أَفْعَلَ. Inacc. 2° p. m. s. Energique : Voir Gr. 3.

39 - Forme III فاعَلَ. Inacc. subj. 2° p. m. s. + pr. suff (1° p. s.) COD.

40 - Forme II فَعَّلَ. Acc. 3° p. m. s. + pr. suff. (3° p. m. s.) COD.

41 - Forme IV أَفْعَلَ. Acc. 3° p. m. s.

42 - Forme IV أَفْعَلَ. Acc. 3° p. m. s. + pr. suff. (3° p. f. s.) COD.

43 - Forme IV أَفْعَلَ. Acc. 3° p. m. s.

وإنِ *امتنع[33]، فاضرِبْه ألف سوط[34] من غير مُؤامَرة[35]. » فلمّا خرَج من عنده، دعا صاحب شرطتِه، فقال : « هوّل[36] عليه وجرّدْه[37]، ولا تُقدِمنَّ[38] بضربة حتّى تُؤامِرَني[39]. » فخرَج صاحب شرطتِه. فلمّا جرّدَه[40] وسجَنَه،

25 أذعن[41] بردِّ *الدنانير، وأحضرَها[42] بهيئتِها. فأعلمَ[43] *المنصور بذلك. فدعا صاحبَ *الدنانير، فقال له : « أرأيتُك، إن رددتُ إليكَ *الدنانير بهيئتِها، أتُحكّمُني[44] في *امرأتِك ؟ » قال : « نعم. » قال : « هذه دنانيرُك، وقد طلّقتُ[45] *المرأة عليك. »[46] وأخبره[47] بخبَرِها. (ابن الجوزي : الأذكياء)

---

44 - Forme II فَعَّلَ. Inacc. 2° p. m. s. + pr. suff. '1° p. s.) COD. La particuleأ est interrogative (voir aussi أرأيتك).

45 - Forme II فَعَّلَ. Acc. 1° p. s.

46 - Le calife propose une « sanction » de circonstance ; au nom du principe coranique de « ordonner le louable et interdire le blâmable », il décide du divorce d'un autre musulman, estimant que c'est là son intérêt et celui de la communauté. On notera aussi que la jeune épouse et son amant ne sont punis ni pour le vol ni pour l'adultère.

47 - Forme IV أَفْعَلَ. Acc. 3° p. m. s. + pr. suff. (3° p. f. s.) COD.

71

Khabar 14

Abû al-Hasan Ibn Hilâl Ibn al-Hasan al-Sâbî a raconté dans son *Histoire*. Il a dit : Certain commerçant m'a raconté, il a dit :

J'étais au campement. Il advint un jour que le sultan Jalâl al-Dawla, étant sorti comme à son habitude pour une chasse montée, un paysan en pleurs vint à sa rencontre. Il lui demanda : « Qu'as-tu ? » Il répondit : « Trois jeunes serviteurs sont venus à ma rencontre et ils ont pris une charge de pastèques que j'avais avec moi. Or, c'est [toute] ma marchandise. » Il lui dit : « Va au campement. Là-bas, il y a une tente rouge. Assieds-toi devant [cette tente] et ne bouge pas de la journée. Je reviendrai et te donnerai ce qui fera ta fortune. » Quand le sultan revint, il dit à l'un de ses ravitailleurs : « J'ai envie de pastèques. Fouillez les soldats et leurs tentes, peut-être en trouverez-vous un peu. » Il obtempéra et apporta les pastèques. Le sultan demanda : « Chez qui les avez-vous vues ? » Il répondit : « Dans la tente d'Untel, le chambellan. » Il dit : « Convoquez-le. » Il lui demanda :

1 - Il s'agit d'Abû al-Hasan Muhammad Ibn Hilâl al-Sâbî, surnommé Ghars al-Ni'ma (m. 1088), héritier d'une riche famille de savants et médecins et auteur d'une chronique à laquelle a puisé Ibn al-Jawzî.

2 - Forme II فَعَّلَ. Acc. 3° p. m. s. + pr. suff. (1° p. s.) COD.

3 - Forme I.

4 - Forme VIII اِفْتَعَلَ. Acc. 3° p. m. s.

5 - Voir *khabar* 5, n. 1.

6 - سوادي : habitant du *Sawâd*, « terre noire » formée par les alluvions du Tigre et de l'Euphrate, par opposition à la blancheur du désert ; par extension, de toute zone cultivée d'une province ou ceinture verte d'une agglomération.

14 وروى أبو *الحسَنِ بن هِلال ابنِ *الحسَنِ *الصابي[1] في تاريخه، قال :

حدَّثَني[2] بعضُ *التُّجّار وقال :

كُنتُ[3] في *المُعَسكَر، *واتَّفق[4] أن ركبَ *السُّلطان جلالُ *الدولة[5] يومًا

إلى صيد على عادته، فلقِيَه سوادِيّ[6] يبكي. فقال : « مالك[7] ؟ » فقال :

5 « لقِيَني ثلاثة غِلمان[8]، أَخَذوا حمل بِطِّيخ كان معي، وهو بِضاعتي. »

فقال : « امْضِ[9] إلى *المُعَسكَر، فهُناكَ قُبّة حمراء، *فاقعُدْ[10] عندها، ولا

تبرَحْ[11] إلى آخرِ *النهار ؛ فأنا أرجع، وأُعطيك[12] ما يُغنيك[13]. » فلمّا عادَ

*السُّلطان، قال لبعض شُرّائه : « قد *اشتهيتُ[14] بِطِّيخًا، ففتّش[15] *العسكَر

وخِيَمَهم على شيء منه. » ففعَل، وأحضَرَ[16] *البطِّيخ. فقال : « عند من

10 رأيتُمُوه[17] ؟ » فقال : « في خيمة فُلانٍ *الحاجب. » فقال : « أحضِرُوه[18]. ».

---

7 - Interrogation en arabe dialectal. Equivalente du littéral ما بك ؟

8 - Voir *khabar* 4, n. 3.

9 - Impératif.

10 - Impératif.

11 - Prohibitif.

12 - Forme IV أَفْعَلَ. Inacc. 1° p. s. + pr. suff. (2° p. m. s.) COD.

13 - Forme IV أَفْعَلَ. Inacc. 3° p. m. s. + pr. suff. (2° p. m. s.) COD.

14 - Forme VIII اِفْتَعَلَ. Acc. 1° p. s.

15 - Forme II فَعَّلَ. Impératif 2° p. m. s.

16 - Forme IV أَفْعَلَ. Acc. 3° p. m. s.

17 - Il s'agit d'un verbe de forme I, acc. 2° p. m. pl. avec un pr. suff. COD. Le *wâw* inséré avant le suffixe n'a pas de fonction grammaticale mais phonétique.

18 - Voir n. 16. Impératif 2° p. m. pl. + pr. suff. COD.

« D'où viennent ces pastèques ? » Il répondit : « Les serviteurs les ont apportées. » Il lui dit : « Je les veux sur l'heure. » Le chambellan s'en repartit, pressentant une affaire périlleuse. Il fit fuir les serviteurs de crainte qu'ils ne soient tués et revint. Il dit : « Ils se sont enfuis sitôt qu'ils ont appris que le sultan les faisait mander. » Le sultan dit : « Faites venir le paysan. » On le fit venir. Il lui demanda : « Sont-ce là les pastèques que l'on t'a prises ? » Il répondit : « Oui. » Il lui dit : « Ce chambellan est mon mamelouk. Je te le remets pour escompte et te l'offre sans contrepartie jusqu'au moment où ceux qui t'ont pris les pastèques reviendront. Et, par Dieu, si tu l'affranchis, je te fais trancher le cou ! » Le paysan prit le chambellan par la main et le fit sortir. Le chambellan proposa d'acheter sa liberté pour trois cent dinars. Le paysan revient vers le sultan et dit : « O sultan, j'ai vendu pour trois cent dinars le mamelouk dont tu m'as fait don. » Il lui demanda : « Cela te satisfait-il ? » Il dit : « Oui. » Il lui dit : « Prends ton argent, va et que la paix t'accompagne. »

---

19 - Forme IV أَفْعَلَ. Inacc. 1° p. s. + pr. suff. (3° p. m. pl.) COD.

20 - أُرِيدُهُمُ الساعة : Voir Gr. 16.

21 - Forme IV أَفْعَلَ. Acc. 3° p. m. s.

22 - Forme II فَعَّلَ. Acc. 3° p. m. s.

23 - خوفًا من : أن يُقتَلوا : Inacc. subj. 3° p. m. pl. et passif. Pour la phrase : أن يُقتَلوا, voir Gr. 18.

24 - Voir n. 16. Impératif 2° p. m. pl.

25 - Voir n. 16. Passif.

26 - Passif.

27 - Impératif.

28 - مملوك, litt= possédé, appartenant à ; le terme désigne de manière générale les militaires de condition servile. Par ailleurs et plus tard

74

فقال له : « من أين هذا *البطّيخ ؟ » فقالَ : « *الغلمان جاؤوا به. »

فقال : « أُريدُهُمُ [19] *الساعة[20]. » فمضى وقد أحسَّ [21] *بالشرِّ، فهرَّبَ[22]

*الغلمان خوفًا من أن يُقتَلوا[23]. وعاد، فقال : « قد هرَبوا لمّا علموا بطلَب

*السُّلطان لهم. » فقال : « أحضروا[24] *السوادِيّ. » فأُحضِر[25]. فقال له :

15 « هذا بطّيخُكَ *الذي أُخِذَ[26] منك ؟ » قال : « نعم. » قال : « فخُذْهُ[27].

وهذا *الحاجب مملوكٌ[28] لي، وقد سلَّمتُه[29] إليك، ووهَبتُه لك، حتّى يحضُرَ

*الذين أَخَذوا منكَ *البطّيخ. *واللهِ ! لَئِنْ أخليتَه[30] لأضربنَّ[31] رقبتَك ! »

فأَخَذَ *السوادِيّ بيد *الحاجب فأخرجَه[32]. *فاشترى[33] *الحاجب نفسَه

بثلاثمائة دينار. فعادَ *السوادِيّ إلى *السلطان، وقال : « يا سلطان[34]، قد

20 بعتُ[35] *المملوكَ *الذي وهَبتَه لي بثلاثمائة دينار ! » فقال : « قد رضيتَ

بذلك ؟ » قال : « نعم ! » قالَ : « *اقبِضْها[36] وامضِ[37] *مُصاحَبًا *بالسلامة. »

(ابن الجوزي : الأذكياء)

---

dans l'histoire, le pluriel désignera une dynastie de sultans.

29 - Forme II فَعَّلَ. Acc. 1° p. s. + pr. suff. COD.

30 - Forme IV أَفْعَلَ. ACC. 2° p. m. s. + pr. suff. COD.

31 - Energique. Voir Gr. 3.

32 - Forme IV أَفْعَلَ. Acc. 3° p. m. s. + pr. suff. COD.

33 - Forme VIII افْتَعَلَ. Acc. 3° p. m. s.

34 - يا سُلطان : Vocatif. Voir Gr. 10.

35 - Forme I.

36 - Impératif 2° p. m. s. + pr. suff. (3° p. f. s.) COD.

37 - Impératif 2° p. m. s.

75

Khabar 15

L'auteur dit :

Il m'est parvenu qu'un homme était venu à Bagdad [en route] pour le pèlerinage. Il avait avec lui un collier de perles qui valait mille dinars. Il s'efforça de le vendre mais ne parvint pas à le monnayer. Il se rendit chez un apothicaire, dépeint comme un homme vertueux, et le lui confia. Puis il fit son pèlerinage et revint, lui rapportant même un cadeau. L'apothicaire lui dit : « Qui es-tu et qu'est cela ? » Il répondit : « Je suis le propriétaire du collier que je t'ai laissé en dépôt. » A peine eut-il répondu, que l'apothicaire lui donna un coup de pieds qui le jeta hors de l'échoppe et lui dit : « Tu oses soutenir à mon sujet de telles allégations ! » Les gens se rassemblèrent et dirent au pèlerin : « Malheur à toi ! C'est un homme de bien ! N'as-tu trouvé personne d'autre que lui à accuser ? » Le pèlerin ne savait plus que faire. Il revint voir l'apothicaire à plusieurs reprises et il n'obtint de lui que davantage d'injures et de coups. On lui dit : « Et si tu allais chez 'Adud al-Dawla ? Il a, pour ces choses, de la *firâsa*. » Il

----

1 - Forme III فاعَلَ. Inacc. 3° p. m. s.

2 - Voir *khabar* 2, n. 3.

3 - Forme VIII افْتَعَلَ. Acc. 3° p. m. s.

4 - Il veut vendre le collier pour payer les frais du pèlerinage.

5 - Forme IV أَفْعَلَ. Acc. 3° p. m. s. + pr. suff. (3° p. m. s.) COD.

6 - Voir n. 5. Pr. suff. 2° p. m. s. COD.

7 - Forme II فَعَّلَ. Acc. 3° p. m. s. + pr. suff. (3° p. m. s.) COD.

8 - رفَسَه رفسة : Voir Gr. 13.

76

15 قالَ *المؤلِّف :

بلَغَني أنَّ رجُلاً قدِم إلى بغداد *للحجِّ، وكان معه عِقد منَ *الحبّ

يُساوي[1] ألف دينار[2]. فاجتهد[3] في بيعِه[4]، فلم ينفُقْ. فجاء إلى عطّار موصوف

*بالخير، فأودعَه[5] إيّاه، ثمّ حجّ وعاد، فأتاه بهديّة. فقال لهُ *العطّار : « مَن

5 أنت، وما هذا ؟ » فقال : « أنا صاحبُ *العِقد *الذي أودعتُك[6]. » فما

كلَّمَه[7] حتّى رفَسَه رفسة[8] رماه عن دُكّانِه، وقال : « تدّعي[9] عليّ مِثل هذهِ

*الدعوى ! » فاجتمعَ[10] *الناس، وقالوا *للحاجّي[11] : « ويلَك ! هذا رجُل

خير ! ما لحقتَ مِن تدّعي[12] عليه إلاّ هذا[13] ؟ » فتحيّرَ[14] *الحاجّي وتردّد[15]

إليه، فما زاده إلاّ شتمًا وضربًا. فقيلَ[16] له : « لو ذهَبتَ إلى عضُد *الدولة،

10 فله في هذهِ *الأشياء فراسة[17]. » فكتَب قصّتَه، وجعلَها على قصَبة، ورفعَها

---

9 - Forme VIII اِفْتَعَلَ. Inacc. 2° p. m. s.

10 - Forme VIII اِفْتَعَلَ. Acc. 3° p. m. s.

11 - حاجّي est la forme turco-persane de l'arabe حاجّ.

12 - Voir n. 9.

13 - ما لِحقت من تدّعي عليه إلاّ هذا : Voir Gr. 15.

14 - Forme V تَفَعَّلَ. Acc. 3° p. m. s.

15 - Forme V تَفَعَّلَ. Acc. 3° p. m. s.

16 - Passif.

17 - La *firâsa* (≈ physiognomonie) est une technique de divination inductive permettant, par l'observation de signes extérieurs, de

mit sa requête par écrit, la plaça au bout d'une pique et la leva vers 'Adud al-Dawla. Il le héla. Il s'approcha. Il l'interrogea sur sa situation et il lui raconta l'histoire. Il lui dit : « Demain, va chez l'apothicaire et assied-toi sur son perron. S'il t'en empêche, assied-toi sur un perron qui lui fait face, du matin au couchant, sans lui parler. Tu feras de même durant trois jours. Le quatrième jour, je passerai par toi, m'arrêterai et te saluerai. Ne te lève pas pour moi et contente-toi de me saluer et de répondre aux questions que je te poserai. Sitôt que je serai parti, tu lui mentionneras de nouveau le collier. Ensuite, tiens-moi informé de ce qu'il t'aura dit. S'il te le rend, apporte-le-moi. »

[Le transmetteur] poursuivit : Il se rendit à l'échoppe de l'apothicaire et voulut s'asseoir mais il l'en empêcha. Il s'assit en face trois jours de suite. Le quatrième jour, 'Adud al-Dawla passa avec son cortège imposant. Quand il vit le Khurassanien, il s'arrêta et dit : « Le Salut soit sur vous. » Le Khurassanien répondit sans se lever : « Et sur

---

connaître les intentions, qualités, défauts, pensées... de quelqu'un, voire ses liens de filiation. C'est aussi, pour certains privilégiés, la capacité de comprendre, avec l'aide de Dieu, les secrets des consciences.

Voir Gr. 19 : لو ذَهَبت إلى عضد الدولة، فله في هذه الأشياء فراسة

18 - Forme IV أَفْعَلَ. Acc. 3° p.m. s. + pr. suff. (3° p. m. s.) COD.

19 - Forme III فاعَلَ. Acc. 3° p. f. s. + pr. suff. (3° p. m. s.) COD.

20 - Voir n. 7. Prohibitif. Inacc. apocopé 2° p. m. s. + pr. suff. (3° p. m. s.) COD.

21 - ثلاثة أيّام : Voir Gr. 8.

22 - Forme I.

لعضُد *الدولة. فصاح به، فجاء، فسألَه عن حاله، فأخبرَه[18] *بالقصّة، فقال :

« اذهَبْ إلى *العطّار غدًا، واقعُدْ على دكّته ؛ فإن منَعَك، فاقعُدْ على دكّة

تُقابلُه[19]، منَ *الصُّبح إلى *المغرب، ولا تُكلّمْه[20] ؛ وافعلْ هكذا ثلاثة أيّام[21].

فإنّي أمُرّ عليك في اليومِ *الرابع، وأقفُ[22] وأُسلّم[23] عليك، فلا تقُمْ[24] لي، ولا

15 تزِدْني[25] على ردِّ *السلام، وجواب ما أسألُك عنه. فإذا *انصرفتُ[26]، فأعدْ

عليه ذكرَ *العقد، ثمّ أعلِمْني[27] ما يقول لك. فإن أعطاكَه[28]، فجيءْ[29] به

إليّ. » قال... فجاء إلى دُكّانِ *العطّار ليجلسَ، فمنَعَه. فجلَس بمُقابَلته ثلاثة

أيّام. فلمّا كان *اليومُ *الرابعُ، *اجتاز[30] عضُدُ *الدولة في موكبِه *العظيم.

فلمّا رأى *الخُراسانيَّ[31] وقَف، وقال : « سلام عليكم[32] ! » فقالَ *الخُراسانيُّ،

---

23 - Forme II فَعَّلَ. Inacc. 1° p. s.

24 - Prohibitif.

25 - Prohibitif.

26 - Forme VII اِنْفَعَلَ. Acc. 1° p. s.

27 - Forme IV أَفْعَلَ. Impératif. 2° p. m. s. + pr. suff. (1° p. s.) COD.

28 - Forme IV أَفْعَلَ. Acc. 3° p. m. s. + 2 pr. suff. COD, 2° p. m. s. et 3° p. m. s.

29 - Dans ce passage, sont à l'impératif ou au prohibitif : اذهَبْ ـ اقعدْ ـ لا تُكلّمْه ـ لا تقُمْ ـ لا تزِدْني ـ أعدْ ـ أعلِمْني ـ جيءْ.

30 - Forme VIII اِفْتَعَلَ. Acc. 3° p. m. s.

31 - Voir *khabar* 10, n. 2.

32 - سلام عليكم (ال) (Le Salut soit sur vous) : Formule toujours au

79

vous. » Il lui dit : « Alors, mon frère, tu viens ici sans passer nous voir ni nous dire de quoi tu as besoin ! » Il répondit laconiquement et selon ce qu'ils étaient convenus. Dans le même temps, 'Adud al-Dawla, qui restait à l'arrêt ainsi que toute sa garde, lui posait des questions et lui donnait des marques de considération. L'apothicaire, lui, était mort de peur. Quand il partit, l'apothicaire se tourna vers le pèlerin et lui dit : « Malheureux ! Quand m'as-tu remis ce collier et dans quoi était-il enveloppé ? Rappelle-le-moi, cela me reviendra peut-être. » Il lui dit : « Il ressemblait à ceci et cela. » Il se mit à chercher puis il retourna une sienne jarre et le collier tomba. Il lui dit : « Je l'avais vraiment totalement oublié et si tu ne me l'avais rappelé à l'instant, je ne m'en serais pas souvenu. » [Le pèlerin] prit le collier et dit : « A quoi cela me servira-t-il d'informer 'Adud al-Dawla ? » Puis il se dit : « Peut-être veut-il me l'acheter. » Il alla chez lui et l'informa.

---

pluriel. Pour les Musulmans, elle s'adresse à la personne saluée et à ses deux anges protecteurs.

33 - Forme V تَفَعَّلَ. Inacc. apocopé 3° p. m. s.

34 - Forme VIII افْتَعَلَ. Acc. 3° p. m. s.

35 - Forme IV أَفْعَلَ. Inacc. apocop 3° p. m. s. + pr. suff. (3° p. m. s.) COD.

36 - ولم يُشبِعْهُ الكلام : Voir Gr. 18.

37 - Forme VIII افْتَعَلَ. Inacc. 3° p. m. s.

38 - Passif. [★الخوف مِنَ عليه [أُغمِيَ = [mourir de peur]. Litt : Perdre connaissance de peur.

39 - Forme VII انْفَعَلَ. Acc. 3° p. m. s.

80

ولم يتحرّك [33] : « وعليكمُ *السلام. » فقال : « يا أخي، تقدَّم فلا تأتي إلينا، 20

ولا تعرِض حوائجَك علينا ! » فقال كما اتّفق [34]، ولم يُشبعْهُ [35] *الكلام [36]،

وعضُدُ *الدولة يسألُه ويحتفي [37] به ؛ وقد وقَف، ووقَفَ *العسكر كلُّه ؛

*والعطّار قد أُغميَ [38] عليه منَ *الخوف. فلمّا *انصرفَ [39]، *التفتَ [40]

*العطّار إلى *الحاجّي، فقال : « وَيْحَك، متى أودعتَني [41] هذا *العقد، وفي

أيِّ شيء كان ملفوفًا ؟ فذكّرْني [42]، لعلّي أذكُرُه. » فقال : « من صفته كذا 25

وكذا. » فقام وفتّش [43]، ثم نقَض جرّة عنده، فوقَعَ *العقد، فقال : « قد

كُنتُ نسيتُ ؛ ولو لم تُذكّرْني [44] *الحال، ما ذكرتُ. » فأخَذَ *العقد، ثم قال :

« وأيِّ فائدة لي في أن أعلمَ [45] عضُدَ *الدولة ؟ » ثمّ قال في نفسه : « لعلّه

يُريد [46] أن يشتريَه [47]. » فذهَب إليه، فأعلمَه [48]، فبعَث به مع *الحاجب إلى

---

40 - Forme VIII افْتَعَلَ. Acc. 3° p. m. s.

41 - Voir n. 5. Pr. suff. 1° p. s.

42 - Forme II فَعَّلَ. Impératif. 2° p. m. s. + pr. suff. (1° p. s.) COD.

43 - Forme II فَعَّلَ. Acc. 3° p. m. s.

44 - Voir n. 42. Inacc. apocopé 2° p. m. s. + pr. suff. (1° p. s.) COD.

45 - Voir n. 27. Inacc. subj. 1° p. s.

46 - Forme IV أَفْعَلَ. Inacc. 3° p. m. s.

47 - Forme VIII افْتَعَلَ. Inacc. subj. 3° p. m. s. + pr. suff. (3° p. m. s.) COD.

48 - Voir n. 26. Acc. 3° p. m. s. + pr. suff. (3° p. m. s.) COD.

'Adud al-Dawla l'envoya avec le chambellan à l'échoppe de l'apothicaire. [Le chambellan] mit le collier autour du cou de l'apothicaire et le crucifia sur la porte de son échoppe. On fit crier à son propos : « Voilà la sanction de celui à qui on a confié un dépôt et qui l'a nié. » Quand la journée s'acheva, le chambellan prit le collier, le remit au pèlerin et lui dit : « Tu peux partir. »

---

49 - Forme II فَعَّلَ. Acc. 3° p. m. s.

50 - Objet de controverses entre théologiens musulmans, la crucifixion est une sanction pénale parfois appliquée aux assassins, apostats ou bandits de grand-chemin. Elle surdétermine l'acte de l'apothicaire et vise à frapper les esprit de manière dissuasive.

51 - Forme III فاعَلَ. Acc. 3° p. m. s. Passif.

52 - Forme X اسْتَفْعَلَ. Acc. 3° p. m. s. Passif.

53 - Forme II فَعَّلَ. Acc. 3° p. m. s. + pr. suff. (3° p. m. s.) COD.

دُكّانِ *العطّار. فعلّقَ [49] *العقد في عُنُقِ *العطّار، وصلَبَه [50] ببابِ *الدُّكّان، ٣٠

ونُوديَ [51] عليه : « هذا جزاء منِ *استودع [52] فجحَد ! » فلمّا ذهَبَ *النهار،

أخَذَ *الحاجبُ *العقد، فسلّمَه [53] إلى *الحاجّي، وقال : « اذهَب. » (ابن

الجوزي : الأذكياء)

83

Khabar 16

Al-Husayn Ibn al-Hasan Ibn Ahmad Ibn Yahyâ al-Wâthiqî a dit :

Mon grand-père [Ahmad al-Wâthiqî] était le chef de la police de Bagdad sous al-Muktafî bi-Llâh. Durant son mandat, les voleurs réussirent une opération d'envergure. Les commerçants se réunirent et demandèrent justice à al-Muktafî bi-Llâh. Il lui enjoignit soit de présenter les voleurs, soit d'acquitter lui-même le montant du vol. Cela le troubla au point qu'il lui arrivait de partir à cheval patrouiller seul, de jour et de nuit. Jusqu'au jour où il passa devant une ruelle vide, vers l'une des sorties de Bagdad. Il y pénétra et trouva [qu'il s'y passait] des choses répréhensibles. Puis il vit une impasse. Il y entra. Devant la porte de l'une des maisons de l'impasse, il vit les arêtes d'un grand poisson, dont l'arête dorsale. On pouvait en déduire que le poisson pesait environ cent vingt *ritls*. Il demanda à quelqu'un qui travaillait

---

1 - Petit-fils du personnage central (voir n. 2)

2 - Héros éponyme d'Abû al-Hasan Ahmad Ibn Muhammad al-Wâthiqî (m. 906), qui fut chef de la police à Bagdad sous le califat d'al-Muktafî bi-Llâh.

3 - Forme V تَفَعَّلَ. Désormais, seule la forme des verbes est mentionnée en note. A vous d'identifier la personne et la vocalisation qui en résulte.

4 - Héros éponyme du calife al-Muktafî bi-Llâh (m. 908) dont le califat fut bref (6 ans et demi) mais prospère.

5 - فعمَلَ اللصوص ... عملة عظيمة : Voir Gr. 13.

6 - Forme VIII اِفْتَعَلَ.

16 قالَ *الحسين بنُ *الحسن بن أحمَد بن يحيى *الواثقي[1] :

كان جدّي[2] يتقلّد[3] شُرطة بغداد *للمُكتَفي *بالله[4] ؛ فعمَلَ *اللُّصوص في أيَّامه عملة عظيمة[5]. *فاجتمعَ[6] *التُّجَار، وتظلَّموا[7] إلى *المكتَفي *بالله، فألزمَه[8] بإحضارِ *اللُّصوص أو غرامةِ *المال[9]. فتحيّر[10] حتَّى كان يركَب[11]

5 وحدَه، ويطُوف *بالليل *والنهار. إلى أن اجتازَ[12] يومًا[13] في زُقاق خالٍ[14]، في بعض أطراف بغداد. فدخلَه، فوجَد مُنكَرًا[15]. ووجَد فيه زُقاقًا لا ينفُذ، فدخلَه. فرأى على بعض أبواب دُورِ *الزُّقاق شوك سمَكة كبيرة وعظَم *الصُّلب، وتقدير ذاك أن تكونَ *السمَكة فيها مائة وعِشرون رِطلاً[16]. فقال

---

7 - Forme V تَفَعَّلَ.

8 - Forme IV أَفْعَلَ.

9 - غرامة المال= Obligation de restituer la somme. غرامة s'emploie pour amende.

10 - Forme V تَفَعَّلَ.

11 - كان يركَب : Voir Gr. 4.

12 - Forme VIII افْتَعَلَ.

13 - اجتاز يومًا في زُقاق خالٍ : Voir Gr. 4.

14 - Voir Kouloughli D. E., *op. cit.*, p. 91-94.

15 - فوجَد مُنكَرًا : signifie « il trouva [qu'il s'y passait] des choses répréhensibles », comme cela a été traduit. Cependant, vu le contexte, il n'est pas exclu qu'il s'agisse d'une coquille réitérée dans les différentes éditions imprimées. Dans l'attente d'une édition critique, on peut suggérer que l'énoncé pourrait être فوجَد منفَذًا : il trouva un passage.

85

aux abattoirs : « Hé, misérable, tu vois les arêtes de ce poisson ? Combien penses-tu qu'il coûte ? » Il répondit : « Un dinar. » Il dit : « La situation des habitants de cette impasse ne leur permet pas de s'acheter un tel poisson. On voit clairement comment s'est faite son implantation jouxtant le désert. Quiconque possède quelque chose et craint de le perdre, ou a de l'argent à dépenser pour se loger, ne s'y installera pas. Il y a donc là quelque forfait qu'il convient de tirer au clair. » L'homme [qu'il venait d'interroger] écarta cette idée et dit : « Voilà qui est loin chercher ! ». Al-Wâthiqî lui dit : « Trouve une femme de cette rue, que je puisse parler avec elle. »

L'homme frappa à une autre porte que celle devant laquelle se trouvaient les arêtes et demanda de l'eau à boire. Une vieille femme chétive sortit. Sitôt qu'ils avaient bu, il redemandait à boire et elle les resservait. Dans le même temps, al-Wâthiqî l'interrogeait sur la rue et ses habitants et elle lui racontait, ignorant quelles en étaient les implications. Jusqu'à ce qu'il lui dit : « Et cette

16 - Se lit également رَطل. Unité de poids de valeur très variable. Le *ratl/ritl* bagdadien équivalait à environ 400 grammes. Voir Gr. 8.

17 - Le même terme arabe désigne les arêtes et les os.

18 - Forme II فَعَّلَ.

19 - دينار : Voir *khabar* 2, n. 3.

20 - Forme IV أَفْعَلَ.

21 - Forme I.

22 - Passif.

23 - Forme X اسْتَفْعَلَ.

24 - [فكر بعيد]= litt. Pensée lointaine ; s'emploie pour « raisonnement

86

لواحد من أصحابِ *المسالِخ : « ويحَك ! ما ترى عِظام[17] هذه *السمَكة،

10 كم تُقدِّر[18] ثمَنَها ؟ » قال : « دينار[19]. » فقال : « أهل هذا *الزقاق لا تحمل

أحوالُهم شِراء مِثل هذهِ *السمَكة، لأنّه زقاق بيِّنُ *الاختلال إلى جانبِ

*الصحراء، لا ينزِلُه من معه شيء يخافُه أو له مال يُنفِق[20] منه مِثل هذهِ

*النفَقة ؛ وما هي إلا بليّة يجب[21] أن يُكشَفَ[22] عنها. » *فاستبعدَ[23] *الرجُل

هذا، وقال : « هذا فكر بعيد[24] ! »

15 فقال : « اطلُبوا *امرأة منَ *الدرب أُكلِّمُها[25]. » فدقّ بابًا غيرَ *الباب

*الذي عليه *الشوك، *واستسقى[26] ماء، فخرَجتْ عجوز ضعيفة. فما زال

يطلُب شُربة[27] بعد شُربة، وهي تسقيهم[28]، *والواثقيّ في خِلال ذلك يسأل

عنِ *الدرب وأهله، وهي تُخبرُه[29] غير عارفة بعواقب ذلك، إلى أن قال لها :

« فهذهِ *الدار، من يسكُنُها ؟ » وأومأ[30] إلى *التي عليها عِظامُ *السمَك.

---

tiré par les cheveux », hypothèse peu probable.

25 - Forme II فَعَّلَ.

26 - Forme X اسْتَفْعَلَ.

27 - شُربة =quelque chose à boire, à la différence du *khabar* 1, où il est
question de quelque chose à boire une seule fois (شَربة).

28 - وهي تسقيهم : Voir Gr. 18.

29 - Forme IV أَفْعَلَ.

30 - Forme IV أَفْعَلَ.

31 - خمسة شباب : Voir Gr. 8.

87

maison, qui y habite ? ». Il désignait de la main la maison devant laquelle il y avait le squelette de poisson. Elle dit : « Par Dieu, nous ne savons pas vraiment qui en sont les habitants, sauf qu'il y a là cinq jeunes gaillards dégourdis, qui semblent être des commerçants. Ils se sont installés depuis un mois. Nous ne les voyons que très rarement sortir pendant la journée et nous avons bien vu que lorsque l'un d'entre eux sort pour une affaire, il revient rapidement. Toute la journée, ils sont réunis à manger, boire, jouer aux échecs ou au jacquet. Ils ont à leur service un jeune garçon. Quand la nuit arrive, ils partent dans une maison qu'ils ont à al-Karkh et laissent le garçon pour qu'il garde celle-ci. Le jour n'est pas encore levé qu'ils reviennent, alors que nous dormons, de sorte que nous ne savons pas vraiment l'heure de leur retour.

[Le transmetteur] poursuivit : Le chef de la police cessa de demander de l'eau et la vieille rentra chez elle. Il dit à l'homme : « Alors, cela décrit bien des voleurs ou pas ? » Puis il dit : « Occupez-vous des alentours de la maison et laissez-moi [me charger de] la porte. »

---

32 - يخرُجون نهارًا : Voir Gr. 4.

33 - Contraction de إنّنا.

34 - Forme VIII افْتَعَلَ.

35 - Nom du jeu d'échecs. Terme d'origine persane.

36 - Forme VII انْفَعَلَ.

37 - Al-Karkh est le secteur des marchés de Bagdad, attenant du côté Ouest à la « Ville Ronde » d'al-Mansûr.

38 - Forme I ; وَدَعَ

88

فقالت : « *والله، ما ندري على *الحقيقة من سُكّانُها، إلا أنّ فيها خمسة

شباب[31] أعفار، كأنّهم تُجّار، قد نزَلوا مُنذُ شهر. لا نراهم يخرُجون نهارًا[32]،

إلا كُلّ مُدّة طويلة. وإنّا[33] نرى الواحد منهم يخرُج في *الحاجة ويعُود

سريعًا. وهم طُولَ *النهار يجتمعون[34]، فيأكُلون ويشرَبون، ويلعبون

*بالشطرَنْج[35] *والنرد. ولهم صبيّ يخدُمُهم. وإذا كانَ *الليلُ، *انصرفوا[36]

إلى دار لهم في *الكرخ[37]. ويدَعونَ[38] الصبيّ في *الدار يحفظُها. فإذا كان

سحَرًا بليل[39]، جاؤوا ونحن نيام[40]، لا نعقِل بهم وقت مجيئِهم. »

قال... فقطَعَ *الوالي *استسقاءَ *الماء، ودخَلتِ *العجوز، وقال

*للرجل : « هذه صِفة لُصوص أم لا ؟ » فقال : « توكّلوا[41] بحوالي *الدار،

ودَعوني[42] على بابها ! »

39 - [كان سحَرًا بليل] = litt. Aube dans nuit. S'emploie pour l'instant où l'aube pointe.

40 - جاؤوا ونحن نيام : Voir Gr 18.

41 - Forme V تَفَعَّلَ.

42 - Voir n. 31. Impératif.

43 - Forme IV أَفْعَلَ.

[Le transmetteur] poursuivit : Aussitôt, il mit son plan à exécution. Il appela dix de ses hommes qu'il fit pénétrer sur les terrasses du voisinage puis il frappa à la porte. Le garçon vint lui ouvrir. Il entra et ses hommes avec lui. Aucun d'eux ne leur échappa. Il les conduisit dans le local de la police et obtint leurs aveux. C'étaient bien les responsables de la trahison. Ils désignèrent leurs autres complices. Al-Wâthiqî les prit. Il était fier de cette histoire.

---

44 - Forme X اِسْتَفْعَلَ.

45 - Voir Gr. 8. : عشرة مِنَّ الرجال -

46 - Forme IV أَفْعَلَ.

47 - Forme II فَعَّلَ.

48 - Forme VIII اِفْتَعَلَ. كان يفتخر : Voir Gr. 4.

90

قال... وأنفذ [43] في *الحال، *واستدعى [44] عشرة منَ *الرجال [45]، ٣٠

وأدخلَهم [46] إلى سطوحِ *الجيران، ودقَّ هوَ *الباب ؛ فجاءَ *الصبيّ ففتَح،

فدخَل *والرجالُ معه، فما فاتَهم منَ *القوم أَحد. وحمَلَهم إلى مجلسِ

*الشُّرطة وقرّرهم [47]. فكانوا هم أصحابَ *الخيانة بعينِها، ودلُّوا على باقي

أصحابِهم، فتبعَهمُ *الواثقي. وكان يفتخر [48] بهذهِ *القصّة. (ابن الجوزي :

الأذكياء). ٣٥

٩١

Khabar 17

Au nombre de ces histoires [celle-ci :] Mubashshir al-Rûmî, *mawlâ* de mon père, m'a raconté qu'il avait entendu un *mawlâ* auquel il était lié avant mon père et que l'on connaissait comme Abû 'Uthmân Zakariyyâ al-Madanî, dit Fils d'Unetelle ; un grand commerçant, imposant et vénérable, réputé pour son honorabilité, sa crédibilité et son honnêteté, raconter [ce qui suit] :

Il avait pour voisin à Bagdad un homme au tempérament nerveux, qui jouait aux [courses de] chiens. Un jour, il partit à l'aube pour une affaire et l'un de ses chiens, qu'il aimait particulièrement, le suivit. Il le chassa mais il ne partit pas. Il le laissa faire. Il marcha et finit par arriver chez des gens avec lesquels il était en conflit. Le voyant sans armes, ils l'empoignèrent, le poussèrent pour le faire entrer et il entra, tout cela sous le regard du chien. Ils le tuèrent et l'ensevelirent dans un puits qui était dans la cour. Puis ils frappèrent le chien. Il s'échappa en courant après avoir été blessé et revint à

---

1 - Le *mawlâ* (esclave affranchi, nouveau converti ou musulman de souche non-Arabe) entretient avec un Arabe musulman, également appelée *mawlâ*, un lien de *walâ'*, selon lequel le second doit protection au premier en échange de son allégeance, par des modalités subtiles, ayant considérablement varié à travers l'histoire.

2 - Forme II فَعَّلَ.

3 - يُقالُ et يُعرَفُ : Passifs.

4 - كَثِير المال : Voir Gr. 11.

5 - Voir n. 2.

6 - [من أصحاب *العصَبِيّة] = L'expression peut signifier « d'un tempérament nerveux », « ayant un fort esprit de clan » ou, dans quelques rares

92

17 ومنها : إنَّ مُبشِّرًا *الرُّوميّ، مولى[1] أبي، حدَّثَني[2] أنّه سمِع مولى، كان

له قبل أبي، يُعرَف بأبي عُثمان زكَرِيّا *المدَنيّ، ويُقال[3] لهُ *ابن فُلانة، وكان

هو تاجرًا جليلاً عظيمًا، كثيرَ *المال[4]، مشهورًا *بالجلالة *والثِّقة *والأمانة،

يُحدّث[5] ...

5

...أنّه كان في جِوارِه ببغداد رجُل من أصحاب *العصَبِيّة[6]، يلعَب

*بالكِلاب. فأسحر[7] يومًا[8] في حاجة، وتبِعَه كلب كان يختصُّه[9] من كِلابه ؛

فردَّه، فلم يرجِعْ، فترَكَه. ومشى حتَّى *انتهى[10] إلى قوم كانتْ بينه وبينهم

عداوة، فصادفوه[11] بغير حديد، فقبَضوا عليه، *والكلب يراهم[12]. فأدخلوه[13]،

فدخَل معهم، فقتَلوه ودفَنوه في بِئر في *الدار، وضرَبوا *الكلب، فسعى

---

emplois répertoriés, « un membre, un chef de bande ». La seconde
interprétation pouvait être écartée au vu du contexte mais le choix de
la première au détriment de la troisième est contextuel et partiellement
arbitraire.

7 - Forme IV أَفْعَلَ.

8 - فأسحر يومًا : Voir Gr. 16.

9 - كان يختصّه : Voir Gr. 4. افْتَعَلَ Forme VIII.

10 - Forme VII انْفَعَلَ.

11 - Forme III فاعَلَ.

12 - والكلب يراهم : Voir Gr. 18.

13 - Forme IV أَفْعَلَ.

93

la maison de son maître. Il se mit à aboyer mais on ne lui prêta pas attention. La mère de l'homme s'inquiéta pour son fils quand son absence dura un jour et une nuit. Elle remarqua la blessure du chien et sut qu'elle avait été faite par l'assassin de son fils et que ce dernier était mort. Elle célébra des funérailles et chassa les chiens de sa maison. Mais ce chien-là ne quitta pas les lieux et ne se laissa pas chasser. De temps en temps, quelqu'un venait voir comment il allait. Un jour que le chien était couché devant la maison, l'un des assassins de son maître passa. Il s'agriffa à sa jambe, le mordit et l'agrippa. Les passants s'efforcèrent de le dégager mais le chien ne les laissa pas faire. Une clameur s'éleva. Le garde en charge de la rue vint et dit : « Ce chien ne s'est accroché à cet homme que parce qu'il a avec lui une histoire. Peut-être est-ce lui qui l'a blessé. » La mère de l'homme assassiné sortit. Quand elle vit l'homme, le chien agrippé à lui, et qu'elle entendit les paroles du gardien, elle regarda l'homme attentivement et se souvint que c'était l'un de ceux qui manifestaient de l'hostilité à son fils et lui cherchaient querelle. Elle

---

14 - Inacc. apocopé.

15 - Forme VIII اِفْتَعَلَ.

16 - وافتقدتْ أُمُّ *الرجُلِ *ابنها يومَه وليلتَه : Voir Gr. 16.

17 - Forme V تَفَعَّلَ.

18 - Forme IV أَفْعَلَ.

19 - Forme VII اِنْفَعَلَ.

20 - Forme V تَفَعَّلَ. كانوا يتفقّدونَه : Voir Gr. 4.

21 - Forme VIII اِفْتَعَلَ.

22 - قَتَلة : Voir Gr. 6.

10 وخرَج، وقد لحِقتْه جِراحة. فجاء إلى بيت صاحبه يعوي، فلم يعبَؤوا[14]

به. *وافتقدتْ[15] أُمُّ *الرجُلِ *ابنَها يومَه وليلتَه[16]، فتبيَّنتِ[17] *الجِراحة

*بالكلب، وأنّها من فِعلِ من قتَلَ *ابنَها، وأنّه قد تلِف ؛ فأقامتْ[18] عليه

*المأتم، وطرَدتِ *الكلاب عن بابها. فلزم ذلكَ *الكلبُ *الباب ولم ينطردْ[19].

فكانوا يتفقّدونَه[20] في بعضِ *الأوقات. *فاجتاز[21] يومًا بعض قتَلَة[22] صاحبه

15 *بالباب، وهو رابض[23]. فعرَفَهُ *الكلب، فخمَش ساقَه ونهَشَه وعلِق به.

*واجتهدَ[24] *المُجتازون في تخليصِه منه، فلم يُمكِّنهم[25]. *وارتفعتْ[26] ضجّة.

وجاء حارسُ *الدرب، فقال : « لم يتعلّقْ[27] هذا *الكلب *بالرجُل إلاّ وله

معه قِصّة ؛ ولعلّه هوَ *الذي جرَحَه. » وخرَجتْ أُمُّ *القتيل. فحين رأتْ[28]

*الرجل، *والكلب متعلِّقًا به[29]، وسمِعتْ كلامَ *الحارس، تأمَّلتِ[30] *الرجل،

20 فذكَرتْ أنّه كان أحَد من يُعادي[31] *ابنَها ويطلبُه. فوقَع في نفسها أنّه

_____

23 - وهو رابض : Voir Gr. 18.

24 - Forme VIII اِفْتَعَلَ.

25 - Forme II فَعَّلَ.

26 - Forme VIII اِفْتَعَلَ.

27 - Forme V تَفَعَّلَ.

28 - Forme I.

29 - والكلب متعلِّقًا به : Voir Gr. 17.

30 - Forme V تَفَعَّلَ.

31 - Forme III فاعَلَ.

95

sut en son for intérieur que c'était l'assassin de son fils. Elle l'accusa de meurtre et ils portèrent l'affaire devant le chef de la police qui l'emprisonna après l'avoir fait fustiger sans qu'il n'avoue. Le chien ne quittait plus la porte de la prison. Quelques jours plus tard, l'homme fut relâché. Quand on le fit sortir par la porte de la prison, le chien s'agrippa à lui comme il l'avait fait précédemment. Les gens s'en étonnèrent. Le chef de la police ordonna secrètement à l'un de ses agents de séparer le chien et l'homme puis de suivre ce dernier, de savoir où il résidait et de le surveiller. Il obtempéra. Le chien allait derrière l'homme que le garde suivait. Cela dura jusqu'au moment où l'homme arriva à sa maison. Le chien se mit alors à aboyer et à gratter à l'endroit où se trouvait le puits dans lequel on avait jeté le cadavre. Le garde dit : « Creusez à l'endroit même où le chien l'a fait. » On creusa et on trouva le mort. L'homme fut arrêté et fouetté. Il avoua que lui-même et un groupe de personnes avaient commis le meurtre. Il fut exécuté. On se mit à la recherche des autres mais ils prirent la fuite.

---

32 - Forme V تَفَعَّلَ.

33 - Forme VIII اِفْتَعَلَ.

34 - Forme VIII اِفْتَعَلَ. Duel.

35 - Forme IV أَفْعَلَ. Voir Gr. 5.

36 - Forme IV أَفْعَلَ. Passif.

37 - Forme IV أَفْعَلَ. Pasif.

38 - Forme IV أَفْعَلَ.

39 - رجالته : Voir Gr. 6.

40 - Forme II فَعَّلَ. Inacc. subj.

قاتلُ *ابنها. فتعلّقتْ[32] به، وادّعتْ[33] عليه *القتل، *وارتفعا[34] إلى صاحب *الشرطة. فحبَسَه بعد أن ضُربَ ولم يُقرَّ[35]. ولزمَ *الكلب بابَ *الحبس. فلمّا كان بعد أيّام، أُطلِقَ[36] *الرجل. فحين أُخرِجَ[37] من باب *الحبس علِق به *الكلب كما فعَل أوّلاً. فعجِبَ *الناس من ذلك. وأسرَّ[38] صاحبُ *الشُّرطة إلى بعض رِجالته[39] أن يُفرّقَ[40] بينَ *الكلب *والرجل، ويتبَعَ *الرجل، ويعرِفَ موضِعَه، ويترصّدَه[41]. ففعَل ذلك. فما زالَ *الكلب يسعى[42] خلفَ *الأوّل، *والرجل يتبَعُه، إلى أن صار في بيته. وأقبلَ[43] *الكلب يصيح ويبحث[44] في موضع *البئر التي طُرِحَ[45] فيها *القتيل. فقالَ *الشُّرطيُّ : « *انبُشوا موضع نبشِ *الكلب ! » فنُبِشَ، فوُجدَ *الرجل قتيلاً. فأُخِذَ *الرجل وضُربَ، وأقرَّ[46] على نفسه وعلى جماعة *بالقتل. فقُتِلَ هو، وطُلِبَ[47] *الباقون، فهرَبوا.

(التنوخي : نشوار المحاضرة)

25

30

___

41 - Forme V تَفَعّلَ.

42 - Voir Gr. 4 : فما زالَ ... يسعى

43 - Forme IV أَفْعَلَ.

44 - Voir Gr. 4 : وأقبلَ ... يصيح ويبحث

45 - Forme I. Passif.

46 - Forme IV أَفْعَلَ.

47 - Les verbes نُبِشَ ـ وُجِدَ ـ أُخِذَ ـ ضُرِبَ ـ قُتِلَ ـ طُلِبَ sont au passif.

97

Abû Bakr Ibn 'Abd al-Bâqî nous a informés. Il a dit : 'Alî Ibn al-Muhassin nous a informés, d'après son père, d'après son grand-père, il a dit : Abû Muhammad al-Hasan Ibn Muhammad al-Silhî m'a raconté, il a dit : L'un des serviteurs d'al-Mu'tadid, de ceux qui étaient à son service personnel, a raconté, il a dit :

Nous étions autour du lit d'al-Mu'tadid, à midi, un jour qu'il s'était endormi après avoir mangé, car nous avions pour charge de nous tenir autour de son lit quand il dormait, de jour comme de nuit. Il se réveilla troublé et cria : « Serviteurs ! Serviteurs ! » Nous nous hâtâmes de répondre. Il dit : « Malheureux ! Aidez-moi ! Précipitez-vous au bord de l'eau. La première personne que vous verrez descendre le fleuve dans une embarcation vide,

---

1 - Forme IV أَفْعَلَ.

2 - Grande figure du hanbalisme bagdadien et maître d'Ibn al-Jawzî. Un des maillons reliant les récits de ce dernier et ceux de Tanûkhî.

3 - عليّ بنُ المُحَسّن est le fils de Tanûkhî.

4 - Forme II فَعَّلَ.

5 - Notable bagdadien et secrétaire de chancellerie, Abû Muhammad al-Silhî (m. 986) est l'un des principaux informateurs d'al-Tanûkhî dans le *Nishwâr*.

6 - Voir *khabar* 4, n. 2. Rappelons que le calife al-Mu'tadid se prénommait Ahmad.

7 - Forme VIII افْتَعَلَ. Attention ! le ه final fait partie du verbe. Radical : نبه.

8 - يا خَدَم : Voir Gr. 10.

18 أنبأنا[1] أبو بكر بن عبدِ *الباقي[2] قال : أنبأنا عليّ بنُ *المُحَسِّن[3] عن

أبيه عن جدِّه، قال : حدّثَني[4] أبو مُحمّدٍ *الحسَن بن مُحمّد *الصِّلحيّ[5]

قال : حدّث أحَد خدَم *المُعتضِد[6] *المُختصِّين بخدمته قال :

كُنّا حول سريرِ *المُعتضِد ذات يوم، نِصفَ *النهار، وقد نام بعد

5 أن أكَل. وكان رسمُنا أن نكونَ عند سريرِه أوقات منامه من ليل أو نهار.

*فانتبه[7] مُنزعِجًا، وقال : « يا خدَم[8]، يا خدَم ! » فأسرَعنا[9] *الجواب. فقال :

« ويلَكم ! أعينوني[10] *والحقوا *الشطّ ! فأوّل من ترَوْنَه مُنحدِرًا في سفينة

فارغة، *فاقبِضوا عليه وجيئوني[11] بسفينته. » فأسرَعنا[12]، فوجَدنا

10 ملّاحًا في سُمَيْرِيّة[13]، فأصعدناه[14]. فحين رآه *الملّاح كاد يتلَف[15]. فصاح عليه

صيحة[16] واحدة عظيمة كادت رُوحُه تخرُج[17] معها، قال : « *اصدُقْني، يا

---

9 - Forme IV أَفْعَلَ.

10 - Forme IV أَفْعَلَ.

11 - Forme II فَعَّلَ. Les verbes اقبِضوا، جيئوا، وكّلوا sont à l'impératif.

12 - Voir n. 9.

13 - سُمَيْرِيّة : La *sumayriyya* est une embarcation fluviale. Sans doute de grande taille (dans certaines sources, elle sert au transport des troupes).

14 - Forme IV أَفْعَلَ.

15 - كاد يتلَف :Voir Gr. 4.

16 - فصاح عليه صيحة : Voir Gr. 13.

17 - كادتْ رُوحه تخرُج : Voir Gr. 4.

arrêtez-la et amenez-la moi après avoir mis son bateau sous bonne garde ». Nous nous précipitâmes et trouvâmes un batelier sur une *sumayriyya*. Nous le ramenâmes. Quand le batelier le vit, il faillit en mourir. Il lui adressa un seul cri immense qui faillit faire s'envoler son âme et lui dit : « Maudit sois-tu ! Dis-moi la vérité au sujet de ton histoire avec la femme que tu as tuée et volée aujourd'hui même, sinon je te fais trancher le cou ! »

[Le transmetteur] dit : Il dit en bafouillant : « Oui, aujourd'hui, à l'aube, j'étais à tel embarcadère quand une femme, comme je n'en avais jamais vue, a embarqué, avec des vêtements somptueux et de nombreux bijoux. Comme je les convoitais, j'ai manœuvré avec ruse de sorte à bâillonner la femme et à la noyer, et j'ai pris tout ce qu'elle avait sur elle. Je n'ai pas osé porter le butin chez moi, de peur que cela ne se sache. J'ai donc prévu de fuir et j'ai embarqué sur l'heure pour descendre vers Wâsit. Ces serviteurs m'en ont empêché et m'ont porté ici. » Il lui dit : « Où sont les bijoux et le reste du butin ? » Il répondit : « A l'avant du bateau, sous les nattes. » Al-Mu'tadid dit aux serviteurs : « Apportez-les moi. » Ils y allèrent et les rapportèrent. Il dit : « Prenez le batelier et noyez-le. » Ils obtempérèrent.

---

18 - يا ملعون : Voir Gr. 10.

19 - Verbe quadrilitère (لَعْثَمَ) à la forme II.

20 - Forme I, apocopé.

21 - Forme VIII اِفْتَعَلَ.

22 - فا فاها est l'une des deux déclinaisons possibles de فم au cas direct. Appartient au groupe des « cinq noms ». Voir Kouloughli D. E., *op. cit.*, p. 87-88. [سدّ فاه فلان]= Bâillonner ; réduire un interlocuteur au silence.

ملعون[18]، عن قِصَّتِك معَ *المرأةِ *التي قتَلَتها وسلَبَتها *اليوم، وإلاّ ضَرَبتُ عُنُقَك ! »

قال... فتَلَعْثَمَ[19]، وقال : « نعَم، كُنتُ *اليوم سحَرًا في *المشرَعة

15 *الفُلانية، فنزَلَتِ *امرأةٌ لم أرَ[20] مثلَها، عليها ثِياب فاخِرة وحُليّ كثيرة ؛ فطمِعتُ فيها، *واحتلتُ[21] عليها حتى سددتُ فاها[22]، وغرّقتُها[23]، وأخَذتُ جميع ما كان عليها ؛ ولم أجتريءْ[24] على حمل[25] سلبَها إلى بيتي لئَلا[26] يفشُوَ *الخَبَر، فعملتُ على *الهرَب، *وانحدرتُ[27] *الساعة لأمضِيَ إلى واسط[28]، فعوّقَني[29] هؤُلاءِ *الخدَم، وحمَلوني. » فقال : « وأينَ *الحُليّ *والسلب ؟ »

20 فقال : « في صدر *السفينة، تحت *البواري. » فقال *المُعتضِد *للخدَم : « جِيئوني[30] به. » فمضَوْا وأحضروه[31]. وقال : « خُذوا *الملاّح، فغرّقوه[32]. »

---

23 - Forme II فَعَّلَ.

24 - Forme VIII اِفْتَعَلَ. Apocopé.

25 - Voir *khabar* 11, n. 20.

26 - لئَلا = لِ + أن + لا

27 - Forme VII اِنْفَعَلَ.

28 - Voir *khabar* 9, n. 4.

29 - Forme II فَعَّلَ.

30 - Impératif.

31 - Forme IV أَفْعَلَ.

32 - Forme II فَعَّلَ.

101

Puis il ordonna qu'on fasse crier partout dans Bagdad qu'une femme était sortie à l'aube à tel embarcadère, avec des habits [coûteux] et des bijoux. Que quiconque saurait qui elle était se présente, décrive ce qu'elle portait et le prenne, car la femme était décédée. » Le lendemain, ou le surlendemain, la famille de la femme se présenta et put décrire ce qu'elle avait sur elle. Il le leur remit. Nous lui dîmes : « Sire, avez-vous reçu une inspiration surnaturelle ? » Il dit : « J'ai vu en songe un vieillard dont les cheveux, la barbe et les habits étaient blancs, crier : "Ahmad ! Empare-toi sur-le-champ du premier batelier descendant le fleuve et fais-lui avouer l'affaire de la femme qu'il a tuée aujourd'hui pour la voler, puis applique-lui la sanction légale." Il en fut alors comme vous avez pu le voir. »

---

33 - Forme III فَاعَلَ. Passif.

34 - Forme IV أَفْعَلَ.

35 - Voir n. 33.

36 - Forme II فَعَّلَ.

37 - Forme IV أَفْعَلَ. Passif.

38 - Voir Gr. 11 : أبيضَ الرأس واللِّحية والثِّياب.

39 - Forme III فَاعَلَ.

40 - Voir Gr. 10 : يا أحمد.

41 - Impératif.

42 - Voir n. 25.

43 - Voir Gr. 16 : ينحدرُ الساعة.

44 - Forme II فَعَّلَ. Impératif ainsi que اقبِض.

ففعَلوا. ثمّ أمَر أن يُنادى[33] في بغداد كلِّها على *امرأة خرَجتْ إلى *المشرَعة

*الفُلانية سحَرًا، وعليها ثياب وحُليّ، يحضُر من يعرِفُها، ويُعطي[34] صفة ما

كان عليها ويأخُذُه، فقد تلِفتِ *المرأة. فحضَر في *اليوم *الثاني أو *الثالث

25 أهلُ *المرأة، فأعطَوْه[35] صفة ما كان عليها، فسلّمَه[36] إليهم. فقُلنا : « يا

مولاي، أُوحِيَ[37] إليك ؟ » فقال : « رأيتُ في منامي كأنّ شيخًا، أبيضَ *الرأس

*واللّحية *والثّياب[38]، وهو يُنادي[39] : « يا أحمد[40] ! خُذْ[41] أوّل ملاّح ينحدرُ[42]

*الساعة[43]، *فاقبِض عليه، وقرّرْه[44] خبَرَ *المرأة *التي قتَلَها *اليوم وسلبَها،

وأقِمْ[45] عليه *الحدَّ[46] ! فكان ما شهِدتُم. » (التنوخي : نشوار المحاضرة)

---

45 - Forme IV أَفْعَلَ. Impératif.

46 - حدّ : Terme technique de droit, désignant la sanction légale prévue pour des actes interdits ou punis par le Coran et considérés de ce fait comme des crimes contre la religion (kabâ'ir).

Khabar 19

Abû Ja'far Muhammad Ibn al-Fadl Ibn Hamîd al-Saymarî, mon précepteur, m'a raconté, il a dit:

Il y avait dans notre ville une vieille femme vertueuse qui jeûnait beaucoup et priait constamment. Elle avait un fils qui était changeur, occupé surtout à boire et à jouer. Il s'affairait dans sa boutique l'essentiel de la journée puis il rentrait le soir chez lui, confiait à sa mère le sac qui contenait tout son argent et allait dormir dans des lieux où il pouvait boire. Un voleur repéra son sac et décida de le lui prendre. Un soir, il le suivit, pénétra dans la maison derrière lui, sans qu'il ne s'en rende compte, et se cacha. L'homme, quant à lui, remit son sac à sa mère et sortit. Elle resta seule chez elle. Elle avait dans sa maison une pièce, dont presque tous les murs étaient entourés d'une grille et la porte en fer, dans laquelle elle entreposait ses effets et tout ce qu'elle possédait, ainsi que le sac. Elle y cacha donc le sac, cette nuit-là, derrière la porte, et s'assit

---

1 - Forme II فَعَّلَ.

2 - Il s'agit vraisemblablement d'une allusion au vizir Abû Ja'far al-Saymarî (m. 950), homme de confiance du buyide Mu'izz al-Dawla, quoique la généalogie du personnage historique ne soit pas exactement la même que celle citée ici.

3 - القيام = se consacrer à la dévotion.

4 - صيرَفي = le terme signifie « changeur » mais aussi « habile, rusé ». Le métier de changeur était, en tant que tel, considéré comme un métier vil en raison de la relation virtuelle entre la manipulation de l'argent et l'usure.

5 - Forme VI تَفاعَلَ. كان يتشاغل : Voir Gr. 4.

6 - Forme II فَعَّلَ.

19 حدّثني[1] أبو جعفَر مُحمّد بنُ *الفضل بن حميدٍ *الصيمَريّ[2] مُؤدِّبي،

قال :

كان في بلَدنا عجُوز صالحة، كثيرةُ *الصِّيام *والقيام[3]. وكان لها ابن

صيرَفيّ[4]، مُنهمك على *الشُّرب *واللَّعب. وكان يتشاغل *بدُكّانه أكثر نهاره[5]،

ثمّ يعود عشيًّا إلى منزله، فيُخبِّئ[6] كِيسَه عند والدته، ويمضي فيبيت في

مواضِع يشرَب فيها. فعيّن[7] بعضُ *اللُّصوص على كِيسه ليأخُذَه. وتبعَه

في بعضِ *العشايا، ودخَل وراءَه إلى *الدار ـ وهو لا يعلَم ـ *فاختفى[8]

فيها. وسلّم[9] هو كِيسَه إلى أمّه وخرَج. وبقيَتْ وحدَها في *الدار. وكان

لها في دارها بيت مُؤزّر *بالسِّياج إلى أكثر حيطانه، عليه باب حديد،

تجعَل قُماشَها وكُلّ ما تملِكُه فيه *والكيس. فخبّأت[10] *الكيس فيه تلكَ

*الليلة خلفَ *الباب، وجلسَتْ، فأفطرتْ[11] *بين يديه[12]. فقالَ *اللِّصّ :

---

7 - Forme II فَعَّلَ.

8 - Forme VIII اِفْتَعَلَ.

9 - Forme II فَعَّلَ.

10 - Forme II فَعَّلَ.

11 - Forme IV أَفْعَلَ. Verbe signifiant aussi bien « dîner » que « rompre le jeûne ».

12 - [بين يديه] : Voir *khabar* 1, n. 9. Le choix de cette expression est ici d'ordre littéraire : la femme dîne *devant* le sac alors qu'elle est à son insu *en présence* du voleur. Le sac est personnifié et sac et voleur se « superposent ».

dîner devant la pièce. Le voleur se dit : « Là, elle mange, puis elle va s'assoupir, puis s'endormir profondément. Je descendrai alors, ouvrirai la porte et prendrai le sac et les effets. »

[Le transmetteur] dit : Quand elle eût fini de dîner, elle se mit à prier. Le voleur pensa qu'elle ferait la prière du soir et s'endormirait. Il attendit. Elle prolongea sa prière et l'affaire dura jusqu'au milieu de la nuit. Le voleur s'inquiéta de ce qui lui advenait et il eut peur que le matin arrive sans qu'il n'ait rien pu obtenir. Il visita la maison, trouva un *izâr* neuf, chercha de la braise et en trouva. Il tomba sur quelque chose que ces gens avaient chez eux, une sorte d'encens susceptible de brûler avec une odeur agréable. Il revêtit l'*izâr*, fit brûler cet encens et se mit à descendre les escaliers en criant délibérément d'une grosse voix de stentor pour effrayer la vieille. Celle-ci était *mu'tazilite* et avait le caractère ferme. Elle saisit son manège et comprit que c'était un voleur mais elle ne le lui montra pas. Elle dit d'une voix tremblante et terrifiée :

---

13 - Voir n. 9.

14 - Voir n. 9.

15 - Forme II فَعَّلَ.

16 - Forme VII اِنْفَعَلَ.

17 - Forme VI تَفاعَلَ.

18 - Forme V تَفَعَّلَ.

19 - Forme IV أَفْعَلَ. Inacc. subj.

20 - إِزار = Vêtement du dessus sans manches que portent les femmes en Orient par-dessus leurs autres vêtements. Même radical (أزر) que مؤزّر employé plus haut pour désigner la « chambre forte ».

« هذهِ ⋆الساعة تُفطِر [13] وتكسَل وتنام، وأنزِل فأفتَحُ ⋆الباب وآخُذُ ⋆الكيس ⋆والقُماش. »

قال... فلمّا أفطرتْ [14] قامت إلى ⋆الصلاة. فظنَّ ⋆اللِّصّ أنّها تُصلّي [15] ⋆العتمة وتنام. ⋆فانتظرَها [16]. فمدَّتِ ⋆الصلاة، وتطاول [17] عليهِ ⋆الأمر، ومضى نصفُ ⋆الليل. وتحيَّر [18] ⋆اللِّصّ ممّا نزَل بهِ، وخاف أن يُدركَهُ [19] ⋆الصُّبح ولا يظفَر بشيء. فطاف ⋆بالدار، فوجَد إزارًا [20] جديدًا ؛ وطلَب جمرًا، فظفِر بهِ. ووقَع في يدهِ شيء كان لهم فيهِ دُخنة [21] طيِّبة. فلبسَ ⋆الإزار، وأشعل [22] ذلكَ ⋆البخور، وأقبل [23] ينزِل على ⋆الدرَجة، ويصيح بصوت غليظ. وتعمَّد [24] أن يجعلَه جهوَريًّا لتفزَعَ ⋆العجوز. وكانت مُعتَزِليّة [25] جلدة، ففطِنت لحركتِه، وأنّه لِصّ. فلم تُرهِ [26] أنّها فطِنت، وقالتْ : « من هذا ؟ » ⋆بارتعاد وفزَع

---

21 - دُخنة : Tout ce qui peut exhaler une bonne odeur quand on le jette sur le feu, particulièrement l'encens. Ne pas confondre avec le terme d'un usage beaucoup plus courant, دَخنة : fumée.

22 - Forme IV أَفْعَلَ.

23 - Forme IV أَفْعَلَ. أقبل ينزِل : Voir Gr. 4.

24 - Forme V تَفَعَّلَ.

25 - *Mu'tazilite* : Appartenant à un célèbre mouvement religieux rationaliste. Dans certaines versions de ce récit, notamment chez Ibn al-Jawzî (appartenant à l'école *hanbalite*, opposée au *mu'tazilisme*), ce terme ne figure pas.

26 - Impératif.

107

« Qui est-ce ? ». Il répondit : « Je suis le messager de Dieu le Maître des mondes ! Il m'a envoyé à ton fils, ce pervers, pour le conseiller et pour le traiter de manière à lui interdire de commettre des actes répréhensibles ! » Elle fit semblant de défaillir, mourant de peur, s'avança et dit : « O Gabriel, je te conjure par Dieu d'avoir pitié de lui car c'est mon fils unique ! » Le voleur dit : « Je n'ai pas été envoyé pour le tuer. » Elle dit : « Que veux-tu ? Pour quoi as-tu été envoyé ? » Il dit : « Pour prendre son sac et, ainsi, lui fendre le cœur. S'il se repentait, je le lui restituerais » Elle dit : « Gabriel, fais ce que tu dois et qui t'a été ordonné. » Il lui dit : « Ecarte-toi de la porte de la pièce. » Elle s'écarta et, lui, ouvrit la porte et entra prendre le sac et les effets.

Pendant qu'il était occupé à les rouler en boule, la vieille s'avança furtivement, tira la porte énergiquement et la referma, puis elle accrocha l'anneau au fermoir, prit un cadenas et le verrouilla. Le voleur vit la mort en face et chercha, à l'intérieur de la pièce, un moyen

---

27 - رَبِّ العالَمينَ : Seigneur de l'univers ; Maître des mondes. Expression coranique.

28 - Forme IV أَفْعَلَ.

29 - فاسق = pervers, impie, libertin. Terme d'usage courant mais aussi concept religieux. Le *fâsiq* est celui qui a commis sans se repentir plusieurs crimes contre la religion (*kabâ'ir*). Son sort dans l'au-delà a fait l'objet d'importantes controverses.

30 - Forme III فاعَلَ.

31 - Forme IV أَفْعَلَ.

32 - Forme IV أَفْعَلَ. أقبلتْ تقول : Voir Gr. 4.

33 - Forme IV أَفْعَلَ. Passif.

شديد. فقال لها : « أنا رسولُ *الله ربِّ *العالَمينَ[27]، أرسلَني[28] إلى *ابنِكِ،

هذا *الفاسق[29]، لأعظَه وأُعامِلَه[30] بما يمنَعُه مِن *ارتكابِ *المعاصي. »

25 فأظهرتْ[31] أنّها قد ضَعُفت وغُشيَ عليها مِنَ *الجزَع، وأقبَلتْ[32] تقول :

« يا جبريل، سألتُك *بالله إلاّ رفَقتَ به، فإنّه واحدي ! » فقالَ *اللصّ : « ما

أُرسلتُ[33] لقتله. » فقالتْ : « فما تُريد[34] ؟ وبما أُرسلتَ[35] ؟ » قال : « لآخُذَ

كيسَه، وأُولِمَ[36] قلبَه بذلك ؛ فإذا تاب، ردَدتُه إليه. » فقالتْ : « شأنَكَ[37]،

يا جبريل، وما أُمِرتَ[38]. » فقال : « تنحّي[39] مِن بابِ *البيت. » فتنحّتْ[40].

30 وفتَح هوَ *الباب، ودخَل لِيأخُذَ *الكيسَ *والقُماش، *واشتغل[41] في تكويره.

فمشَتِ *العجوز قليلاً قليلاً، وجذَبتِ *الباب بحميّة فردّتْه، وجعَلتِ

*الحلقة في *الرزّة، وجاءتْ بقُفل فقفلَته. فنظَرَ *اللص إلى *الموت بعينه.

---

34 - Forme IV أَفْعَلَ.

35 - Voir n. 28.

36 - Forme IV أَفْعَلَ.

37 - [و شأنَك] = Occupe-toi de..., fais ce que tu as à faire pour... La tradition grammaticale arabe considère cette formule comme complément d'un verbe ellipsé.

38 - Passif.

39 - Forme V تَفَعَّلَ. Impératif.

40 - Voir n. 39.

41 - Forme VIII افْتَعَلَ.

pour s'échapper comme un trou ou une ouverture, mais il n'en trouva pas. Il lui dit : « Ouvre la porte que je sorte, ton fils s'est repenti. » Elle lui répondit : « O Gabriel, je crains, si je t'ouvre la porte, de perdre la vue en voyant ta lumière. » Il lui dit : « J'éteindrai ma lumière pour que tu ne perdes pas la vue. » Elle dit : « Mais, Gabriel, tu es l'envoyé du Maître des mondes. Tu peux facilement sortir par le plafond, ou en perçant le mur d'une plume de ton aile. Ne m'impose pas, à moi, de devenir aveugle ! » Le voleur sentit qu'elle avait le caractère ferme et se mit à lui parler avec douceur, à la flatter et à se repentir à souhaits. Elle lui dit : « Laisse cela. Pas question que tu sortes sauf quand il fera jour. » Elle se remit à prier et lui, de divaguer et de la supplier, sans qu'elle ne réponde, jusqu'au lever du soleil. Son fils rentra et elle lui raconta toute l'histoire. Il alla quérir le chef de la police. Il ouvrit la porte et s'empara du voleur.

---

42 - Forme VIII اِفْتَعَلَ.

43 - Forme IV أَفْعَلَ.

44 - Forme II فَعَّلَ. Prohibitif.

45 - Forme IV أَفْعَلَ.

46 - Forme III فاعَلَ. أخذ يرفق بها ويداريها : Voir Gr. 4.

47 - Impératif.

48 - لا سبيلَ : Voir Kouloughli D. E., *op. cit.*, p. 143.

49 - Forme II فَعَّلَ. قامَت تُصلّي : Voir Gr. 4.

50 - Forme IV أَفْعَلَ.

ورام حِيلة في داخلِ *البيت من نقب أو منفَذ، فلم يجِدْها. فقال لها :

« افتَحي *الباب لأخرُجَ، فقد *اتَّعظَ[42] *ابنُك. » فقالت : « يا جبريل،

35 أخاف أن أفتَحَ *الباب فتذهَب عيني من مُلاحَظتي لنورِك.» فقال : « إنّي

أُطفِئ[43] نوري حتّى لا تذهَبَ عينُك.» فقالت : « يا جبريل، إنّك رسول ربِّ

*العالَمينَ ؛ لا يعوزُك أن تخرُجَ منَ *السقف، أو تخرُقَ *الحائط بريشة

من جناحِك وتخرُج، فلا تكلِّفْني[44] أنا *التغرير ببصَري. » فأحسَّ[45] *اللصّ

بأنها جلدة، فأخَذ يرفُق بها ويُداريها[46]، ويبذُلُ *التوبة. فقالت له : « دَعْ[47]

40 ذا عنك. لا سبيلَ[48] إلى *الخُروج إلا *بالنهار. » وقامَت تُصلِّي[49]، وهو يهذي

ويسألُها، وهي لا تُجيبُه[50]، حتّى طلَعتِ *الشمس، وجاءَ *ابنُها، فعرَف

خبرَها، وحدَّثته[51] *بالحديث. فمضى وأحضرَ[52] صاحبَ *الشُّرطة، وفتَحَ

*الباب، وقبَض على *اللص. (التنوخي : نشوار المحاضرة)

---

51 - Voir n. 1.

52 - Forme IV أفعَلَ.

111

Khabar 20

Muhammad Ibn Abî Tâhir nous a informés, il a dit : 'Alî Ibn al-Muhassin nous a informés d'après son père, il a dit : 'Ubayd Allâh Ibn Muhammad al-Sarawî m'a raconté, il a dit : L'un de nos amis nous a raconté :

Il y avait à Bagdad un homme qui, dans sa prime jeunesse, avait quelqu'inclination pour l'art des voleurs. Puis il s'était repenti et fait drapier.

[Le transmetteur] dit : Une nuit, il quitta sa boutique après l'avoir fermée. Un voleur rusé se présenta, qui avait pris l'apparence du propriétaire de la boutique, avec dans sa manche une petite bougie et des clefs. Il héla le garde, lui donna la bougie dans l'obscurité et lui dit : « Allume-la et rapporte-la moi ; cette nuit, j'ai du travail dans ma boutique. » Le garde partit allumer la bougie. Entretemps, le voleur s'attaqua aux cadenas, les ouvrit et entra dans la boutique. Le garde revint avec la bougie. Il la lui prit des mains, la garda par-devers lui, ouvrit le coffre en osier [où étaient rangés] des livres de comptes, sortit ce qu'il contenait et se mit à regarder les registres

---

1 - Forme IV أَفْعَلَ.

2 - Sans doute le traditionniste bagdadien Muhammad Ibn Abî Tâhir (m. 1148).

3 - Forme II فَعَّلَ.

4 - Transmetteur mentionné dans les seuls ouvrages de Tanûkhî.

5 - Forme VII اِنْفَعَلَ.

6 - فانصرف ليلة من دُكّانه : Voir Gr. 16.

7 - Voir *khabar* 2, n. 9.

8 - Forme IV أَفْعَلَ.

112

20 أنبأَنا[1] محمَّد بن أبي طاهرٍ[2]، قال : أنبأَنا علي بنُ *المُحسّن عن أبيه، قال : حدّثَني[3] عُبَيْدُ *الله بن محمَّدٍ *الصَّرَوي[4]، قال : حدّثَنا بعض إخوانِنا...

...أنّه كان ببغداد رجل يطلُبُ *التَلَصُّص في حداثتِه، ثمَّ تاب فصار بزّازًا.[5]

قال... *فانصرف[5] ليلة من دُكّانِه[6] وقد غلَقَه. فجاء لصّ مُحتال، مُتزيّ بزيّ صاحبِ *الدُّكّان، في كُمِّه[7] شمعة صغيرة ومفاتيح. فصاح بالحارس، فأعطاه[8] *الشمعة في *الظُّلمة، وقال : « *أشعلْها[9] وجِئْني بها، فإنَّ لِيَ *الليلة بدُكّاني شُغلًا. » فمضى *الحارس يُشعلُ[10] *الشمعة ؛ وركّبَ[11] *اللِّصّ على *الأقفال، ففتَحَها ودخَلَ *الدُّكّان. وجاءَ *الحارس *بالشمعة، فأخَذَها من يده، فجعلَها بين يدَيْه، وفتَح سفَطَ *الحساب، وأخرجَ[12] ما فيه، وجعَل ينظُر[13] في *الدفاتِر، ويُري[14] بيده انَّه يحسُبُ[15] ؛ *والحارس

---

9 - Forme IV أَفْعَلَ. Impératif.

10 - Voir n. 9.

11 - Forme II فَعَّلَ.

12 - Forme IV أَفْعَلَ.

13 - جعَل ينظُر : Voir Gr. 4.

14 - Forme IV أَفْعَلَ.

15 - يحسُب = compter, calculer ≠ يحسِب = supposer, conjecturer, présumer. Il s'agit bien entendu ici de comput digital.

et à faire croire qu'il calculait sur ses doigts. Faisant sa ronde, le garde passait, le regardait et ne doutait pas qu'il s'agissait du propriétaire de la boutique. L'aube approchant, le voleur appela le garde et lui parla de loin, disant : « Va me chercher un porte-faix. » Il revint avec le porte-faix. L'homme chargea le porte-faix de quatre précieux ballots, referma la boutique, s'en repartit avec lui et donna au garde deux dirhams.

Quand le matin vint réveiller tout le monde, le propriétaire alla ouvrir sa boutique. Le garde se mit à le bénir en disant : « Que Dieu fasse et ceci et cela pour toi, comme tu as fait pour moi en me donnant hier les deux dirhams ! » Ces propos déplurent vivement à l'homme. Il ouvrit sa boutique, vit les traces de cire laissées par la bougie, les registres ouverts et les quatre ballots disparus. Il héla le garde et lui dit : « Qui a porté avec moi les ballots hors de ma boutique ? » Il répondit : « Ne m'as-

---

16 - Forme V تَفَعَّلَ.

17 - Forme III فاعَلَ. والحارس يترَدّد ويُطالعُه : Voir Gr. 18.

18 - Forme III فاعَلَ.

19 - Forme X اسْتَفْعَلَ.

20 - Forme II فَعَّلَ.

21 - Forme II فَعَّلَ.

22 - أربع رزم مثمنة : Voir Gr. 14.

23 - Voir n. 5.

24 - Voir n. 8.

25 - أعطى الحارس دِرهَمَيْن : Voir Gr. 14.

114

يتردّد[16] ويُطالعُه[17]، ولا يشُكّ في أنّه صاحبُ *الدُّكّان ؛ إلى أن قاربَ[18]

15 *السحَر. *فاستدعى[19] *اللّصُّ *الحارس، وكلّمَه[20] من بعيد، وقال : « اطلُب لي حمّالاً. » فجاء بحمّال، فحمّل[21] عليه أربَع رِزَم مُثمنة[22]، وقفَلَ *الدُّكّان، *وانصرف[23] ومعَهُ *الحمّال، وأعطى[24] *الحارس درهَمَيْن[25].

فلمّا أصبحَ[26] *الناس، جاء صاحبُ *الدُّكّان ليفتَحَ دُكّانَه، فقام إليه *الحارس يدعو له، ويقول : « فعَلَ *الله بك وصنَع[27] كما أعطيتَني[28]

20 *البارحةَ *الدِّرهَمَيْن[29] ! » فأنكَرَ[30] *الرجُل ما سمعَه، وفتح دُكّانَه، فوجَد سيَلانَ *الشمعة وحسابَه مطروحًا[31] وفقدَ *الأربَع[32] رِزَم. *فاستدعى[33] *الحارس، وقال له : « من كان حمَلَ *الرِّزَم معي من دُكّاني ؟ » قال :

_____

26 - Forme IV أفعَلَ.

27 - فعَلَ وصنَع : Ces deux verbes expriment l'énumération des bienfaits divins que le garde souhaite à son bienfaiteur. D'où la nécessité de les traduire en ajoutant « ceci et cela ».

28 - Voir n. 8.

29 - كما أعطيتَني البارحةَ الدِّرهَمَيْن : Voir Gr. 14 et 16.

30 - Forme IV أفعَلَ.

31 - فوجَد... حسابَه مطروحًا : Voir Gr. 17.

32 - Voir khabar 11, n. 20.

33 - Voir n. 19.

tu pas demandé d'aller te chercher un porte-faix, et ne l'ai-je pas fait ? » Il lui dit : « Si, bien sûr, mais j'avais sommeil. Je voudrais ce porte-faix. Va me le chercher. » Le garde partit et revint avec le porte-faix. L'homme referma la boutique, prit le porte-faix avec lui et partit. Il lui dit : « Où as-tu porté les ballots avec moi hier ? J'avais trop bu. » Il lui dit : « A tel embarcadère ; ensuite, je t'ai appelé Untel, le batelier, et tu es monté avec lui. » L'homme se rendit à l'embarcadère et demanda le batelier. Il vint et il monta avec lui, puis il lui dit : « Où as-tu débarqué mon frère qui avait les quatre ballots ? » Il lui dit : « A tel embarcadère. » Il lui dit : « Dépose-moi là-bas. » Il le déposa. Il lui dit : « Et qui les a portés avec lui ? » Il répondit : « Untel, le porte-faix. » Il le fit appeler et lui dit : « Accompagne-moi. » Il l'accompagna. Ils marchèrent un moment puis il lui donna quelque argent et s'informa subtilement de l'endroit où il avait porté les ballots. Il le conduisit à la porte d'une petite habitation donnant sur une galerie, dans un endroit éloigné de la rive et proche du désert.

Il trouva la porte fermée. Il demanda au porte-faix de l'attendre, ouvrit le cadenas sans utiliser de clef,

---

34 - Voir n. 19.

35 - Forme IV أَفْعَلَ.

36 - Forme IV أَفْعَلَ.

37 - متنبّذ : litt. Pris de *nabîdh*. Boisson (souvent à base de dattes et de miel) fermentée et enivrante. Une vive discussion a opposé les théologiens des débuts de l'Islam pour déterminer si sa consommation devait être autorisée, ou interdite comme celle du *khamr* (vin). La seconde opinion prédominera rapidement.

« أما *استدعيتَ[34] منّي حمّالاً فجئتُك به ؟ » قال : « بلى، ولكنّي كُنتُ

ناعسًا ؛ وأُريدُ[35] *الحمّال، فجِئني به.» فمضى *الحارس، فجاء *بالحمّال،

25 فأغلقَ[36] *الرجُلُ *الدُّكان، وأخَذ معهُ *الحمّال ومضى. وقال له : « إلى أين

حمَلتَ *الرزم معي *البارحة ؟ فإنّي كُنتُ متنبّذًا[37] ! » قال : « إلى *المشرَعة

*الفُلانية، *واستدعيتُ[38] لك فُلانًا *الملّاح، فركِبتَ معه.» فقصَدَ *الرجُلُ

*المشرَعة، وسألَ عنِ *الملّاح، فحضَر. وركِب معه، وقال : « أين رقيّتَ[39]

أخي الذي كان معهُ *الأربَع رزم ؟ » قال : « إلى *المشرَعة *الفُلانية. »

30 قالَ : « *اطرحْني إليها.» فطرَحَه. قال : « من حمَلَها معه ؟ » قال : « فلانٌ

*الحمّال. » فدعا به، فقال له : « امشِ بين يدَيّ. » فمشى. فأعطاه[40] شيئًا،

*واستدلّه[41] برِفق إلى *الموضِع *الذي حمَل إليه *الرزم. فجاء به إلى باب

غُرفة[42]، في موضع بعيد عنَ *الشطّ، قريب منَ *الصحراء.

فوجَدَ *الباب مُقفَلاً. *فاستوقفَ[43] *الحمّال، وفشّ *القُفل، ودخَل

_____

38 - Voir n. 19.

39 - Forme II فَعَّلَ.

40 - Voir n. 7.

41 - Forme X اِسْتَفْعَلَ.

42 - غُرفة = Chambre à l'intérieur d'une habitation ; chambre ou petite
habitation située à l'étage ; galerie.

43 - Forme X اِسْتَفْعَلَ.

117

entra et trouva les ballots en l'état. Il y avait aussi dans la maison un grand vêtement noir étendu sur une corde. Il y enveloppa les ballots, appela le porte-faix, les lui fit porter et s'en retourna vers l'embarcadère. Or, au moment où il sortait de la pièce, le voleur qui arrivait l'avait vu, avait vu ce qu'il emportait et en avait été aussi surpris que contrit. Il l'avait suivi jusqu'à la rive. L'homme alla à l'embarcadère et appela le batelier pour qu'il le fasse traverser. Le batelier demanda qu'on l'aide à descendre les ballots. Le voleur vint et ôta le vêtement [qui les enveloppait], comme s'il avait été un passager venu spontanément à leur aide. Il déposa les paquets sur le bateau, à côté de leur propriétaire. Puis, il mit le grand vêtement sur ses épaules et lui dit : « Mon frère, je te confie à Dieu. Tu as récupéré tes ballots, alors laisse-moi mon vêtement ! » [Le drapier] rit et lui dit : « Descends à terre et n'aies crainte. » Il descendit avec lui, l'appela à se repentir, lui fit don d'un peu d'argent et le congédia sans lui porter préjudice.

---

44 - بُركان = ample vêtement de couleur noire ≠ بُركان = volcan.

45 - Voir n. 21.

46 - Forme X اِسْتَفْعَلَ.

47 - Forme IV أَفْعَلَ.

48 - Forme VIII اِفْتَعَلَ.

49 - Forme IV أَفْعَلَ.

50 - Forme X اِسْتَفْعَلَ.

51 - Forme X اِسْتَفْعَلَ.

35 فوجَدَ *الرزم بحالها. وإذا في *البيت بُركان[44] معلَّق على حبل، فلفَّ به
*الرزم، ودعا *بالحمّال، فحمّلَهُ[45] عليه، وقصَدَ *المشرَعة. فحين خرَج منَ
*الغُرفة، *استقبلَهُ[46] اللصّ، فرآه وما معه، فأبلس[47]. *فاتّبعَه[48] إلى *الشطّ.
فجاء إلى *المشرَعة، ودعا *الملاّح ليعبُرَ. فطلَبَ *الملاّح مَن يحُطّ عنه. فجاءَ
*اللصّ، فحطَّ *الكساء كأنه مُجتاز مُتطوِّع. فأدخلَ[49] *الرزم إلى *السفينة
40 مع صاحبها، وجعَلَ *البُركان على كتِفه، وقال له : « يا أخي، استودعُكَ[50]
*الله، قد *استرجعتَ[51] رزمَك، فدعْ كِسائي ! » فضحك، وقال : « انزل، فلا
خوف عليك. » فنزَل معه، *واستتابَه[52]، ووهَب له شيئًا، وصرَفَه ولم يُسِئْ[53]
إليه. (التنوخي : نشوار المحاضرة)

---

52 - Forme X اِسْتَفْعَلَ.
53 - Forme IV أَفْعَلَ.

Khabar 21

Abû al-Husayn nous a raconté, il a dit : Un homme de Bagdad m'a raconté qu'un voleur repenti lui avait raconté, il a dit :

Il y avait à tel endroit un changeur qui avait beaucoup d'argent. Les voleurs cherchaient à le voler sans y réussir et sans qu'aucune ruse ne parvienne à le tromper.

Il poursuivit : Une bande de voleurs, dont je faisais partie, complota contre lui. Ils dirent : « Comment ferons-nous pour entrer chez lui ? » Je dis : « Pour ce qui est d'y entrer, vous pouvez compter sur moi, mais pour la suite, je ne garantis rien. » Ils répondirent : « Tout ce que nous voulons, c'est entrer. » Je m'y rendis le soir, et eux avec moi. Je dis à l'un d'eux : « Demande la charité. Quand la servante sortira t'apporter quelque chose, éloigne-toi et feins la cécité pour qu'elle vienne jusqu'à toi te donner l'aumône. Tiens-toi à quelques pas de la porte pour que je puisse, moi, entrer, pendant qu'elle est occupée avec toi, loin de la porte, de sorte qu'elle ne me voie pas, le temps que j'entre et que je me cache. »

Il poursuivit : Ainsi fit-il et je me trouvai caché dans le lieu d'aisance qui était dans le couloir. Quand la servante revint, son maître lui dit : « Quelque chose t'a retenue. » Elle dit : « Le temps que je donne l'aumône à ce

---

1 - كثير المال : Voir Gr. 11.

2 - ما نُريد إلّا الدُّخول : Voir Gr. 15.

3 - Voir *khabar* 12, n. 8. Voir Gr. 16.

4 - Voir *khabar* 3, n. 5.

21 حدّثنا أبو *الحُسَين، قال : حدّثَني رجُل من أهل بغداد أنّ بعض من

تاب منَ *اللُّصوصيّة حدّثَه، قال :

كان في *الناحية *الفُلانيّة صيرَفيّ كثيرُ *المال[1]، يطلُبُهُ *اللُّصوص، فلا

تتمّ عليه حِيلة، ولا يقدِرون عليه.

5   قال... فتواطأ عليه جماعة لُصوص، كُنتُ أحَدَهم، فقالوا : « كيف

نعمَل في دُخول داره ؟ » فقُلتُ : « أمّا *الدُّخول فعليّ لكم، وأمّا ما بعد

ذلك فلا أضمَنُه. » قالوا : « فما نُريد إلّا *الدُّخول[2]. »

     قال... فجِئتُ وهم معي عِشاءً[3]، فقُلتُ لواحد منهم : « تصدّقْ، فإذا

10 خرَجتِ *الجارية[4] إليك بشيء، فتباعدْ وتعامَ[5] عليها، لتجيءَ إليك تُعطيكَ

*الصدَقة[6] ؛ وكُنْ على خُطّ[7] منَ *الباب، لأدخُلَ أنا وهي مُتشاغِلة معك،

قد بعُدتْ عنِ *الباب، فلا تراني إلى أن أدخُلَ فأختبئ. »

     قال... ففعَل ذلك، وحصَلتُ مُختبِئًا في مُستراح *الدِّهليز . فلمّا عادتِ

*الجارية، قال لها مولاها : « *قدِ احتبست ! » قالت : « حتى أعطيتُ

---

5 - Apocopé (de تعامى). Voir Gr. 5.

6 - La *sadaqa* est une aumône. Elle peut être volontaire (c'est le cas ici) ou obligatoire (comme la *zakât*, un des cinq piliers de l'islam). Même radical que l'impératif تصدّقْ employé plus haut.

تُعطيكَ الصدَقة : Voir Gr. 14.

7 - Voir *khabar* 16, n. 12.

mendiant. » Il dit : « Tu as mis plus de temps que cela. »
Elle répondit : « Il n'était pas à la porte. Je l'ai suivi dans la
rue pour la lui donner. » Il demanda : « Et combien de pas
as-tu fait loin de la porte ? » Elle répondit : « Beaucoup
de pas. » Il dit : « Que Dieu te maudisse ! Tu as mal agi à
mon égard. Il y a certainement un voleur avec moi dans
la maison, je n'en ai pas le moindre doute. »

Il poursuivit : Lorsque j'entendis cela, je fus
bouleversé et inquiet. L'homme dit à la servante :
« Apporte le cadenas. » Elle le lui apporta. Il vint à la porte
qui séparait le couloir et la maison – la cour intérieure se
trouvait derrière cette porte - et la ferma à clé de son côté.
Puis il lui dit : « Maintenant, laisse le voleur faire ce qu'il
veut ! »

Il poursuivit : Quand ce fut minuit, mes amis
arrivèrent et sifflèrent derrière la porte [en signe de
reconnaissance]. Je leur ouvris la porte [qui donnait sur
la rue] et ils pénétrèrent dans le couloir. Je leur racontai
l'affaire. Ils dirent : « Nous allons creuser sous le palier et
passer dans la cour intérieure. » Ils creusèrent. Quand ils
eurent fini, ils dirent : « Entre avec nous. » Je dis : « J'ai
été incommodé par cet homme et j'ai le pressentiment
d'un malheur. Je n'entrerai d'aucune manière. » Ils
s'acharnèrent à me convaincre et dirent : « Nous ne te
donnerons rien. » Je dis : « Soit. » Ils entrèrent. Quand
ils furent dans la cour intérieure, alors que j'étais dans le

---

8 - Il apparaîtra qu'à une extrémité du couloir se trouve une porte
qui donne sur la rue et à l'autre une porte qui donne sur une cour
intérieure.

9 - أَعطَيتُ السائلَ الصَّدَقة : Voir Gr. 14.

10 - قامتْ قِيامتي : Voir Gr. 13.

١٥ *السائلَ *الصَّدَقة[8]. » قال : « ليس هذا قدر دفعك إليه. » قالت : « لم

يكنْ على *الباب، فلحقتُه في *الطريق، وأعطيتُه. » فقال : « وكم خُطوة

مشَيتِ منَ *الباب ؟ » قالتْ : « خُطَّ كثيرة. » قال : « لعنَكِ *الله !

أخطأتِ عليَّ ! قد حصَل معي في *الدار لصّ، لا أشُكُ فيه. »

قال... فحين سمعتُ هذا، قامتْ قيامتي[9] وتحيّرتُ. » فقال لها :

٢٠ « هاتي[10] *القُفل. » فجاءتْه به، فجاء إلى باب دِهليز *الدار ـ *والصحن

بعد باب *الدار[11]ـ فقفقَلَه من عنده، ثمّ قال لها : « دعي *اللِّصَّ *الآن

يعمَل ما يشاء[12]. »

قال... فلما *انتصفَ *الليل، جاء أصحابي ؛ فصفَروا على *الباب،

ففتَحتُ لهم بابَ *الدار، فدخَلوا *الدِّهليز، وأخبرتُهم *بالخبَر. فقالوا :

٢٥ « ننقُبُ *العتَبة، ونخرُج إلى *الصحن. » ونقَبوا. فلمَّا فرَغوا، قالوا : « ادخُل

معنا. » فقلت : « إنَّ نفسي قد نبَت عن هذا *الرجُل، وأحسستُ بشَرّ،

وما أدخُلُ *البتَّة ! *فاجتهدوا بي، وقالوا : « لا نُعطيك شيئًا[13] ! » فقلتُ :

« قد رضيتُ. » فدخَلوا. فحين حصَلوا في *الصحن، وأنا في *الدِّهليز أتسمّع

عليهم[14]، مشَوْا فيه. فإذا *للمولى زُبية في أكثرِ *الصحن مُحيطة به، يعرفُها

---

11 - هاتي = Voir khabar 5, n. 12.

12 - دعي اللِّصَّ الآن يعمَل ما يشاء : Voir Gr. 16.

13 - لا نُعطيك شيئًا : Voir Gr. 14.

14 - وأنا في الدِّهليز أتسمّع عليهم : Voir Gr. 18.

couloir en train de les écouter, ils se mirent à marcher. Or, le maître de céans avait une tranchée qui faisait le tour de la plus grande partie de la cour intérieure, dont lui et les siens connaissaient l'emplacement, de sorte qu'ils évitaient de marcher dessus, de jour comme de nuit. Elle était là précisément pour les protéger de tels faits ou de faits analogues, recouverte d'une natte en roseaux posée sur du bois très fin. Quand [mes amis] l'atteignirent, ils y tombèrent. Or, elle était si profonde qu'il était impossible d'en sortir. Le maître entendit le bruit de leur chute et hurla : « Ils sont tombés ! » L'homme et sa servante se mirent à applaudir et à danser. Ils prirent ensuite des pierres qui avaient été préparées à cet effet et ne cessèrent de les leur jeter à la tête et sur le corps, les blessant, tandis que mes amis hurlaient et que je remerciais Dieu d'y avoir échappé, jusqu'à ce que cela les tue. Je m'enfuis du couloir et n'entendis plus jamais parler de mes amis, ni de la manière dont ils avaient été enterrés ou sortis de là. Ce fut pourquoi je me repentis d'être un voleur.

---

15 - فيتّقونَ المشي عليها ليلاً ونهارًا : Voir Gr. 16.

16 - يُصفّقون ويرقُصون. وتناوَلوا : Les trois verbes sont au pluriel alors que l'on attendrait un duel. La narration rapproche le récit de la langue vernaculaire.

17 - Allusion au Coran, *sourate* 2, verset 24.

18 - ما زالوا يشدَّخون : Voir Gr. 4.

19 - وأصحابي يصيحون، وأنا أحمَدُ الله على السلامة : Voir Gr. 18.

124

هو وعِيالُه، فيتَّقونَ *المشي عليها ليلاً ونهارًا[15]، وهي منصوبة *للحفظ من

30 هذا وشِبهِه، وعليها بارِيّة من فوق خشَب رقيق جِدًّا. فحين حصَلوا عليها،

سقَطوا إليها، فإذا هي عميقة جِدًّا، لا يُمكِنُ *الصُّعود منها. فسمِعَ *المولى

صوت سُقوطِهم، فصاح : « وقَع هؤُلاء ! » وقام هو وجارِيتُه يُصفِّقون

ويرقُصون. وتناوَلوا[16] حجارة مُعَدّة لهم[17]، فما زالوا يشدَخون[18] رُؤوسَهم

وأبدانَهم بها، وأصحابي يصيحون، وأنا أحمَدُ *الله على *السلامة[19]، إلى أن

35 أتلفَهم. وهرَبت أنا مِنَ *الدِّهليز، ولم أعرِف لأصحابي خبَرًا، كيف دُفنوا،

أو كيف أُخرِجوا. فكان ذلك سبَب توبتي مِنَ *اللُّصوصِيّة. (التنوخي :

نشوار المحاضرة)

125

Khabar 22

Abû Bakr Ibn Muhammad Ibn 'Abd al-Bâqî nous a fait savoir, d'après al-Qâsim 'Alî Ibn al-Muhassin, d'après son père, qu'il avait dit :

Il m'est parvenu qu'un jour, al-Mu'tadid bi-Llâh, assis à regarder les ouvriers dans une maison qu'on lui construisait, vit parmi eux un jeune esclave noir au physique désagréable et à la plaisanterie incessante, qui montait les escaliers en grimpant les marches deux par deux et portait des poids deux fois plus lourds que ce que portaient les autres. Cela lui déplut. Il le fit mander et lui demanda quelle était la cause de son comportement. Il se mit à bafouiller. Le calife dit à Ibn Hamdûn, qui était dans l'assistance : « Qu'en déduis-tu à son sujet ? » Il lui répondit : « Mais qui est-il donc pour occuper ta pensée ! Sans doute n'a-t-il pas de famille à sa charge, d'où son cœur léger. » Il lui dit : « Malheureux que tu es ! J'ai tiré de [l'observation de] son cas une conjecture que je ne crois ne pas être fausse ; soit il possède de l'argent, gagné d'un coup, par des voies irrégulières ; soit c'est un voleur qui se camoufle derrière l'art de pétrir la boue. » Ibn Hamdûn le railla pour ces propos. Al-Mu'tadid bi-Llâh dit : « Amenez-moi le Noir. » On l'amena. Il dit : « Des fouets ! » Il lui donna près de cent coups de fouet,

---

1 - Surnommé « le cadi du maristan », Abû Bakr Ibn Muhammad Ibn 'Abd al-Bâqî al-Bazzâz fut un transmetteur de *hadîth* reconnu. Pas de dates précises.

2 - المعتضد : Pour al-Mu'tadid, voir *khabar* 4, n. 2.

3 - كان يومًا جالسًا : Voir Gr. 16.

4 - غلام : Voir *khabar* 4, n. 3.

126

22 أنبأَنا أبو بكر بن مُحمَّد بن عبدِ الباقي[1] عن أبي القاسم عليّ بنِ المُحسّن عن أبيه، قال :

بلَغَني أنَّ المُعتضد بالله[2] كان يومًا جالسًا[3] في بيت يُبنى له يُشاهدُ الصُّنّاع. فرأى في جُملتِهم غُلامًا[4] أسود، مُنكَرَ الخِلقة، شديدَ المزح[5]، يصعَد على السلاليم مرقاتَيْن مرقاتَيْن، ويحمل ضعف ما يحملونه. فأنكر أمرَه. فأحضرَه، وسألَه عن سبب ذلك ؛ فتلجلَج[6]. فقال لابن حمدون[7] ـ وكان حاضرًا : « أيّ شيء يقع لك في أمرِه ؟ » فقال : « ومَن هذا حتّى صرَفتَ فكرك إليه ! ولعلّه لا عِيال له، فهو خالي القلب[8]. » قال : « ويحَك ! قد خمّنتُ في أمرِه تخمينًا[9] ما أحسَبُه باطلاً ؛ إمّا أن يكونَ معه دنانير[10] قد ظفِر بها دفعة من غير وجهِها[11]، أو[12] يكونَ لصًّا يتستّر بالعلم في الطين » فلاحاهُ ابن حمدون في ذلك، فقال : « عليَّ بالأسود. » فأُحضِر. وقال : « مَقارع ! » فضرَبَه نحو مئة مقرَعة، وقرَّرَه، وحلَف إن لم يصدُقْه ضرَب عُنُقَه[13]. وأحضَر السيف والنّطَع[14]. فقالَ الأسوَد : « ليَ الأمان[15] ؟ » فقال :

---

5 - مُنكَرَ الخِلقة، شديدَ المزح : Voir Gr. 11.

6 - تلجلج : Voir *khabar* 13, n. 27.

7 - ابن حمدون (نديم) Commensal : du calife ; de la famille des Banû Hamdûn, commensaux de père en fils. Rappelons que la fonction de commensal du calife fut longtemps rétribuée malgré sa dimension transgressive.

8 - خالي القلب : Voir Gr. 11.

9 - خمّنتُ في أمرِه تخمينًا : Voir Gr. 13.

10 - Voir *khabar* 2, n. 3.

11 - [من غير وجهِها] = De manière irrégulière, malhonnête.

12 - Phrase contenant une alternative rendue par l'emploi de إما ... أو ...

l'incita à avouer et jura qu'il lui ferait trancher le cou s'il ne lui disait la vérité. Il fit apporter le sabre et le tapis de cuir sur lequel on exécute les condamnés. Le Noir dit : « Ai-je l'*aman* ? » Il lui dit : « Tu as l'*aman* fors la sentence qui en la matière t'oblige. » Il ne comprit pas ce qu'il lui avait dit et présuma qu'il lui avait accordé l'*aman*. Il dit : « Des années durant, j'ai travaillé dans les fours à briques. Il y a quelques mois, j'étais assis là-bas quand un homme est passé devant moi, un *himyân* autour de la taille. Je l'ai suivi. Il s'est rendu dans l'un des fours, s'est assis sans savoir que je me trouvais là, a défait son *himyân* et en a sorti un dinar. J'ai regardé attentivement : il était rempli de dinars. J'ai bondi sur lui, je l'ai ligoté, je l'ai bâillonné et j'ai pris le *himyân*. Puis, j'ai porté l'homme sur mon épaule et je l'ai jeté dans l'ouverture du foyer que j'ai calfeutrée de glaise. Ensuite, quand cela fut fini, j'ai sorti les os et je les ai jetés dans le Tigre. J'ai l'argent, ce qui raffermit mon cœur. » Al-Mu'tadid manda quelqu'un pour rapporter l'argent de la maison de l'esclave. Et voilà que sur le *himyân*, il était écrit : « Appartient à Untel fils d'Untel. » On fit crier son nom dans la localité. Une femme se présenta et dit : « C'est mon mari et j'ai de lui cet enfant. Il est parti à telle date. Il avait sur lui un *himyân* contenant mille dinars. Depuis, il n'est pas reparu. » Le calife lui remit les dinars et lui ordonna d'accomplir sa retraite légale. Puis il fit trancher le cou du Noir et ordonna que son cadavre fut porté dans le four à briques.

---

13 - وحلَف إن لم يصدُقه ضرَب عُنُقَه : Voir Gr. 20.

14 - النُّطع : Les dictionnaires proposent d'autres vocalisations.

15 - الأمان : Employé usuellement pour « sûreté, sécurité », le terme *amân* désigne aussi, légalement, un sauf-conduit écrit, un serment

« لكَ الأمانَ إلاّ ما يجب عليك فيه من حدّ[16]. » فلم يفهَمْ ما قال له، وظنّ

15 أنّه قد أمَّنَه، فقال : « أنا كنتُ أعمَلُ[17] في أتاتين الآجُرّ سنين. وكنتُ مُنذُ

شُهور هناك جالسًا، فاجتاز بي رجُل في وسطِه همِيان[18]، فتبعتُه ؛ فجاء

إلى بعضِ الأتاتين، فجلَس وهو لا يعلَم مكاني[19] ؛ فحلَّ الهميان، وأخرَج

منه دينارًا. فتأمَّلتُه، فإذا كلُّه دنانير. فثاورتُه، وكتّفتُه، وسدَدتُ فاه[20]،

وأخذتُ الهميان، وحمَلتُه على كتفي، وطرَحتُه في نقرة الأتُون وطيَّنتُه ؛

20 فلمّا كان بعد ذلك، أخرجتُ عظامَه، فطرَحتُها في دجلة. والدنانير معي،

يَقْوَى بها قلبي. » فأمرَ المعتضِد مَن أحضَر الدنانير من منزلِه. وإذا على

الهميان مكتوب « لفلان بن فلان. » فنوديَ في البلدة باسمِه، فجاءتِ

امرَأة، قالت : « هذا زوجي، ولي منه هذا الطِّفل. خرَج في وقت كذا ومعه

همِيان فيه ألف دينار، فغاب إلى الآن. » فسلّمَ الدنانير إليها، وأمَرَها

25 أن تعتدّ[21]، وضرَب عُنُقَ الأسود، وأمَرَ أن تُحمَلَ جُثّتُه إلى الأتون. (ابن

الجوزي : الأذكياء)

---

oral ou un geste par lequel un musulman s'engage à accorder
protection, pour une période limitée, à un non-musulman contre les
sanctions légales qu'il pourrait encourir, dans sa vie ou ses biens.
16 - لكَ الأمانَ إلاّ ما يجب عليك فيه من حدّ : Voir Gr. 15. Voir également
khabar 18, n. 40.

17 - كنتُ أعمَل : Voir Gr. 4.

18 - همِيان : Le *himyân* est une ceinture, ou un sac allongé, porté à la
taille, dans lequel on conservait les dinars.

19 - وهو لا يعلم مكاني : Voir Gr. 18.

20 - Voir *khabar* 18, n. 22.

21 - تعتد : La عدّة (retraite légale) est la période légale d'abstinence
durant laquelle une veuve ou une divorcée n'a pas le droit de se
remarier ou de voir un homme pour éviter toute confusion possible
dans une éventuelle paternité.

Khabar 23

Al-Muhassin dit :

Il nous est parvenu, au sujet d'al-Mu'tadid bi-Llâh, qu'un de ses serviteurs vint un jour et lui raconta qu'il se tenait sur la rive du Tigre, dans la demeure califale, quand il avait vu un pêcheur lancer son filet, qui s'était alourdi, puis le tirer et le remonter. Et voilà qu'il contenait un sac. Présumant que c'était de l'argent, il l'avait pris et ouvert, y avait trouvé des briques et, au milieu des briques, une main teinte au henné.

Il ajouta qu'il avait apporté le sac, la main et les briques. Cela impressionna al-Mu'tadid qui dit : « Dis au pêcheur de relancer son filet plus haut, plus bas et à l'endroit même où se trouve sa barque. »

[Le transmetteur] dit : Il fit ainsi et sortit un autre sac dans lequel il y avait un pied.

[Le transmetteur] dit : Ils cherchèrent encore mais rien d'autre ne sortit. Al-Mu'tadid en fut préoccupé et dit : « Il y a avec moi, dans cette ville, quelqu'un qui tue un être humain, découpe ses membres et le(s) disperse et je ne suis pas au courant. Cela n'est pas gouverner ! » Il passa la journée sans manger puis, quand le lendemain arriva,

---

1 - المُعتضد بالله : pour al-Mu'tadid, voir *khabar* 4, n. 2,.

2 - خادمًا من خدَمه : Voir Gr. 7.

3 - جاء يومًا : Voir Gr. 16.

4 - الدّجلة : Variante de دجلة (le Tigre), considérée par certaines lexicographes comme plus familière.

5 - الخليفة : Voir Gr. 6.

6 - [دار الخليفة] : rien ne permet de déterminer avec certitude si cette

23 قال المُحسِّن :

وبلَغَنا عنِ المُعتضد بالله[1]، أنّ خادمًا من خدَمه[2] جاء يومًا[3]، فأخبَرَه

أنّه كان قائمًا على شاطئ الدِّجلة[4] في دار الخليفة[5]، فرأى صيّادًا وقد طرَح

شبَكَته فثقُلتْ بشيء، فجذَبَها، فأخرجَها، فإذا فيها جراب ؛ وأنّه قدَّرَه مالاً،

٥ فأخَذه وفتَحه، فوجَد فيه آجُرٌّ[6]، وبينَ الآجُرّ كفٌّ[7] مخضوبة بحنّاء.

قال... فأحضَرَ الجراب والكفّ والآجُرّ. فهالَ المُعتضد ذلك وقال :

« قُلْ للصيّاد يُعاود طرحَ الشبَكة فوقَ الموضع وأسفلَه وعند قاربه. »

قال... ففعَل. فخرَج جراب آخر فيه رِجْل[8].

قال... فطلَبوا فلم يخرُجْ شيء آخر. فاغتمَّ المُعتضد فقال : « معي ١٠

في البلَد من يقتُل إنسانًا ويُقطِّع أعضاءَه ويُفرِّقُه ولا أُعرَف به ! ما هذا

مُلك ! »

قال... وأقام يومَه كلَّه ما طعِم طعامًا[9]. فلمّا كان منَ الغد أحضر

---

expression désigne un seul palais, une demeure princière particulière,
ou si elle est employé pour [دار الخلافة (حرم)] qui désigne un ensemble
de bâtiments et jardins (voir *khabar* 26, n. 2).

7 - آجُرٌّ : schème أَفْعَلُ ; diptote.

8 - كفّ : Litt. Paume. Emploi métonymique fréquent pour « main ».

9 - La présence concomitante des deux membres signale un meurtre.
En effet, la main seule aurait pu révéler que quelqu'un se serait fait
justice en coupant la main d'une voleuse. Le pied seul aurait pu
indiquer la sanction d'une voleuse récidiviste.

131

il fit venir l'un de ses hommes de confiance, lui donna le sac et lui dit : « Fais avec ce sac le tour des fabricants de sacs à Bagdad. Si l'un d'eux le reconnaît, demande-lui à quel marchand il l'a vendu. S'il te l'indique, demande au marchand qui le lui a acheté ; et ne dis absolument rien à personne sur son histoire. »

[Le transmetteur] dit : l'homme s'absenta et revint trois jours plus tard. Il raconta qu'il n'avait cessé de chercher parmi les tanneurs et les maroquiniers jusqu'à identifier le fabricant. Il l'avait alors interrogé au sujet du sac. Il lui avait indiqué qu'il l'avait vendu à un apothicaire dans le souk Yahyâ. Il était allé chez l'apothicaire et le lui avait montré.

L'apothicaire dit : « Malheureux ! Comment ce sac est-il tombé entre tes mains ? » Je lui dis : « Le reconnais-tu ? » Il dit : « Oui. Il y a trois jours, Untel le Hâchimî m'a acheté dix sacs. J'ignore pourquoi il les voulait. Celui-ci en faisait partie. » Je lui dis : « Et qui est Untel, le Hâchimî ? » Il dit : « Un homme de la descendance de ʿAlî fils d'al-Rayta, descendant d'al-Mahdî, que l'on appelle Untel ; un homme d'importance, mais qui est le pire des

---

10 - ما طعم طعامًا : Voir Gr. 13.

11 - ثقة : Voir Gr. 6.

12 - أعطاه الجِراب فارغًا : Voir Gr. 17.

13 - فإن عرِفه منهم رجُل، فسلْه على من باعَه : Voir Gr. 20.

14 - لا تُقِرَّ : prohibitif.

15 - ثلاثة أيّام : Voir Gr. 8.

16 - لم يزل يتطلّب : Voir Gr. 4.

ثقةً[10] له، وأعطاه الجراب فارغًا[11]، وقال له : « طُف به على كلّ من يعمَل

15 الجُرُب ببغداد ؛ فإن عرفَه منهم رجُل، فسلْه على من باعَه[12]. فإذا دلَّك

عليه، فسلِ المُشتري منِ اشتراه منه، ولا تُقرَّ[13] على خبرِه أحدًا. »

قال... فغاب الرجُل. وجاءَه بعد ثلاثة أيّام[14]، فزعَم أنّه لم يزلْ

يتطلَّب[15] في الدّباغين وأصحابِ الجُرُب، إلى أن عرِف صانعَه، وسألَ عنه.

فذكَر أنّه باعَه إلى عطّار بسُوق يحيى[16]. وأنّه مضى إلى العطّار وعرَضَه

20 عليه.

فقال : « ويحَك ! كيف وقَع هذا الجراب في يدِك ؟ » فقلتُ[17] :

« أوتعرفُه[18] ؟ » قال : « نعم. اشترى منّي فلانٌ الهاشميّ[19] منذ ثلاثة

أيّام عشرة جُرُب[20]، لا أدري لأيّ شيء أرادَها، وهذا منها. » فقلت له :

« من فلانُّ الهاشميّ ؟ » فقال : « رجُل من ولد عليّ بن ريطة[21]، من ولدِ

17 - سوق يحيى : Opulent marché à l'Est de Bagdad.

18 - Noter le passage de la troisième à la première personne qui rend la scène encore plus vivante.

19 - أوتعرفُه : Voir *khabar* 10, n. 18.

20 - الهاشميّ : A la cour abbasside, *Hâchimî* désigne un membre de l'« aristocratie » constituée par les desendants de Hâshim Ibn 'Abd Manâf, ancêtre éponyme du clan du Prophète. Le terme arabe est traduit ici par *Hâchimî*, pour éviter toute confusion anachronique avec la dynastie hachémite qui porte le même nom.

21 - ثلاثة أيّام ؛ عشرة جرب : Voir Gr. 8.

hommes et le plus inique, le plus nuisible aux valeurs sacrées des musulmans, le plus passionnément enclin à intriguer contre eux. Personne au monde ne porte son histoire devant al-Mu'tadid, tant on craint sa malveillance et tellement il a de l'influence sur l'Etat et les finances. » Il continua à m'entretenir de la sorte, et moi à écouter de [bien] laids récits au sujet de cet homme, jusqu'à ce qu'il dise : « Il te suffira d'apprendre qu'il était épris depuis des années d'Unetelle la chanteuse, l'esclave d'Unetelle la chanteuse. Elle était [belle] comme un dinar gravé ou comme la lune qui se lève, et son chant était de très haute qualité. Il négocia son achat avec sa maîtresse, mais elle refusa de la lui céder. Voilà quelques jours, il apprit que la maîtresse voulait la vendre à un acheteur qui s'était présenté et avait dépensé pour l'avoir des milliers de dinars. Il lui envoya dire : "Le moins que tu puisses faire, c'est de l'envoyer chez moi pour qu'elle me fasse ses adieux". Elle la lui envoya après qu'il lui eut fait tenir son gage pour trois jours. Quand les trois jours furent écoulés, il la lui enleva contre son gré, la faisant disparaître. On ne sait rien à son sujet. Il prétend qu'elle s'est enfuie de chez

---

22 - علي بن ريطة : Prétendant légitime au califat, par son père, le calife al-Mahdî (voir n. 23) et par sa mère Rayta, fille du premier calife abbasside al-Saffâh, 'Alî fut écarté du pouvoir en faveur de ses demi-frères.

23 - المهدي : Troisième calife abbasside, al-Mahdî (m. 785) désigna pour lui succéder les deux fils de sa concubine al-Khayzurân, dont le célèbre Hârûn al-Rashîd.

24 - ولم يزل يحدّثني : Voir Gr. 4.

25 - وأنا أسمع أحاديث له قبيحةً : Voir Gr. 18. أحاديث est diptote, ce pourquoi il n'a pas de *tanwîn* comme l'adjectif qui le qualifie.

²⁵ المهديّ²²، يُقال له فُلان، عظيم إلّا أنّه شرُّ النّاس، وأظلَمُهم، وأفسَدُهم

لحُرَم المُسلمين، وأشَدُّهم تشَوُّقًا إلى مكايِدهم. وليس في الدُّنيا من ينهي

خبَرَه إلى المُعتضِد خوفًا من شرِّه، ولفرط تمَكُّنه منَ الدّولة والمال. » ولم يزلْ

يُحدِّثُني²³ وأنا أسمَع أحاديث له قبيحةً²⁴، إلى أن قال : « فحسبُك أنه كان

يعشَق²⁵ مُنذُ سنين فُلانة المُغنِّية، جارية²⁶ فُلانة²⁷ المغنِّية²⁸. وكانت كالدّينار

³⁰ المنقوش وكالقمَر الطالع، في غاية حُسن الغناء. فساوم مولاتَها فيها، فلم

تُقارِبْه. فلمّا كان مُنذُ أيّام، بلَغَه أنّ سيِّدتَها تُريد بيعها على مشترٍ²⁹ قد

حضَر، بذَل فيها أُلوفَ الدنانير. فوجَّهَ³⁰ إليها : "لا أقَلَّ من أن³¹ تُنفذيها

إليَّ لتُودِّعَني." فأنفذتْها إليه بعد أن أنفذَ إليها حذرَها لثلاثة أيّام³². فلمّا

انقضتِ الأيّامُ الثّلاثة، غضَبَها عليها، وغيّبَها عنها، فما يُعرَف لها خبَر.

---

26 - Voir Gr. 4 : كان يعشَق

27 - Voir *khabar* 3, n. 5.

28 - فُلانة : Diptote.

29 - La première est une esclave chanteuse ou *qayna*. Elle peut être l'esclave d'une autre *qayna*.

30 - مشترٍ : Voir *khabar* , n. 12.

31 - Attention ! radical وجه.

32 - لا أقَلَّ من أن : Voir *khabar* 19, n. 47.

135

lui mais les voisins disent : "Il l'a tuée". D'autres disent : "Non, elle est [toujours] chez lui". Sa maîtresse a célébré ses funérailles, elle est venue hurler devant la porte de l'homme et s'est humiliée devant lui sans que cela ne lui fût d'aucune utilité. »

Quand al-Mu'tadid entendit [cela], il se prosterna pour remercier Dieu le très-Haut de lui avoir dévoilé l'affaire. Il envoya aussitôt quelqu'un saisir le Hâchimî par surprise et il fit venir la chanteuse. Il sortit la main et le pied et les montra au Hâchimî. Quand il les vit, il perdit ses couleurs et crut son heure venue. Il avoua. Al-Mu'tadid ordonna que l'on paie sur le trésor le prix de l'esclave à sa maîtresse, puis il la renvoya. Ensuite, il emprisonna le Hâchimî. L'on dit qu'il le fit tuer et l'on dit qu'il mourut en prison.

---

33 - لثلاثة أيّام : Voir Gr. 8.

34 - وقالتِ الجيران : Voir Gr. 6

35 - Après قال, on emploie إنَّ.

36 - [سوّدتْ وجهَها]= S'humilier, perdre la face. Litt : Se noircir le visage. Peut aussi s'employer au sens de « se couvrir le visage de cendres » dans les rites funéraires. Peu probable ici vu le contexte.

37 - سجَد شُكرًا لله : Voir Gr. 12.

38 - [انتُقِع لونُه] = Perdre ses couleurs, blêmir.

39 - بدفْع ثمنَ الجارية : Voir *khabar* 11, n. 21.

35 وادّعى أنّها هرَبتْ من داره. وقالتِ الجيران[33] إنّه[34] قتلَها ؛ وقال قوم : "لا،
بل هي عنده". وقد أقامت سيّدتُها عليها المأتم، وجاءتْ وصاحتْ على
بابه، وسوّدتْ وجهَها[35]، فلم ينفعْها شيء. فلمّا سمعَ المعتضد، سجَد شُكرًا
لله[36] تعالى على انكشاف الأمر له. وبعَث في الحال مَن كبَس على الهاشميّ
وأحضرَ المُغنِّية. وأخرجَ اليد والرّجل إلى الهاشميّ. فلمّا رآهما، انتُقع لونُه[37]
40 وأيقن بالهلاك واعترف. فأمَرَ المعتضد بدفع ثمَنَ الجارية[38] إلى مولاتها من
بيتِ المال وصرَفَها. ثمّ حبَسَ الهاشميّ. فيُقال إنّه قتلَه، ويُقال مات في
الحبس. (ابن الجوزي : الأذكياء)

137

Khabar 24

En l'an 235/849, mourut Ishâq Ibn Ibrâhîm Ibn Mus'ab, alors gouverneur de Bagdad, et son fils fut nommé à sa place. Ishâq a des histoires plaisantes dont nous avons mentionné les meilleures dans notre livre *Les Nouvelles du Temps*.

Parmi ces histoires divertissantes et appréciées, sur ce qui se passait de son temps et sur ses hauts faits à Bagdad, ce qu'a rapporté à son sujet Mûsâ Ibn Sâlih Ibn Shaykh Ibn 'Umayra al-Asadî :

Ishâq fit un rêve dans lequel il lui parut que le Prophète – La prière de Dieu et Son salut soient sur lui – lui disait : « Libère l'assassin ! » Il en éprouva une immense frayeur. Il regarda les missives que lui avaient fait parvenir les responsables des prisons et n'y trouva pas mention d'un assassin. Il ordonna que l'on fit venir al-Sindî et 'Abbâs et leur demanda : « Vous a-t-on présenté quelqu'un qui était accusé de meurtre ? » Al-'Abbâs dit : « Oui, et nous avons écrit à son sujet. » Il réexamina la correspondance et trouva la missive dans les replis des registres. Il s'agissait d'un homme que des témoins avaient accusé de meurtre et qui avait reconnu les faits. Ishâq ordonna qu'on le fasse venir. Quand l'homme fut en sa présence et qu'Ishâq vit à quel point il était effrayé,

---

1 - Héros éponyme d'Ishâq Ibn Ibrâhîm Ibn Mus'ab (m. 849), cousin de Tâhir Ibn al-Husayn, fondateur d'une brève lignée de gouverneurs militaires puissants, les Tâhirides. Il fut chef de la police de Bagdad sous le califat d'al-Ma'mûn.

2 - Personnage inspiré par l'un des commensaux d'Ishâq (voir n. 1), il serait mort en 870.

3 - Voir *Khabar* 7, n. 8. Comme le nom de Dieu, celui du Prophète est

24 وفي سنة خمس وثلاثين ومائتين ... مات إسحاق بن إبراهيم بن مُصْعَب[1] وكان على بغداد، ووُلِّيَ ابنُه مكانَه. وله أخبار حسان قد أتَيْنا على غُرَرِها في كِتابِنا أخبارِ الزمان.

ومن ظريف أخبارِه والمستحسَن ممّا كان في أيّامِه وسِيَرِه ببغداد، ما

5 حدّث به عنه مُوسى بن صالح بن شيخ بن عُمَيْرَة الأسَديّ[2]...

...أنّه رأى في منامِه كأنّ النبيّ ـ صلّى الله عليه وسلّم[3] ـ يقول له : « أطلِقِ القاتل ! » فارتاع لذلك رَوعًا عظيمًا[4]، ونظَر في الكُتُب الواردة لأصحابِ الحُبوس، فلم يجِدْ فيها ذِكر قاتل. فأمَر بإحضار السِّندي[5] وعبّاس[6].

10 فسألَهما هل رُفِعَ إليهما أحَدٌ ادُّعِيَ عليه بالقتل. فقال له عبّاس : « نعم، وقد كتَبْنا بخبَرِه. » فأعادَ النظَر فوجَدَ الكِتاب[7] في أضعاف[8] القراطيس. وإذا الرجُل قد شُهِدَ عليه بالقتل وأقرَّ به. فأمَر إسحاق بإحضارِه. فلمّا دخَل

---

suivi par une eulogie. Il s'agit ici de la formule la plus fréquente, pafois abrégée en صلعم.

4 - فارتاع لذلك روعًا عظيمًا : Voir Gr. 13.

5 - Personnage inspiré d'al-Sindî Ibn Shâhak, contemporain d'Ishâq , et qui occupa d'importantes fonctions dans la police de Bagdad, sur la définition desquelles les sources divergent.

6 - Personnage inspiré d'al-'Abbâs Ibn al-Musayyab qui fut, un temps, chef de la police d'al-Ma'mûn.

7 - كتاب : Employé ici dans son sens premier d'écrit, missive.

8 - أضعاف : Replis ; signifie également « multiples ».

139

il lui dit : « Si tu me dis la vérité, je te libérerais. » Il se mit à lui raconter son histoire.

Il mentionna que lui et un certain nombre de ses amis commettaient tous les péchés et s'autorisaient tous les interdits ; que leur lieu de réunion était une maison dans la ville d'Abû Ja'far al-Mansûr, dans laquelle ils s'adonnaient à toutes les horreurs. Ce jour-là, une vieille femme, qui les fréquentait pour la turpitude, était venue les voir avec une jeune femme d'une éblouissante beauté.

« Quand la jeune femme se trouva au milieu de la demeure, elle poussa un grand cri. Je fus le premier de mes compagnons à me précipiter vers elle, je la fis entrer dans une chambre, la calmai et l'interrogeai sur son histoire. Elle dit : "Craignez Dieu, craignez Dieu en ma personne ! Cette vieille femme m'a trompée. Elle m'a dit qu'elle avait dans son coffre à bijoux une petite cassette comme on n'en a jamais vue, et elle m'a donné grande envie de voir ce qu'elle contenait ! Je suis donc sortie avec elle, sûre de sa parole, et elle m'a brusquement précipitée chez vous. Or l'Envoyé de Dieu – La prière de Dieu et Son salut soient sur lui - est mon grand-père ; Fâtima, ma mère ; et al-Hasan Ibn 'Alî, mon père. Préservez-les en me préservant !" »

---

9 - إن صدَقَتَني أطلَقتُك : Voir Gr. 20.

10 - بمدينة أبي جعفر المنصور : Bagdad est dite « ville d'Abû Ja'far al-Mansûr », en hommage à son fondateur.

11 - كانتْ تختلف : Voir Gr. 4.

12 - جارية : Voir *khabar* 3, n. 5.

13 - بارعة الجمال : Voir Gr. 11.

140

عليه، ورأى ما به منَ الارتياع، قال له : « إن صدَقتَني أطلَقتُك[9]. » فابتدأ

يُخبِرُه بخَبرِه، وذكَر أنَّه كان، هو وعِدّة من أصحابِه، يرتكبون كلَّ عظيمة

15 ويستحلّون كلَّ مُحرَّم ؛ وأنّه كانَ اجتماعُهم في منزل بمدينة أبي جعفرٍ

المنصور[10]، يعتكفون فيه على كلّ بليّة. فلمّا كان في هذا اليوم، جاءتْهم

عجوز، كانتْ تختلفُ[11] إليهم للفساد، ومعها جارية[12] بارعة الجمال[13].

« فلمّا توسّطتِ الجاريةُ الدار، صرَختْ صرخةً[14]، فبادرتُ إليها من

بين أصحابي، فأدخلتُها بيتًا، وسكَنتُ روعَها، وسألتُها عن قصَّتها. فقالتْ :

20 اللهَ اللهَ فيَّ[15] ! فإنّ هذه العجوز خدَعتْني وأعلمتْني أنّ في خزانتها[16] حُقًّا[17]

لم يُرَ مِثلُه ؛ فشوّقتني إلى النظَر إلى ما فيه، فخرَجتُ معها، واثقة بقولها[18]،

فهجَمتْ بي عليكم ! وجدّي رسولُ الله ـ صلّى الله عليه وسلّم ـ وأمّي

فاطمة، وأبي الحسَن بنُ عليّ[19] فاحفَظوهم فيَّ ! »

_____

14 - صرَختْ صرخة : Voir Gr. 13.

15 - اللهَ اللهَ فيَّ : Litt : Dieu, Dieu, en moi ! Expression empruntée à un
dit prophétique ; la tradition considère qu'avant le terme Dieu il y a le
verbe ellipsé craignez

16 - Selon le contexte, coffre, armoire, chambre du trésor, etc.

17 - Boîte de petites dimensions.

18 - واثقة بقولها : Voir Gr. 18.

19 - La jeune femme énonce sa généalogie lointaine, qui fait d'elle une
descendante directe du Prophète.

L'homme dit ensuite : « Je lui promis qu'elle serait sauvée ; puis je sortis vers mes amis et le leur fis savoir. Ce fut comme si je la leur rendais plus attrayante encore. Ils me dirent : "Après t'être satisfait d'elle, tu veux nous en écarter !" Et ils se précipitèrent sur elle. Je me tins devant elle, la protégeant. La situation s'envenima entre nous et je fus blessé. Alors, je me jetai délibérément sur celui qui la voulait le plus violemment, qui était le plus enragé à la déshonorer, et je le tuai. Je continuai à la défendre et la délivrai saine et sauve. La femme échappa ainsi à ce qu'elle avait craint pour elle-même, sans plus rien avoir à redouter. Je la fis sortir de la maison et l'entendis dire : "Que Dieu te protège comme tu m'as protégée et qu'Il soit pour toi ce que tu as été pour moi !" Les voisins entendirent le bruit et ils arrivèrent vers nous en toute hâte, alors que j'avais le couteau à la main et que l'homme traînait dans son sang. Je fus accusé de l'affaire. »

Ishâq lui dit : « Je te reconnais le mérite d'avoir protégé la femme et je te confie à Dieu et à son Prophète. » Il dit : « Par la Vérité de Ceux auxquels tu m'as confié, jamais plus je ne me rebellerai, ni ne m'impliquerai dans une action douteuse, jusqu'à l'heure où je rencontrerai Dieu. » Ishâq lui raconta la vision qu'il avait eue et lui dit que ce qu'il avait fait n'avait pas été perdu pour Dieu. Puis il lui proposa des biens considérables, mais il n'accepta rien de tout cela.

---

20 - ولم أزل أمنَع عنها : Voir Gr. 4.

21 - خلّصتُها سالمة : Voir Gr. 17.

22 - وتخلّصتِ الجارية آمنة : Voir Gr. 17.

142

قال الرجل : « فضَمَنتُ خلاصَها. وخرَجتُ إلى أصحابي، فعرّفتُهم

٢٥ بذلك. فكأنّي أغريتُهم بها، وقالوا : "لمّا قضَيتَ حاجَتك منها، أردتَ صرفَنا

عنها !" وبادروا إليها. وقُمتُ دونَها أمنَع عنها، فتفاقمَ الأمرُ بيننا، إلى أن

نالتْني جِراح. فعمَدتُ إلى أشدِّهم كان في أمرِها وأكلَبِهم على هتكِها،

فقَتَلتُه. ولم أزلْ أمنَع عنها[20] إلى أن خلّصتُها سالمة[21]. وتخلّصتِ الجارية

آمنةً[22] ممّا خافتْه على نفسِها. فأخرجتُها منَ الدار. فسمعتُها تقول :

٣٠ « ستَرَك الله كما ستَرَتني، وكان لك كما كُنتَ لي ! » وسمعَ الجيرانُ الضجّة،

فتبادروا إلينا، والسِّكّين في يدي، والرجُل يتشخّط في دمه[23]. فرُفعتُ على

هذه الحالة. »

فقال له إسحاق : « قد عرَفتُ لك ما كان من حِفظك للمرأة، ووهبتُك

لله ورسولِه. » قال : « فوَحَقٍّ[24] من وهبتَني له، لا عاودتُ معصية، ولا

٣٥ دخَلتُ في ريبة، حتّى ألقى الله. » فأخبرَه إسحاق بالرُّؤْيا التي رآها، وأنَّ

الله لم يُضيِّعْ له ذلك. وعرَض عليه بِرًّا واسعًا، فأبى قُبول شيء من ذلك.

(المسعودي : مروج الذهب)

---

٢٣ - Voir Gr. 18. والسِّكّين في يدي، والرجُل يتشخّط في دمه

٢٤ - وَحَقٍّ : Serment introduit par la particule *wâw*, ayant ici la fonction
de « *wâw* sacramental ».

Khabar 25

Un soldat nous a raconté :

J'avais quitté une ville [de la province] du Shâm, voulant me rendre dans l'un de ses villages. Alors que j'étais en chemin, et après avoir marché pendant plusieurs parasanges, je me sentis fatigué. J'étais sur une monture sur laquelle il y avait mon bissac de selle et mon paquetage. Le soir approchait. Soudain, je vis une immense citadelle avec un moine qui se tenait dans l'une des tourelles. Il descendit jusqu'à moi, m'accueillit et m'invita à dormir chez lui et à être son hôte. J'acceptais.

Quand j'entrai dans le couvent, je vis qu'il n'y avait personne d'autre que moi. Il prit ma monture, mit mon paquetage dans une chambre, donna de l'avoine à la bête et m'apporta de l'eau chaude. C'était par un temps de grand froid et la neige tombait. Il alluma un feu immense là où je me tenais et apporta de la bonne nourriture. Je mangeai. Une partie de la nuit étant passée, je voulus dormir. Je lui demandai de m'indiquer le chemin pour aller dormir ; puis je lui demandai le chemin des commodités et il me l'indiqua. C'était dans une chambre à l'étage. Quand j'arrivai devant la porte des commodités, voilà que je trouvai une immense natte en roseaux. Sitôt que mes pieds furent sur la natte, je tombai et me voici dans la steppe. En effet, la natte était posée sur du vide. La neige, cette nuit-là, tombait drue. J'appelai mais [le

---

1 - بُلدان : Aujourd'hui « pays » ; employé dans les textes classiques pour pays, région, ville, lieu habité...

2 - الشام : La province abbasside du Shâm recouvre sensiblement les Syrie, Liban, Palestine et Jordanie actuels.

25 حدّثَنا رجُل منَ الجُند، قال :

خرَجتُ من بعض بُلدانِ الشام[1] أُريد قرية من قُراها[3]. فلمّا صرتُ في الطريق، وقد سرتُ عِدّة فراسخٍ[4]، تعبت. وكُنت على دابّة، وعليها حُرجي ورحلي، وقد قرُب المساء. فإذا بحصن عظيم، وفيه راهب في صومَعة[5].

5 فنزَل إليّ، واستقبلَني، وسألَني المبيت عنده[6]، وأن يُضيفَني. ففعَلت.

فلمّا دخَلتُ الدير، لم أجِدْ فيه غيري. فأخَذ دابّتي، وجعَل رحلي في بيت، وطرَح للدابّة الشعير، وجاءَني بماء حارّ. وكانَ الزمان شديدَ البرد، والثلج[7] يسقُط. وأوقد بين يدَيّ نارًا عظيمة، وجاء بطعام طيّب، فأكَلت. ومضَت قطعة منَ الليل، فأردتُ النوم، فسألتُه عن طريق النوم. ثمّ سألتُه

10 عن طريقِ المُستراح، فدلّني على طريقه. وكان في غُرفة[8]، فمشَيْتُ. فلمّا صرتُ على بابِ المُستراح، إذا باريّة عظيمة. فلمّا صارتْ رِجلايَ[9] عليها، نزَلْت. فإذا أنا في الصحراء، وإذا الباريّة قد كانت مطروحة على غير

---

3 - قرية من قُراها :Voir Gr. 7.

4 - فراسِخ pl. فرسَخ : Mesure de distance équivalant à environ cinq mille mètres.

5 - صومعة signifie chapelle ou ermitage. A noter également que dans tout le récit, comme dans de nombreuses sources anciennes, citadelle et couvent sont utilisés comme parasynonymes.

6 - سألَني المبيت عنده : Voir Gr. 14.

7 - En hiver, le froid peut être glacial dans le Shâm. Sur les montagnes, il y a souvent de la neige jusqu'au printemps.

8 - غرفة : Voir *Khabar* 20, n. 42.

9 - رِجلايَ : Duel au cas sujet + pr. suff. 1° p. s.

moine] ne me répondit pas. Je me levai, le corps couvert de blessures, mais entier. J'allai me protéger de la neige sous une voûte, à la porte de la citadelle. Et voilà des pierres [tombant sur moi], qui, si elles m'avaient touché et atteint à la tête, auraient réduit celle-ci en poudre. Je me mis à courir et à hurler, et lui de m'insulter. Je sus alors que c'était bien de son fait délibéré et qu'il convoitait mon paquetage.

Quand je sortis [de sous la voûte], la neige tomba sur moi et mouilla mes vêtements. Je vis que j'allais mourir à cause du froid et de la neige. Une pensée naquit alors dans mon esprit : je cherchai une pierre, d'environ trente *ritls* et la mis sur mes épaules. Je me mis à courir longuement dans la steppe, jusqu'à être fatigué. Quand j'étais fatigué, que je m'étais réchauffé et que je transpirais, je posais la pierre et m'asseyais pour me reposer. Sitôt que j'avais repris mon souffle et que le froid me saisissait à nouveau, je reprenais la pierre et me remettais à courir. Je fis cela jusqu'au lendemain. Peu avant le lever du soleil, étant derrière la citadelle, j'entendis le bruit de la porte du couvent qui s'ouvrait. C'était mon moine qui sortait pour venir sous l'endroit même d'où j'étais tombé. Quand il ne me vit pas, il dit : « Bonnes gens, mais qu'a-t-il fait ? » - je l'entendais – puis « Je pense que le maudit a vu un

---

10 - مطروحة على غير سقف : Litt. « posée à plat sur un non-plafond ». D'où la traduction retenue.

11 - وكان الثلج يسقُط في تلك الليلة سقوطًا عظيمًا : Voir Gr. 16.

12 - وقد تجرّح بدّني : Voir Gr. 18.

13 - تجرّح بدّني إلا أني سالم : Voir Gr. 15.

14 - فإذا حِجارة لو جاءَتني وتمكّنتُ من دماغي طحنته : Voir Gr. 19.

15 - فخرَجتُ أعدو وأصيح : Voir Gr. 18.

146

سقف[10]. وكان الثلج يسقُط في تلكَ الليلة سُقوطًا عظيمًا[11] فصحتُ فما كلَّمَني. فقُمتُ وقد تجرّح بدَني[12] إلا أنّي سالم[13]، فجئتُ فاستظللتُ بطاق

15 عند بابِ الحصن منَ الثلج. فإذا حجارة لو جاءَتني وتمكّنت من دماغي طَحَنته[14]. فخرَجتُ أعدو وأصيح[15]. فشتَمَني. فعلِمتُ أنّ ذلك من جانبه وطمَع في رحلي.

فلمّا خرَجتُ، وقَع الثلج عليّ وبلّ ثيابي. ونظرتُ، فإذا أنا تالف بالبرد والثلج. فولَّد ليَ الفِكر أن طلبتُ[16] حجَرًا فيه نحو ثلاثين رطلاً[17]، فوضَعته

20 على عاتقي، وأقبلتُ أعدو[18] في الصحراء شوطًا طويلاً، حتّى أتعبَ ؛ فإذا تعبتُ وحميتُ وعرقتُ، طرَحتُ الحجَر وجلَستُ أستريح[19]. فإذا سكَنتُ وأخَذَني البرد، تناولتُ الحجَر، وسعَيْتُ. كذلك إلى الغداة. فلمّا كان قبل طُلوع الشمس، وأنا خلفَ الحصن[20]، إذ سمعتُ صوت بابِ الدير قد فُتِحَ. وإذا أنا بالراهب قد خرَج، وجاء إلى الموضع الذي قد سقطتُ منه. فلمّا

25 لم يرَني، قال : « يا قوم[21]، ما فعَل ؟ » ـ وأنا أسمَعُه[22] ـ « وأظنُّه، المشوم[23]،

16 - أن طلَبتُ : Emploi particulier de la particule أن (dite ici المصدرية أن) avec l'accompli.

17 - ثلاثين رطلاً : Voir Gr. 8. Voir *khabar* 16, n. 15.

18 - وأقبلتُ أعدو : Voir Gr. 4.

19 - وجلَستُ أستريح : Voir Gr. 18.

20 - وأنا خلفَ الحصن : Voir Gr. 18.

21 - يا قوم : Voir Gr. 10.

22 - وأنا أسمَعُه : Voir Gr. 18.

23 - المشوم : pour المشؤوم.

village à proximité et qu'il s'est mis à marcher pour y aller ! Comment vais-je faire ? »

[Le soldat] dit : Il se mit à marcher, avançant [vers l'endroit où je me trouvais]. Moi, je pris en sens inverse vers la porte et entrai dans la citadelle. Lui, ayant donc quitté l'endroit où j'étais tombé, marchait à ma recherche autour de la citadelle. Je me retrouvai, moi, dans la citadelle, derrière la porte. J'avais à la ceinture un couteau, ce que le moine ne savait pas. Je me tins derrière la porte. Le moine fit le tour. Quand il ne trouva pas la moindre trace de moi, il revint, entra et commença à fermer la porte. J'eus peur qu'il ne me voie ; alors, je bondis sur lui, le poignardai avec le couteau, le fis tomber à terre et l'égorgeai. Puis, je fermai la porte de la citadelle, montai dans la pièce, me chauffai devant un feu qui était allumé là, ôtai mes vêtements, ouvris un sac de ma selle et mis des vêtements qu'il contenait, puis je pris la cape du moine et m'endormis en la portant. Je ne me réveillai qu'aux environs du couchant. Je me levai et fis le tour de la citadelle jusqu'à ce que je trouve de la nourriture. Je mangeai et m'apaisai. Puis je tombai sur les clés des pièces de la citadelle et me mis à les ouvrir, l'une après l'autre. Et voilà qu'il y avait d'immenses richesses, en or, papier, marchandises, vêtements et matériels divers, de même que les paquetages, selles et bagages de diverses personnes. Ainsi, cette affaire était dans les habitudes du moine, avec quiconque venait à passer seul, et dont il parvenait à se saisir.

Je ne savais comment faire pour transporter les

---

24 - فقام يمشي : Voir Gr. 4.

25 - وأقبل يمشي : Voir Gr. 4.

قد رأى بقُربه قرية، فقام يمشي[24] إليها. كيف أعمَل ؟ »

قال : وأقبل يمشي[25]، فخالفتُه أنا إلى الباب، ودخَلتُ الحصن، وقد مشى هو من ذاكَ المكان يطلُبني حواليَّ الحصن. فحصَلتُ أنا خلفَ باب الحصن. وقد كان في وسطي سكّين لم يعلَم بها الراهب. فوقفتُ خلفَ

30 الباب. فطافَ الراهب. فلمّا لم يقفْ لي على أثر، عاد ودخَل وأغلقَ الباب. فحين خِفتُ أن يراني، ثُرتُ إليه، ووجَأتُه بالسكّين، فصرَعتُه وذبَحتُه. وأغلَقتُ بابَ الحصن، وصعَدتُ إلى الغُرفة، واصطليتُ بنار كانت موقُودة هناك، وطرَحتُ عليَّ من تلكَ الثِّياب، وفتَحتُ خُرجي، ولبستُ منه ثيابًا، وأخَذتُ كساءَ الراهب، فنمتُ فيه. فما أفَقتُ إلاّ قُرَيْبَ العصر[26]. ثمّ

35 انتبهتُ فطُفتُ الحصن حتّى وقَعتُ على طعام، فأكَلتُ وسكَنتْ نفسي ؛ ووقَعتُ بمفاتيح بيوتِ الحصن، وأقبلتُ أفتَحُ[27] بيتًا بيتًا. وإذا بأموال عظيمة من عين[28] وورَق[29] وأمتعة وثِياب وآلات ورحال قوم وأخراجِهم وحُمولاتِهم. وإذا الراهب من عادتِه تلكَ الحال مع كلّ من يجتازُه وحيدًا[30]، ويتمكّن منه.

40 فلم ادرِ كيف أعمَل في نقلِ المال، فلبستُ من ثِيابِ الراهب شيئًا،

26 - فما أفَقتُ إلاّ قُرَيْبَ العصر : Voir Gr. 15.

27 - وأقبلتُ أفتَحُ : Voir Gr. 4.

28 - عين = Or. S'emploie aussi pour oeil et source.

29 - ورَق : Rappelons qu'à l'époque, le papier est chose rare, même si le monde musulman connaît le secret de sa fabrication, pris aux Chinois au VIIIᵉ siècle.

30 - من يجتازُه وحيدًا : Voir Gr. 17.

biens. Je mis des habits appartenant au moine et me tins quelques jours dans sa tourelle, me montrant là, de loin, à quiconque passait par moi, pour qu'ils me prennent pour lui sans le moindre doute. S'ils approchaient, je n'exposais pas mon visage à leur vue. Je fis cela jusqu'à ce que mon secret fut bien enfoui. Puis j'ôtai ces vêtements, pris dans les marchandises qui se trouvaient au couvent deux grands sacs à blé, les remplis d'argent, les mis sur ma monture et la conduisis au village le plus proche. J'y achetai une maison. Je continuai à transporter l'argent jusqu'à l'avoir pris dans sa totalité. Ensuite, je transportai tout ce qui était léger mais de grande valeur et ne laissai que les marchandises lourdes. Je louai alors plusieurs bâts, des ânes et des hommes et rapportai le tout en une seule fois. Puis, j'emportai tout ce que je pus et partis dans un immense convoi organisé pour moi seul, avec un butin gigantesque, m'en retournant dans mon pays. J'avais obtenu dix mille dirhams et nombre de dinars[1], auxquels s'ajoutait la valeur des marchandises. Puis je me fis aussi discret que si la terre m'avait avalé et nul ne connut mon histoire.

---

31 - ووقَفتُ في صومعَته أيّامًا : Voir Gr. 16.

32 - ملأتُهما مالاً : Voir Gr. 14.

33 - الصامت : Si en français, l'argent est « sonnant », en arabe, il est « silencieux », comme les biens meubles.

34 - لم أدَعْ إلاّ الأمتِعةَ الثقيلة : Voir Gr. 15.

35 - رِجالة : Voir Gr. 6.

36 - Voir *khabar* 2, n. 3.

ووقَفتُ في صومعَتِه أيّامًا[31]، أتراى لمن يجتاز بي في الموضع من بعيد،

لئلا يشُكّوا في أنّي أنا هو. فإذا قرّبوا، لم أُبرِزْ لهم وجهي، إلى أن خفيَ

خبَري. ثم نزَعتُ تلكَ الثِّياب، وأخَذتُ جُوالقَيْن ممّا كان في الدير من تلكَ

الأمتعة، وملأتُهما مالاً[32]، وجعَلتُهما على الدابة، وسُقتُها إلى أقرب قرية

45 كانت. واكتريتُ فيها منزلاً. ولمْ أزلْ أنقُل منهُ الصامتَ[33] حتى حمَلتُه

كلّه، ثمّ ما خفَّ وكثُرَتْ قيمتُه، حتى لم أدَعْ إلاّ الأمتعةَ الثقيلة[34]. واكتريتُ

عِدّة أحمال وحمير ورجالة[35]، وجِئتُ بهم دفعة واحدة، وحمّلتُ كلَّ ما

قدَرتُ عليه، وسِرت في قافلة عظيمة لنفسي بغنيمة هائلة، حتى قدِمتُ

بلَدي، وقد حصل لي عشرة آلاف درهم، ودنانير[36] كثيرة، مع قيمة الأمتعة.

50 وغُصتُ في الأرض، فما عُرِفَ خبَري.(ابن الجوزي : الأذكياء)

Khabar 26

Muhammad Ibn 'Abd al-Bâqî nous a informés, il a dit : 'Alî Ibn al-Muhassin al-Tanûkhî nous a informés, d'après son père, il a dit : Ibrâhîm Ibn 'Alî Ibn al-Nusaybî m'a raconté, il a dit : Abû 'Alî Ibn Hâmid Ibn Abû Bakr, connu comme Ibn Abî Hâmid, a dit : Un des amis de mon père m'a raconté, il a dit :

En ce temps-là, ton grand-père Ibn Abî Hâmid, qui était en charge du trésor, passait la soirée dans l'enceinte des demeures califales, puis il repartait, alors que le quart ou le tiers de la nuit s'était écoulé. Il prenait place à bord d'une *tayyâra* qui le remontait à sa demeure. Nous avions besoin, nous, d'avoir des embarcations louées au mois. Ainsi, quand il prenait place à bord de la *tayyâra*, nous descendions dans nos embarcations. J'avais, de manière permanente, un batelier à ma disposition. Une nuit, je sortis avec ton grand-père, cherchai mon batelier et ne le trouvai pas. Un des compagnons de ton grand-père me prit à bord de sa *sumayriyya*. Tôt le lendemain, je me mis à la recherche du batelier mais n'appris rien à son sujet.

Les années passèrent. Et voilà que, quelques années plus tard, je le vis au Karkh, drapé de vert et portant des sandales de cuir cousu ; enfin, dans la tenue des riches commerçants. « Untel ? » lui dis-je. A ma vue, il

---

1 - كان جدّك ... يتمسّى : Voir Gr. 4.

2 - دار الخلافة : l'enceinte sacrée des demeures califales (*harîm dâr al-khilâfa*), située à l'est de Bagdad, recouvrait le tiers environ de la superficie *intra muros* et comprenait un ensemble de palais et édifices.

3 - Se vocalise également ثُلْث.

152

26 أنبأنا مُحمَّد بن عبدِ الباقي، قال : أنبأنا عليّ بنُ المُحسّنِ التنوخي

عن أبيه، قال : حدّثني إبراهيم بن عليّ بنِ النُّصَيْبي. قال : حدّثني أبو

عليّ ابن حامد بن أبي بكر، المعروف بابن أبي حامد قال : حدّثني بعض

أصحاب أبي، قال :

5   كان جدُّك ابن أبي حامد، وهو صاحب بيتِ المال إذ ذاك، يتمسّى[1] في

دارِ الخِلافة[2]، فينصرف وقد مضى رُبعُ الليل أو ثُلثُه[3]، فيجلِس في طيّارة[4]،

ويصعَد إلى داره. ونحتاج نحن أن يكونَ لنا سُفُن مُشاهَرة ؛ فإذا ركب

طيّارة، نزَلنا نحن في سُفُننا. وكان برسمي ملّاح على مرورِ الأوقات. فلمّا

10 كان ليلة منَ الليّالي، خرَجتُ مع جدّك، فطلَبت ملّاحي، فلم أجِدْه. فأخَذَني

بعض أصحاب جدّك في سُمَيْريّته[5]. وبكّرت في الغد، فلم أعرِف له خبَرًا.

وتمادى ذلك سنين. فلمّا كان بعد سنين، رأيتُه في الكرخ[6]، بطيلَسان[7]

ونعل طاق، بزِيّ التُّجّارِ المياسير. فقلت : « فُلان ؟ » فحين رآني اضطرب.

---

4 - طيّارة : Petite embarcation légère et rapide, d'où son nom de
« volante ».

5 - سُمَيْريّته : Voir *Khabar* 18, n. 13.

6 - Al-Karkh : Voir *khabar* 16, n. 37.

7 - طيلَسان : Terme désignant un vêtement de sortie, selon le cas et la
fonction de celui qui le porte, un voile, un châle, une sorte de cape avec
un capuchon ; parfois, sorte de manteau de couleur verte. C'est cette
dernière définition qui est la plus probable ici.

se troubla. Je lui dis : « Dis donc, que t'est-il arrivé ? »
Il dit : « Rien que du bien. » Je dis : « Et quel est cet
accoutrement ? » Il dit : « J'ai abandonné la navigation et
je suis devenu commerçant. » Je dis : « Le capital, d'où
le tiens-tu ? » Il tenta d'esquiver. Je lui dis : « Ne cherche
pas à différer. Par Dieu, nous ne nous séparerons que tu
ne m'aies raconté ton histoire, dit pourquoi tu m'as laissé
cette nuit-là et, enfin, pourquoi nous ne t'avons plus revu
jusqu'à présent. » Il dit : « A condition que tu gardes mon
secret. » Je dis : « Je le ferai. » Il me demanda de jurer.
Je jurai.

Il dit : « Cette nuit-là, tu as tardé. J'ai eu envie
d'uriner. Je suis remonté de l'enceinte des demeures
califales vers un embarcadère sur le canal de Mu'allâ et
j'ai uriné. Et voilà qu'un homme est arrivé, qui m'a dit :
"Transporte-moi." Je dis : "Je suis avec un passager que
je ne peux pas abandonner." Il dit : "Prends un dinar et
transporte-moi." L'entendre mentionner le dinar attisa
ma convoitise et je crus que c'était un fuyard. Je lui
dis : Où dois-je te transporter ? " Il dit : "Au quartier
des tanneurs." Je dis : "Je ne te transporterai pas [jusque-
là]." Il dit : "Prends deux dinars." Je dis : "Donne." Il me
donna deux dinars que je mis dans ma manche. Il avait
avec lui un jeune serviteur. Il lui dit : "Va et rapporte ce
que tu as avec toi." Le jeune serviteur partit et ne fut pas

---

8 - لا تطوّل : prohibitif.

9 - لا افترقنا : l'emploi de *lâ* devant l'accompli, qui a ici une valeur
absolue, exprime un refus catégorique.

10 - Voir n. 2.

11 - نهر مُعَلَّى : Nahr Mu'allâ est à la fois le nom d'un canal et du

فقلت : « ويحَك ! ما قِصَّتُك ؟ » قال : « خير. » فقلت : « وما هذا

الزِّيّ ؟ » قال : « تركتُ الملاحة وصِرت تاجرًا. » قلت : « فرأسُ المال، من

15 أين لك ؟ » فجهَد أن يُفلتَ. فقلت : « لا تطوّلْ[8] عليّ ؛ والله، لا افترقنا[9] أو

تُخبرَني خبرَك، ولِمَ تركتَني تلكَ الليلة، ثمّ لم نرَك إلى الآن ! » فقال : « على

أن تستُرَ عليّ. » فقلت : « أفعَل. » فأحلفَني فحلفَت.

قال : « إنّك أبطأتَ تلكَ الليلة، وعرَضَتْ لي بولة ؛ فأصعدتُ من

دارِ الخِلافة[10] إلى مشرَعة بنهر مُعَلَّى[11]، فبُلتُ. وإذا برجل قد نزَل، فقالَ :

20 "احمِلني." فقلت : "أنا مع راكب لا يُمكنُني فِراقُه." فقال : "خُذ مِنّي

دينارًا واحمِلني." فلمّا سمعتُ بذكرِ الدينار، طمِعتُ وظننتُه هاربًا،

فقلت : "إلى أين أحمِلُك ؟" فقال : "إلى الدبّاغين[12]." فقلت : "لا أحمِلُك."

فقال : "خُذ دينارَيْنِ." فقلت : "هاتِ[13] !" فأعطاني دينارَيْنِ[14]، فجعَلتُهما

في كُمّي. وكان معه غُلام[15]، فقال له : "امضِ وهاتِ ما معك." فمضى

25 الغُلام، ولم يحتبِسْ حتّى جاء بامرأة، لم أرَ قطُّ أحسَن منها وجهًا ولا

---

quartier y afférant, à l'Est de Bagdad.

12 - الدباغين : Le quartier des tanneurs se trouve à l'extérieur de l'enceinte
de la ville en raison notamment des odeurs nauséabondes dégagées par
les peaux. Le métier de tanneur était considéré comme un métier vil.

13 - هاتِ : Voir *khabar* 5, n. 12.

14 - فأعطاني دينارَيْنِ : Voir Gr. 14.

15 - غُلام : Voir *khabar* 4, n. 3.

long à revenir avec une femme au visage et aux habits les plus beaux que j'aie jamais vus. Il apporta aussi une grande et belle cantine en cuir, avec des plats pleins de fruits, un [pain de] glace et du *nabîdh*. La lune éclairait la nuit. Il apporta [ensuite] un luth que la femme prit dans son giron. Il me fut facile, tant cela était agréable, de ne pas tenir ma parole à ton égard. Puis, il dit au serviteur : "Toi, va-t-en." Il partit. Il me dit : "Avance." J'avançai. La jeune femme découvrit [complètement] son visage et elle était bien plus belle que la pleine lune.

Quand nous arrivâmes au quartier des tanneurs, il tira une épée qu'il avait avec lui et dit : "Avance là où je te le dirais, sinon je te trancherais le cou." Je dis : "Nul besoin de cela. Je suis à tes ordres." Et je poursuivis ma route, descendant le fleuve. Il dit à la femme : "Tu manges quelque chose ? " Elle dit : "Oui." Il sortit ce qu'il y avait dans la cantine. C'était de la nourriture propre et raffinée. Ils mangèrent et il me lança la cantine. Puis elle prit le luth et chanta le plus beau et le meilleur chant qui fut. Il me dit : "Batelier, si je ne craignais de te souler, je t'aurais donné à boire." Je dis : "Maître, je bois vingt *ritls* de *nabîdh* sans être ivre." Il me donna une outre qui en contenait cinq et dit : "Bois ; c'est pour toi." Je me mis à boire en écoutant le chant, tout en ramant. Ils

---

16 - أحسن منها وجهًا ولا ثيابًا ...: Voir Kouloughli, D. E., *op. cit.*, p. 107.

17 - ثلج : Le même terme désigne la neige et la glace. Dans l'Iraq abbasside, il s'agissait d'un produit coûteux, en provenance des montagnes du Zagros.

18 - نبيذ : Voir *khabar* 20, n. 37.

19 - [السمع والطاعة] = Litt. « Ecoute et obéissance ». Expression figée pour signifier la soumission à un ordre ou à une consigne.

ثِيابًا[16]. وجاء بجُونة كبيرة حسَنة، وأطباق فاكهة، وثلج[17] ونبيذ[18]. وكانت

ليلة مُقمِرة. وجاء بعُود، فأخَذَتْهُ الجارية في حجرها. فسهُل عليَّ، لِطيب

الوقت، أن أُخِلَّ بك. ثمَّ قال للغُلام : "امض أنت." فمضى. قال : "ادفَع."

فدفَعتُ. وكشفتِ الجارية وجهَها، فإذا هي أحسَن منَ البدر بشيء كثير.

30   فلمّا بلَغتُ الدبّاغين، جرّد سيفًا كان معه، وقال : "ادفَع إلى مكان ما

أقول لك، وإلاّ ضَرَبتُ عُنُقَك !" فقلت : "ما بك إلى هذا حاجة ؛ السمع

والطاعة[19] !" فانحدرتُ. فقال لها : "تأكُلين شيئًا ؟" فقالت : "نعم.

أخرج ما كان في الجُونة." فأكَلا، وألقى الجُونة

إليَّ. ثمَّ أخَذتِ العُود، وغنّتْ أحسَن غناء يكون، وأطيَبه. فقال لي : يا ملّاح،

35   لولا خوفي أن تسكَر، لسقَيتُك[20]." فقلت : "يا أُستاذ، أنا أشرَب عشرين رطلا

نبيذًا[21]، ولا أسكَر." فأعطاني ظرفًا فيه خمسة أرطال[22]، وقال : "اشرَب

لنفسك." فجعَلتُ أشرَب[23] على الغناء، وأُجدّف، وهما يشرَبان[24]. إلى أن

———————————

20 - لولا خوفي أن تسكَر، لسقيتك : Voir Gr. 19.

21 - أشرَب عشرين رطلا نبيذًا : Voir Kouloughli, D. E., op. cit., p. 130-131.

22 - خمسة أرطال : Voir Gr. 8.

23 - فجعَلت أشرَب : Voir Gr. 4.

24 - وهما يشربان : Voir Gr. 18.

buvaient également ; jusqu'à ce qu'il s'approcha d'elle et se mit à l'embrasser à volonté. Son désir s'exacerba et il s'unit à elle sous mes yeux. Il recommença plusieurs fois et s'enivra. Puis il lui dit : "Unetelle, tu as trahi mon pacte et mon accord, et tu t'es donnée à Untel qui a fait avec toi ceci et cela ; et à Untel ; et à Untel !" Il se mit à la quereller tandis qu'elle disait : "Non, par Dieu, mon maître, je n'ai pas fait cela ; ils t'ont menti à mon sujet pour m'éloigner de toi !" Il lui dit alors : "Tu mens ! Moi, j'ai réussi à me retrouver avec vous telle nuit, dans telle demeure, alors qu'Untel t'avait invitée et vous avez fait ceci et cela devant mes yeux. Après cela, tout est fini. Sais-tu pourquoi je suis venu en ce lieu avec toi et t'ai fait des reproches ici même ? " Elle dit : "Non." Il dit : "Pour te faire mes adieux, que ce soit ma dernière rencontre avec toi, que je te tue et que je te jette à l'eau."

Il poursuivit : « La jeune femme eut extrêmement peur et lui dit : "Messire, et cela plairait à ton cœur ?" Il dit : "Oui, par Dieu !" Puis il se coucha sur elle, sortit la cordelette de son caleçon et la ligota avec. Je lui dis : "Maître, crains Dieu. Un si beau visage dont tu es follement épris, tu en ferais cela ? " Il dit : "Par Dieu, je vais tout de suite commencer par toi !" Et il saisit l'épée. Je pris peur et je me tus. Il s'avança vers elle et l'égorgea. Il la tint jusqu'à ce que son sang s'écoule et qu'elle meure.

---

25 - فقبّلها كثيرًا : Voir Gr. 13.

26 - وأنا أراه : Voir Gr. 18.

27 - وأنا أراكم بعيني : Voir Gr. 18.

28 - فجزِعت الجارية جزَعًا شديدًا : Voir Gr. 13.

29 - وأنت تالف في حُبّه : Voir Gr. 18.

دنا منها، فقبّلَها كثيراً[25]، واحتدّتْ شهوتُه، فجامعَها وأنا أراه[26]. ثم عاودَها

دفَعات. وثمِل. فقال : "يا فُلانة، خُنتِ عهدي وميثاقي، ومكّنتِ فُلاناً من

40 نفسِك، حتّى فعَل بك كيت وكيت ؛ وفُلاناً، وفُلاناً..." وجعَل يواقفُها،

وهي تقول : "لا، والله، يا سيّدي، ما فعَلت هذا ! وإنّما كذَبوا عليّ عندك،

ليُباعدوني منك." فقال : "كذَبتِ ! أنا توصّلتُ إلى أن حَصلتُ معكم، في

ليلة كذا، في الدارِ الفُلانيّة، وقد دعاك فُلان، وصنَعتم وفعَلتم كذا وكذا،

وأنا أراكم بعيني[27] ؛ وما بعد هذا شيء ! وتدرين لِمَ جِئتُ بك إلى هذا

45 الموضع، وعاتبتُك ها هنا ؟" فقالت : "لا." فقال : "لأن أودّعَك، وأجعَلَ

هذا آخرَ العهد بك، وأقتُلَك وأطرَحَك في الماء."

قال : فجزِعتِ الجارية جزَعًا شديدًا[28]، ثمّ قالت : "يا مولاي، ويطيب

قلبُك ؟" قال : "إي، والله !" ثم خالطَها، وأخرج تِكّتَها، فكتّفَها بها. فقُلت :

"يا سيّدي، اتّق الله ! مثل هذا الوجه، وأنت تالف في حُبّه[29]، تعمَل به مثل

50 هذا ؟" فقال : "الساعةَ، والله، ابتدىء بك[30] !" وأخَذَ السيف. فجزِعتُ،

وأمسكتُ. وتقدّم إليها، فذَبَحَها، وأمسكَها[31] حتّى جرى دمُها[32]، وماتت.

30 - بك ابتدىء والله، الساعةَ، : Voir Gr. 16.

31 - Dans ce fragment, أمسك est employé dans les deux sens de 1) se taire (أمسكتُ) et 2) attraper, saisir, prendre (أمسكها).

32 - دم : Nom composé de deux consonnes.

Puis il se mit à lui ôter ses bijoux, en les jetant à l'avant de la *sumayriyya*. Puis, il lui ôta ses vêtements, lui ouvrit le ventre et se mit à la découper en morceaux qu'il jetait à l'eau. Nous étions arrivés à proximité d'al-Madâ'in et la plus grande partie de la nuit s'était écoulée. Je vis un spectacle comme je n'en avais jamais vu et mourus de peur. Je me dis : "Il va me tuer dans l'heure pour que je ne le dénonce pas." Je ne trouvais aucune échappatoire et me résignais. »

[Il poursuivit :] « Il s'affala, comme s'il avait perdu connaissance et se mit à pleurer en disant : "J'ai guéri mon cœur mais j'ai tué mon âme." Il se frappait le visage. Puis, il jeta à l'eau le luth et tout ce qu'il avait avec lui comme fruits, aliments et boisson. L'aube se leva et nous éclaira. Il ne restait plus qu'un demi-parasange entre nous et al-Madâ'in. Je voulus absolument lui échapper par quelque ruse. Je lui dis : "Maître, nous sommes au matin ; ne veux-tu pas prier ? " Je voulais qu'il monte sur la berge et que je glisse moi, dans la *sumayriyya*, en le laissant. Il dit : "Si." Je rapprochai la *sumayriyya* de la berge et le déposai. Quand il monta à quelques coudées de la *sumayriyya*, voilà qu'un fauve lui sauta dessus et l'attrapa. Je le vis, par Dieu, dans sa gueule, comme une souris dans celle d'un chat. Je n'oublierais jamais la joie que mon en cœur a éprouvée.

---

33 - أَقْبِل يِنزَع : Voir Gr. 4.

34 - يُقطّعها قطعًا : Voir Gr. 13.

35 - Madâ'in est l'ancienne Ctésiphon ; ville située sur le Tigre, à près de 30 kilomètres au Sud-Est de Bagdad.

36 - ومتّ جزءًا : Voir Gr. 12.

160

ثمّ أقبل ينزَع[33] حُليَّها، ويرمي به إلى صدرِ السُّمَيْريّة. ثمّ نزَع الثِّياب عنها، وشقَّ جوفَها، وجعَل يُقطّعُها قطعًا[34]، ويرمي بها إلى الماء. وكُنّا قد قارَبْنا المدائن[35]، وقد مضى أكثرُ الليل. فرأَيتُ منظرًا لم أرَ قطُّ مثلَه، ومُتُّ جزَعًا[36]،

55 وقلت : "الساعة يقتُلُني لئلّا أُنمَّ عليه !" ولم أجِدْ حيلة فاستسلمت.

وطرَح نفسَه كالمغشيّ عليه، وجعَل يبكي ويقول[37] : "شفَيتُ قلبي، وقتّلت نفسي !" ويلطم. ورمى بالعُود وجميع ما كان معه من فاكهة وأكل وشراب إلى الماء. فطلعَ الفجر وأضاء، وبقِيَ بيننا وبينَ المدائن نصف فرسَخ[38]، فطمعتُ في الحيلة عليه. فقلت له : "يا سيّدي، قد أصبحنا، أفلا

60 تُصلّي ؟" وأردتُ أن يصعَدَ إلى الشطّ، وأنحدرَ أنا في السُّمَيْريّة، وأدعَه. فقال : "بلى ؛ اطرَحني إلى الشطّ." فقدّمتُ السُّمَيْريّة إلى الشطّ وطرَحتُه. فحين صعد من السُّمَيْريّة أذرُعًا يسيرةً[39]، إذا سبع قد قفَز عليه فتناولَه. فرأيتُه، والله، في فمه[40] كالفأرة في فم السِّنّوْر. فلا أنسى ما ورَد على قلبي منَ السُّرور بذلك.

<hr>

37 - وجعل يبكي ويقول : Voir Gr. 4.

38 - فرسَخ : Voir khabar 25, n. 2.

39 - صعد ... أذرُعًا يسيرة : voir n. 20.

40 - فم : Voir khabar 18, n. 22.

Je naviguai vers le sud. Quand je dépassai al-Madâ'in, j'accostai. Je rassemblai les bijoux et les cachai sous la natte de la *sumayriyya*. J'admirai les vêtements, lavai ce qui portait des traces de sang, et les cachai. Puis, je descendis droit devant moi en direction de Basra, sans regarder en arrière. Je vis alors que j'avais pour mille dinars de bijoux ainsi que des vêtements que je vendis pour nombre de dinars. Je m'installai à Basra faisant du commerce, craignant de revenir à Bagdad de peur que le jeune serviteur ne me voie et ne me demande des comptes sur l'homme, ou qu'on m'interroge sur l'affaire. Quand du temps s'écoula et que les années passèrent, comme j'estimais que l'affaire avait été oubliée, que Bagdad me manquait et que mes marchandises s'étaient accrues et multipliées, je revendis le tout contre un lot de marchandises destiné à Bagdad et je rentrai. J'y suis depuis près d'un an, jusqu'à aujourd'hui où tu m'as vu.

---

41 - السُّنون : D'un emploi désormais rare, pluriel au cas sujet, correspondant à سنين pour les cas direct et indirect. Le second s'est imposé pour les trois cas en arabe moderne.

42 - حتّى رأيتني اليوم : Voir Gr. 16.

فحدَرتُ السفينة. فلما تجاوزتُ المدائن، طرَحتُ إلى الشطّ، وجمَعتُ

الحُليَّ وخبّأْته تحت بارِيّة السُّمَيْرِيّة ؛ وتأمَّلتُ الثِّياب، فغسَلتُ ما أثَرُ

الدم فيه وخبّأْته، وانحدرتُ. فما ردَّ وجهي شيء إلى البصرة. فنظَرت، فإذا

معي حُليّ بألف دينار، وثياب بعتُها بجُملة دنانير كثيرة. فأقمتُ بالبصرة

أتجُر، وخِفت العود إلى بغداد لئلاّ يراني ذلك الغلام، فيُطالبُني بالرجُل، أو

٧٠ أُسأَلَ عنِ الحديث. فلمّا طالت المُدّة وانقضتِ السُّنون[41]، وقَع لي أنَّ الأمر

قد نُسِيَ، واشتَقتُ إلى بغداد، وكانتِ البِضاعة قد نَمَت وزادت، فاشتريتُ

بجميعِها تجارة إلى بغداد، ودخَلتُ. وأنا فيها منذ نحو سنة، حتى رأيتَني

اليوم[42]. (التنوخي : نشوار المحاضرة)

163

Il m'est parvenu, à propos de l'un de ces vol**eurs** •
récidivistes cambriol**eurs**, que son âme, en trahison conf**ite** •
à pénétrer, par l'office, jusqu'au trésor du roi, l'exc**ite** ; que
de voir le trésor, elle se langu**issait** • et de ne point enlacer le
pervers illicite, elle dépér**issait** ; qu'il s'efforçait de lui accorder
pour lui com**plaire** • les espérances qu'il savait lui **plaire**.

Mais les astres protecteurs étaient aux aguets, et peu
propices à laisser ce Satan-là recommencer.

L'homme cacha son secret à ses amis proches comme des
frères. Pendant un temps, il persista dans le silence, de crainte
d'une fin périlleuse. Mais le destin est ; et ce qui est, advient
quand il convient.

Submergé par ce qu'il voulait faire, son secret bouillonnant
dans son cœur comme un vin fermenté versant son écume,
l'homme chercha un ami à qui le dire, sur qui il pourrait compter
pour ne pas le divulguer. Il était seul dans sa chambre quand
un aphaniptère le piqua à la gorge. Il tendit la main, le prit et
lui confia son secret, en toute confiance. Il se dit à lui-même,
alors qu'il lui révélait ses pensées intimes : « Celui-ci n'a guère
de langue pour s'exprimer clairement ; en aurait-il, qu'il est
comme mon enfant ; il a grandi en se nourrissant du sang de
mes entrailles et de ma chair ; il a vu mes parties intimes ;
il ne pourrait chercher à me faire trébucher ni à révéler mon
secret. » Puis il approcha de lui sa bouche à le toucher et lui
dit : « O Abû Tâmir, gardien en ton tréfonds de mon secret,

---

1 - Il est impossible de traduire les effets de la prose rimée et rythmée qui joue
en permanence sur les caractéristiques morphologiques de l'arabe. Toutefois,
pour en donner une idée, fût-elle approximative, les quatre premières paires
de segments traduits sont rendues avec une rime marquée par « • » et
des caractères gras. Dans le texte arabe, la rime entre deux segments sera
également signalée par •. Par convention, les rimes se lisent toujours à la
pause (*waqf*, absence de vocalisation). Les segments ayant la même rime vont
au minimum par deux mais peuvent être plus nombreux. Ils ne sont pas

27 بلَغَني أنّ رجُلاً منَ الحراميّة،، واللّصوص الكرّاريّة[1]، كانت نفسُه
ذاتُ الخيانة[2]،، تُحرِّضُه على الدُّخول، من حَوَاصل الملك، إلى الخزانة ؛
وأنّها لرُؤية الخزانة مُشتاقة،، ولمُعانَقة فاسق التحَرُّم عشّاقة،. وكان جاهدًا
في أن يُعطيَها، من مُناها ما يُرضيها. ولكن كانت نُجوم احراس بالرصد،
ولرُجوع ذلكَ الشيطان كلَّ بعد. وكتَم ذلكَ السِّر عنِ الإخوان،. ومضى
عليه بُرهة منَ الزمان، وهو يُكابدُ اكتتامَه،، ويخاف منَ السُّوء خِتامَه،.
والقدَر كائن،، والكائن حائن.

إلى أن طفَح عليه ما قصَد، وغلا خمر سرِّه في قلبه وقذَف بالزبَد،
فطلَب صاحبًا يتلفّظ به إليه، ويعتمد في اكتتام سرِّه عليه. واختلا في
حُجرته، فقرَصَه بُرغُوث[3] في حنجَرته، فمدّ يدَه إليه،، وأفشى سرَّه مُعتمدًا
عليه، وقال في خاطره،، عند إفشاء سرائره : « لا لهذا لسان، يقدر على
البيان، ؛ وعلى تقدير أن لو كان، فهو مثل ولَدي،، تربّى من دم[4] كبِدي،،
ولحم جسَدي، واطّلع على عورتي[5]،، فلا يقصد عترتي، ولا يكشف سِرّي،
ولا يهتِكُ[6] سِتري ». ثمّ أدنى فاه[7]،، حتّى وافاه، وقال : « يا أبا طامر[8]،،

---

forcément de même longueur et ne recouvrent pas toujours les unités de
sens.

2 - Cette séquence réfère au Coran, sourate 12, verset 53.

3 - La traduction de برغوث (n. m. s.) par aphaniptère (plutôt que puce, n. f.),
tient à la nécessité de pouvoir donner au voleur un ami proche comme un
frère auquel confier son secret (pour rendre l'arabe إخوان).

4 - دم : Voir *khabar* 26, n. 28.

5 - عورة : Terme désignant les parties intimes du corps humain, qui, selon la
morale islamique, ne doivent être ni vues ni exposées.

6 - Forme I, هَتَك

7 - Voir *kahabr* 26, n. 36.

8 - أبو طامر : Abû Tâmir est le surnom donné à la puce, renvoyant à la fois à

je suis obstinément décidé à pénétrer jusqu'aux coffres du roi pour y faire place nette et prendre ce qu'ils contiennent. Garde mon secret et suce autant que tu voudras de mon sang. » Puis il le mit dans son caleçon et persista dans son projet et ses erreurs.

Certaine nuit, il en vint à faire ce qu'il avait gardé longuement pour lui-même, ce pour quoi il avait tant guetté tapi dans des cachettes : il pénétra jusqu'aux coffres. Il avait entrevu une occasion dont il profita pour s'introduire dans les lieux, usant des sommets raffinés de son art. De là, il s'était rendu dans la chambre et s'était terré tel un démon sous la couche du roi. Le roi dormait sur cette même couche, dans des draps de soie, enlaçant la biche encore novice. A sa tête, la pierre centrale de la couronne scintillait comme une lanterne allumée. Le voleur voulut la prendre, la détacher et se l'attribuer. Les braves gens lui facilitaient la tâche en dormant. Tandis qu'il réfléchissait à son affaire, voilà que l'aphaniptère sortit de ses vêtements, entra dans le corps du sultan et lui narra, parlant l'idiome de la piqûre, tout ce qui concernait le cambrioleur. Le roi se leva de son lit, vit une goutte de sang sur son corps et demanda de la lumière pour éclairer cette affaire. Il vit un aphaniptère s'envoler et aller sous la couche. Ils le suivirent rapidement à la trace et trouvèrent le voleur défait. Ils le ligotèrent comme un prisonnier. Ainsi, il se trouva dans de grandes difficultés, de la manière la plus simple. Il en fut de lui comme l'on dit :

Délibérément, sur ses propres jambes, il a marché vers son destin funeste

Pour que s'accomplisse de Dieu le commandement toujours exécutoire

---

son sautillement et au fait qu'elle est de père inconnu. Voir Gr. 10.

9 - مُنهمك : Participe actif de la Forme VII.

10 - On remarquera l'abandon du *saj'* dans ce segment, en faveur de la prose ordinaire (*nathr mursal*). Ce procédé est souvent l'indice de l'irruption dans

وكاتمَ السِّرَّ في السرائرِ[7]، إنِّي عزمتُ كالمُنهمك[8]،، على الدُّخول إلى خزائنِ الملكِ، لأستصفيَها،، وآخُذَ ما فيها ! فاكتُم هذا السِّرَّ عنِّي،، وامصص ما شئتَ منَ الدم منِّي ! » ثمَّ طرَحَه في سراويلِه،، واستمرَّ في نيَّته على أباطيلِه. ثمَّ قصَد في بعضِ اللَّيالي، ما كان يخلو به على التوالي، ويرصُدُه في المكامنِ،، من الدُّخُول إلى الخزائن. فلاحت له فُرصة فانتهزَها،، واستعمل دقائقَ صُنعه وأبرزَها، وانتقل من ذلك إلى المبيت،، ولطئ تحت سريرِ الملك كالعفريت. والملكُ نائمٌ فوقَ السريرِ، على فراش الحريرِ، مُعانقُ الظبيَ الغريرَ ؛ وخرزةُ التاج عند رأسه تقدُّ، كأنَّها سراجٌ مُتَّقد. فقصَدَ اللِّص أخذَها واقتطاعَها وفلذَها. فاسهلَ القومُ أنِ استغرقوا في النوم. وبينما هو مُتفكِّر فيما به،، إذ خرَجَ البُرغُوث من ثيابه، ودخَل إلى جسَدِ السلطانِ وقصَّ عليه بلسانِ القرص،، كلَّ ما من شأنِ اللِّص. فنهَضَ الملكُ من مرقدِه،، فرأى نُقطة على جسَدِه، فطلَبَ النورِ لينظُر في الأمورِ ؛ فرأى بُرغُوثًا طارَ، ونزَل تحتَ السريرِ،، فقَصُوْا أثرَه على المسيرِ،، فوجَدوا الحراميَّ الكسيرِ،، فربَطوه كالأسيرِ،، ووقَع في الأمرِ العسيرِ، بالأمرِ اليسيرِ، فصار كما قيل :

مَشَى بِرِجْلَيْهِ عَمْدًا نَحْوَ مَصْرَعِه   لِيَقْضِيَ اللهُ أَمْرًا كَانَ مَفْعُولا[11]

(ابن عربشاه : فاكهة الخلفاء ومفاكهة الظرفاء)

<hr/>

la narration de faits nouveaux ou importants.

11 - Il est dans l'usage de vocaliser entièrement les vers classiques. De même, le mélange entre prose et poésie est courant dans les textes anciens. Par ailleurs, ce vers renvoie au Coran, sourate 4, verset 47.

On a rapporté au sujet d'al- Mu'tadid, de sa fermeté dans les affaires et de son habileté, qu'il avait fait prélever sur le trésor, pour une dépense concernant les troupes, dix *badras*, qui avaient été portées dans la demeure du payeur de l'armée pour qu'il les distribue. Or, la nuit même, [un mur de] la demeure fut percé et les dix *badras* subtilisées. En se levant le matin, le payeur vit le trou et ne vit pas l'argent. Il ordonna de faire venir le grand prévôt. C'était alors Mu'nis al-'Ijlî. Quand il vint, il lui dit : « Cet argent est celui du gouvernement et des soldats. Si tu ne le retrouves pas, ou celui qui a creusé et qui l'a pris, le commandeur des croyants exigera que tu en acquittes le montant. Applique-toi avec ardeur à le retrouver ainsi que le voleur qui a osé commettre un tel acte ! »

[Mu'nis] se rendit à son office et fit venir les Repentis et la police (les Repentis sont de vieux voleurs confirmés, de toutes corporations, qui ont pris de l'âge et se sont repentis. Quand surgit une affaire, ils savent qui l'a commise et le désignent ; parfois, cependant, ils partagent le butin avec les voleurs). Il les somma de trouver le voleur, les effraya, les menaça, insista. Ils se dispersèrent dans les rues, les souks, les auberges, les lupanars, les boutiques de marchands de têtes de bétail et les tripots. Ils ne tardèrent pas à revenir avec un homme fluet, malingre, pauvrement vêtu, l'air piteux, et dirent : « Maître, voici le responsable. C'est un étranger, il n'est pas de cette ville. » Ils étaient tous d'accord pour dire que c'était bien lui qui avait fait le trou et pris l'argent.

---

1 - عشر بدَر : Voir Gr. 8. *Badra* : Somme de mille à dix mille pièces d'or, selon les sources.

2 - العشر البدَر : Mettre un article au nombre et au dénombré est une construction reçue dans les textes anciens, quoiqu'elle ne fasse pas l'unanimité.

3 - Héros vraisemblablement inspiré par Mu'nis al-Fahl (m. 914) qui

28 وممّا ذُكِر من خبَر المُعتضد وحزمه في الأمور وحِيَله، أنه أطلق من بيتِ المال لبعضِ الرُّسوم في الجُند عشر بدَرٍ[1]، فحُمِلَت إلى منزل صاحب عطاء الجيش ليصرِفَها فيهم. فنُقِبَ منزلُه في تلكَ الليلة، وأُخِذَتِ العشر البدَرُ[2]. فلمّا أصبح، نظَر إلى النقب، ولم يرَ المال. فأمَر بإحضار صاحب

٥ الحرَس. وكان على الحرَس يومئذ مُؤنِّسٌ العجليّ[3]. فلمّا أتاه، قال له : « إنّ هذا المال للسُّلطان والجُند ؛ ومتى لم تأتِ به، أو بالذي نقَبَه وأخَذَ المال، ألزَمَك أميرُ المُؤمنين غرمَه[4]. فجدّ في طلَبِه وطلَبِ اللّصَ الذي جسَر على هذا الفعل ! »

فصار إلى مجلسه، وأحضَر التوّابين والشُّرط (والتوّابون هم شُيوخ ١٠ أنواع اللُّصوص، الذين قد كبِروا وتابوا. فإذا جَرَت حادثة، علِموا من فِعل مَن هي، فدلّوا عليه. وربّما يتقاسمونَ اللّصوص ما سرَقوه) فتقدّم إليهم في الطلَب وتهدّدَهم وأوعَدَهم وطالبَهم. فتفرّقَ القوم في الدُّروب والأسواق ١٥ والغُرَف والمواخير ودكاكينِ الروّاسين[5] ودُور القمار. فما لبِثوا أن أحضَروا رجُلاً نحيفًا، ضعيفَ الجسم، رثَّ الكِسوة، هيّنَ الحالة[6]، فقالوا : « يا سيّدي، هذا صاحبُ الفَعلة. وهو غريب، من غير هذا البلَد. » وأطبقَ القوم كلّهم على أنّه صاحبُ النقب ولصُّ المال.

---

exerça la fonction de grand prévôt (*sâhib al-haras*).

4 - Voir *khabar* 16, n. 8.

5 - دكاكينِ الروّاسين : Les bouchers et vendeurs de têtes de bétail exercent, dans des quartiers souvent périphériques et mal famés, un métier estimé vil.

6 - هيّنَ الحالة، رثَّ الكِسوة، ضعيفَ الجسم : Voir Gr. 11.

S'adressant à lui, Mu'nis al-'Ijlî dit alors : « Malheur à toi ! Qui était avec toi ? Qui t'a aidé ? Où sont tes complices ? Je ne te crois pas capable de prendre seul dix *badras* en une nuit. Vous deviez être dix, à tout le moins cinq. Confesse devant moi où se trouve l'argent, s'il est toujours intact, ou livre-moi tes complices si l'argent a été partagé. » Il n'obtint de lui que des dénégations. Il se mit alors à le traiter avec bienveillance, lui promit une récompense ou une pension, augmenta largement le montant de la gratification, lui promit encore moult avantages contre l'argent et des aveux. Il le menaça aussi du pire. Mais l'homme persistait dans ses protestations et ses dénégations. Furieux, exaspéré, désespérant de le faire avouer, il le soumit à la torture et à la question. Il le fouetta, le flagella, le bastonna, le frappa avec un nerf de bœuf, sur le dos, sur le ventre, sur la nuque, sur la tête, sur la plante des pieds, les articulations, les chairs, jusqu'à ce qu'il ne reste plus un endroit où il n'ait été frappé et qu'il ne fut plus en état ni de penser ni de parler, mais il ne reconnut rien.

Al- Mu'tadid en fut informé. Il fit venir le payeur de l'armée et lui dit : « Qu'as-tu fait de l'argent ? » Il lui rapporta l'histoire. Il lui dit : « Malheureux ! Tu t'empares d'un voleur qui a volé dix *badras* au trésor et tu le mènes au bord de la mort et du trépas, pour qu'il périsse et que l'argent soit perdu ! Où est l'habileté des [vrais] hommes ? » Il dit : « Commandeur des croyants, je n'ai pas connaissance des mystères du monde invisible ; et je n'ai pas trouvé meilleur procédé pour traiter son affaire que ce que j'ai fait. » Il dit : « Fais venir l'homme. » Il le fit venir, porté dans une couverture. On le plaça devant le calife. L'homme avait retrouvé ses esprits. Le calife l'interrogea. Il nia. Il lui dit : « Malheur à toi ! Si tu meurs, l'argent ne te servira pas ; si tu guéris de ces coups et leur survis, je ne te laisserai

---

7 - ما كنتم إلا عشرة :Voir Gr. 15.

8 - أقبل يترفّق به :Voir Gr. 4.

فأقبل عليه مُؤنِسٌ العِجلي، فقال له : « ويلَك ! من كان معك ؟ ومن

20 أعانَك ؟ وأين أصحابُك ؟ ما أظنُّك تقدر على عشر بدَر وحدَك في ليلة ؛ ما

كنتم إلا عشرة[7]، وأقلّ ذلك خمسة. فأقِرّ لي بالمال إن كان مُجتمعًا ؛ وعلى

أصحابك إن كانَ المال قد قُسِمَ ! » فما زادَه على الإنكار شيئًا. فأقبل يترفَّق

به[8]، ويعدُه أن يُثيبَه ويرزُقَه ويُعظِّمَ جائزتَه، ويعدُه بكلِّ جميل على ردّه

25 والإقرار به ؛ ويتوعَّدُه بكل مكروه[9]، وهو على جحوده وإنكاره. فلمَّا غاظَه

ذلك وأنكرَه ويئِس من إقراره، أخَذ في عُقوبته ومُساءَلته. فضَرَبه بالسوط

والقُلُوس والمِقارع والدُّرة على ظهره وبطنه وقفاه ورأسه وأسفل رجلَيْه

وكِعابه وعضَله، حتى لم يكُن للضرب فيه موضع. وبلَغ به ذلك إلى حالة لا

30 يعقِل فيها ولا ينطِق، فلم يقِرَّ بشيء.

فبلَغ ذلكَ المعتضد. فأحضَر صاحبَ الجيش، فقال له : « ما صنَعتَ

في المال ؟ » فأخبَرَه الخبَر[10]. فقال له : « ويلَك ! تأخُذ لصًّا قد سرَق من

بيتِ المال عشر بدر، فتبلُغ به الموت والتلَف، حتى يهلكَ الرجل ويضيعَ

35 المال ! فأين حيَلُ الرِّجال ؟ » قال : « يا أميرَ المُؤمنين[11]، ما أعلَمُ الغيبَ[12]،

ولم تكُنْ لي في أمره حِيلة غير ما فعَلتُ ! » قال : « أحضِرني الرجل. » فأتي

به وقد حُمِلَ في جُلّ، فوُضِعَ بين يدَيْه، وقد عقَل ؛ فسألَه، فأنكر، فقال

له : « ويلك ! إن مُتَّ، لم ينفَعْك ؛ وإن برِئتَ من هذا الضرب ونجَوْتَ، لم

9 - مكروه : Forme I, participe passif.

10 - أخبره الخبَر : Voir Gr. 13.

11 - يا أميرَ المُؤمنين : Voir Gr. 10.

12 - الغيب : Voir *khabar* 10, n. 19.

pas arriver jusqu'à lui. Je t'accorde l'aman et te garantis une vie plaisante et une situation favorable [si tu avoues]. » Il persista à nier.

Le calife dit : « Faites-moi venir les médecins. » On les fit venir. Il dit : « Prenez cet homme et prodiguez-lui les meilleurs soins ; sans relâche, veillez sur ses emplâtres, sa nourriture et son traitement et empressez-vous de le guérir au plus vite. » Ils le prirent avec eux. [Le calife] préleva sur le trésor une somme pour remplacer la première et ordonna qu'on la distribue aux soldats. On dit que l'homme guérit et se remit en quelques jours. Les médecins s'étaient attachés à surveiller sa boisson et sa nourriture, le confort de son lit et ses parfums, jusqu'à ce qu'il recouvrit la santé, récupéra des forces, reprit des couleurs et retrouva ses esprits. Le calife en fut alors averti et il ordonna de le faire venir. Quand il fut en sa présence, il lui demanda comment il allait. Il rendit grâces, remercia [le ciel et le calife] et dit : « J'irai bien tant que Dieu préservera le commandeur des croyants ! »

Puis il l'interrogea de nouveau sur l'argent et, de nouveau, il nia. Il lui dit : « Misérable, il est indubitable que tu l'as pris tout entier à toi seul ou qu'une partie t'en est parvenue ! Si tu as tout pris, c'est pour le dépenser en nourriture, boisson et distractions, et je doute que tu l'épuises avant ta mort. [Une fois] mort, tu en porteras la responsabilité [dans l'au-delà]. Si tu n'en as reçu qu'une partie, je t'en fais don. Confesse devant nous que tu l'as reçue et dénonce tes complices. Si tu

---

13 - إن متَّ، لم ينفعك ؛ وإن برئت من هذا الضرب ونجوت، لم أدعْك تصل إليه : Voir Gr. 20.

14 - الأمان : Voir *khabar* 22, n. 12.

15 - فأبى إلاّ الإنكار : Voir Gr. 15.

16 - لست تخلو ... تكونَ أخذته : Voir Gr. 4.

17 - كُنتَ أخذته : Voir Gr. 4.

أدعُك تصل إليه[13]. فلكَ الأمانُ[14] والضمان على ما تصلُح به حالتُك ويحمَد

به أمرُك. » فأبى إلّا الإنكار[15]. 40

فقال : « عليَّ بأهل الطِّب. » فأُحضِروا. فقال : « خُذوا هذا الرجل

إليكم، فعالجوه بأرفق العلاج، وواظبوا عليه بالمراهم والغذاء والتعاهُد،

واجتهدوا أن تُبرئوه في أسرَع وقت ! » فأخَذوه إليهم. وأخرج مالاً مكانَ

المال، وأمر بتفريقه على الجُند. فيقال إنه بريٰ وصلُح في أيّام يسيرة. ثمّ 45

واظبوا عليه بالطعام والشراب والوطاء والطِّيب حتّى صحّ وقوِيَ جسمُه

وظهَر لونُه ورجَعت إليه نفسُه. ثمّ ذُكِّرَ به، فأمر بإحضاره. فلما حضَر بين

يدَيْه، سألَه عن حاله، فدعا وشكَر، وقال : « أنا بخير ما أبقى الله أميرَ

المؤمنين ! » 50

ثمّ سألَه عن المال، فعاد إلى الإنكار. فقال له : « ويلك ! لستَ تخلو

من أن تكونَ أخَذتَه[16] وحدَك كلَّه، أو وصَل إليك بعضُه. فإن كُنتَ أخذتَه[17]

كلَّه، فإنّك تُنفِقُه في أكل وشُرب ولهو، ولا أظُنُّك تُفنيه قبل موتِك ؛ وإن

مُتَّ، فعليك وزرُه[18] ؛ وإن كنتَ أخذتَ[19] بعضَه، سمَحنا لك به[20]. فأقِرّ 55

لنا به، وأقِرّ على أصحابك. فإنّي أقتُلُك إن لم تُقِرّ[21]، ولا ينفَعُك بقاءُ المال

---

18 - وِزر : Terme emprunté au Coran, sourate 6, verset 164. Charge, fardeau, responsabilité, propre à chacun, dont il rendra compte lors du Jugement.

19 - كنتَ أخذتَ : Voir Gr. 4.

20 - فإن كنت أخذته كله فإنك ... وإن متّ فعليك وزره وإن كنت أخذت بعضه سمحنا لك به : Voir Gr. 20.

21 - فإنّي أقتلك إن لم تقِرّ : Voir Gr. 20.

n'avoues pas, je te tuerais. L'argent te survivra, ce qui ne te sera d'aucune utilité, et ton exécution n'affectera pas tes complices. Mais, avoues, et je te donnerai aussitôt dix-mille dirhams et j'en prélèverai autant pour toi auprès des agents des ponts. Je t'inscrirai au nombre des Repentis pour des appointements mensuels de dix dinars, qui subviendront à ta nourriture, ta boisson, ton habillement et tes parfums. Tu seras honoré, tu échapperas à l'exécution et tu seras libéré de ton crime. » Il continua à nier. Il le fit jurer par Dieu. Il jura. Il lui montra un Coran et lui demanda de jurer. Il jura sur le Coran. Il lui dit : « Cet argent, je le retrouverai assurément. Si je le retrouve, après le serment que tu viens de prêter, je te ferai exécuter et t'ôterai la vie. » Il persista à nier. Il lui dit : « Pose la main sur ma tête et jure par ma vie ! » Il posa la main sur sa tête et jura par sa vie qu'il n'avait pas pris l'argent, qu'il était persécuté et injustement accusé, et que les Repentis s'étaient disculpés à ses dépens. Al-Mu'tadid lui dit alors : « Si tu as menti, je te ferai exécuter sans que je sois tenu pour responsable de ton sang ! » Il dit : « Certes. »

Le calife ordonna qu'on fasse venir trente Noirs placés de manière qu'ils voient l'homme et qu'il puisse les voir. Il leur ordonna de se relayer pour le surveiller. Durant des jours, [l'homme] dut rester assis sans s'appuyer ni s'adosser ni s'étendre sur le dos ou sur le côté. Quand, ensommeillé, il piquait du nez, aussitôt un soufflet sur le visage ou un coup sur la tête le réveillait. Jusqu'à ce qu'il dépérit et fut au bord de mourir. Le calife ordonna alors qu'on le fit venir. Il lui tint de nouveau le même langage, le fit jurer par Dieu et prêter d'autres

---

22 - أصحاب الجِسر : Le pluriel أصحاب justifie la traduction par « agents des ponts »(droit de passage). Au singulier, صاحب الجِسر est un gouverneur (Ibn Kathîr) ou un inquisiteur (Ibn Hamdûn). Expression très rare.

23 - عشرة دنانير : Voir Gr. 8.

24 - Voir n. 14.

بعدك، ولا يُبالي أصحابُك بقتلِك ! ومتى أقرَرتَ، دفَعتُ إليك عشرة آلاف

درهم، وأخَذتُ لك من أصحابِ الجسرِ[22] مثل ذلك، ورسَمتُك مِنَ التوّابين ؛

وأجريتُ لك في كلّ شهر عشرة دنانير[23]، تكفيك لأكلك وشُربك وكُسوتك

وطِيبك، وتكون عزيزًا، وتنجو مِنَ القتل، وتتخلّص مِنَ الإثم. » فأبى إلّا

60 الإنكار[24]. فاستحلفَه بالله، فحلَف. وأظهر له مصحَفًا واستحلفَه، فحلَف

عليه. فقال : « إنّي سأُظهِر على المال. فإن أنا ظهَرتُ عليه[25] بعد هذه

اليمين، قتَلتُك ولم أستبقِك[26] ! » فأبى إلّا الإنكار. فقال له : « فضَع يدَك

على رأسي واحلِف بحياتي ! » فوضَع يدَه على رأسه، وحلَف بحياته إنّه[27]

65 ما أخَذَه، وإنّه مظلوم مُتّهَم، وإنّ التوّابين قد تبرّؤوا به. فقال له المعتضد :

« فإن كنت قد كذَبتَ قتَلتُك[28]، وأنا بريء من دمك ! » قال : « نعم. »

فأمر بإحضار ثلاثين أسوَد، بحيث يراهم ويرَوْنَه ؛ وأمرَهم أن يتناوبوا

70 في مُلازَمته. فأتت عليه أيّام، وهو قاعد[29]، لا يتّكئ ولا يستند ولا يستلقي

ولا يضطجع. وكلّما خفَق خفقًا[30]، وُجِيَ فكُه وقُمِعَ رأسُه، حتى إذا ضعُف

وقارب التلَف، أمَر بإحضاره، فأعاد عليه ما كان خاطبَه به، واستحلفَه

بالله وبغير ذلك من الأيْمان. فحلَف على ذلك كلِّه، وبما لم يستحلفْه به،

---

25 - [ظهَرتُ عليه] = S'emparer de quelque chose.

26 - فإن أنا ظهرت عليه بعد هذه اليمين، قتلتك ولم أستبقك : Voir Gr. 20.

27 - Après les verbes forumulant un serment, on emploie *inna*.

28 - إن كنت قد كذَبت قتَلتك : Voir Gr. 20.

29 - وهو قاعد : Voir Gr. 18.

30 - خفق خفقًا : Voir Gr. 13.

serments. Il jura sur tout cela et sur bien d'autres choses sur lesquelles on ne lui avait pas demandé de le faire, qu'il n'avait pas pris l'argent et qu'il ignorait qui l'avait pris. Al- Mu'tadid dit à l'assistance : « Mon cœur proclame qu'il est assurément innocent et qu'il dit la vérité comme on le fait quand on parle dans son sommeil. Les Repentis, eux, connaissent le vrai coupable. Nous avons été iniques avec cet homme ! » Et il lui demanda de lui pardonner, ce que l'homme fit.

Puis le calife ordonna de dresser une table bien garnie et d'apporter des boissons fraîches. Il lui ordonna de s'asseoir, de manger et de boire. Il se mit à manger et à boire. On l'encourageait à manger et il dévorait ; on lui resservait à boire et il rebuvait, jusqu'au moment où il ne put plus rien avaler. Puis le calife ordonna qu'on apporte de l'encens et des parfums. On le parfuma à la fumée d'encens et lui appliqua les parfums. Il lui fit enfin apporter un lit de plumes qu'on étala et prépara. Quand [l'homme] se fut étendu, qu'il se délassa et commença à s'assoupir, le calife ordonna qu'on l'arrache violemment à sa couche et qu'on le réveille rapidement. Du lit, on le porta, les yeux lourds de sommeil, devant le calife. Il lui dit : « Raconte-moi comment tu as fait, comment tu as percé le mur, par où tu es sorti, où tu as porté l'argent et qui était avec toi. » Il dit : « J'étais absolument seul, je suis sorti par le trou que j'avais fait pour entrer. En face de la maison, il y avait un hammam devant lequel il y avait un tas de broussailles pour allumer le feu. J'ai pris l'argent, j'ai soulevé les broussailles, le bois mort et les roseaux, je l'ai mis par-dessous et je l'ai recouvert ; Il est toujours là-bas. »

Le calife ordonna qu'on le reconduise dans son lit. On le reconduisit et on le recoucha. Puis il ordonna de rapporter l'argent. On le rapporta dans sa totalité. Il fit venir Mu'nis al-'Ijlî ainsi que le vizir et les courtisans. Il avait recouvert l'argent avec un tapis, dans un coin de la salle d'audience. Puis il ordonna de réveiller le voleur qui avait dormi son content et n'éprouvait plus la moindre somnolence. Il lui tint, devant

إنّه ما أَخَذَ المال، ولا يعرف من أَخَذه. فقال المعتضد لمن حضَر : « قلبي
75 يشهَد أنّه بريء، وأنّ ما يقول حقّ خفيفةٌ، وأنّ التوّابين قد عرَفوا صاحبَه ؛
وقد أَمَّنا في هذا الرجل. » وسألَه أن يجعلَه في حلّ، ففعَل.

ثم أمَر بإحضار مائدة عليها طعام، وأُحضر بارد الشراب. وأمَرَه
بالجلوس والأكل والشراب، فأقبل يأكُل ويشرَب[31] ويُحَثُّ على الأكل
80 ويلقَم، ويُعاد الشراب عليه ويُكرّر، حتى لم يبقَ للأكل والشراب موضع.
ثمّ أمَر ببخُور وطِيب، فبُخِّر[32] وطُيِّب. وأُتيَ له بحشيّة ريش، فوُطِّنَ له
ومُهِّد. فلمّا استلقى واستراح وغفا، أمَر بإزعاجه وسُرعة إيقاظه، فحُمل من
موضعه حتى أُقعِد[33] بين يدَيه، وفي عينَيه الوسَن[34]. فقال له : « حدّثْني
85 كيف صنعتَ وكيف نقَبتَ ومن أين خرَجتَ وإلى أين ذهَبتَ بالمال ومن
كان معك. » قال : « ما كُنتُ إلّا وحدي[35]، وخرَجتُ منَ النقب الذي
دخَلتُ منه ؛ وكان مُقابلَ الدار حمّام له كوم شوك يُوقَد به، فأخذتُ
المال، ورفَعت ذلكَ الشوك والقُماش والقصَب[36]، فوضَعتُه تحته وغطّيتُه
وهو هنالك »

90 فأمر بردّه إلى فِراشِه، فردُّوه وأضجعوه عليه. ثمّ أمر بإحضار المال،

---

31 - فأقبل يأكُل ويشرَب : Voir Gr. 4.

32 - La fumée d'encens est utilisé pour se parfumer.

33 - Dans ce : أُحضِر، يُعاد، يُكرّر، بُخّر، طُيِّب، أُتيَ، وُطِّنَ، مُهِّد، حُمل، أُقعد
fragment, tous ces verbes sont au passifs.

34 - وفي عينيه الوسَن : Voir Gr. 18.

35 - ما كُنتُ إلّا وحدي : Voir Gr. 15.

36 - القصَب : Signifiant généralement « roseaux », il s'emploie aussi
pour « fagots, bois mort ».

177

l'auditoire, les mêmes propos. Il protesta et nia. Le calife ordonna de soulever le tapis et lui dit : « Malheureux ! N'est-ce pas là l'argent ? N'as-tu pas fait ceci et cela ? », lui répétant ce qu'il lui avait lui-même raconté. Le voleur s'en mordit les doigts.

Sur ordre du calife, on s'empara de ses mains et de ses pieds et on le ligota. Puis il ordonna qu'on mette un soufflet dans son anus. On apporta du coton dont on lui remplit les oreilles, la bouche et les narines. On se mit à le gonfler. Puis, on lui délia les mains et les pieds et on le saisit par les mains alors qu'il était devenu semblable à la plus grosse outre gonflée qui soit. Ses membres étaient boursouflés, son corps énorme. Ses yeux, injectés de sang, étaient exorbités. Quand il fut sur le point d'exploser, un médecin, sur l'ordre du calife, incisa les deux artères, qui se trouvent au-dessus des sourcils, sur le front. L'air se mit à en sortir en même temps que le sang, bruissant et sifflant, jusqu'à ce que l'homme après avoir perdu toutes ses forces, périsse. Ce fut la plus impressionnante scène de torture que l'on vit en ces jours-là. Mais on a également dit que les *badras* contenaient de l'or et qu'elles étaient plus nombreuses que nous ne l'avons dit.

---

37 - [أُسقط في يد فلان]= Variante de [سقط في يد فلان]= Regretter, avoir des remords. Litt « tomber dans la main de ». « Celui qui regrette se mord les doigts ou tape dans ses mains » (Maydânî, *Proverbes*).

38 - فم : Voir *khabar* 18, n. 22.

39 - وأقبل يُنفَخ : Voir Gr. 4.

40 - أُمسك : Forme IV, passif.

41 - عين : Voir *khabar* 25, n. 24.

42 - Ce *khabar* a précédemment été traduit en 1885 par Ch. Barbier de Meynard et A. Pavet de Courteille. Cette traduction avait fait l'objet d'une édition revue et corrigée en 1962 par Ch. Pellat. C'est une nouvelle traduction qui est présentée ici.

فأُحضِرَ عن آخره. وأَحضر مؤنسٌ العجلي وأَحضرَ الوزير والجُلَساء، وقد غُطِّيَ المال بالبساط ناحية منَ المجلس. ثمّ أمر بإيقاظِ اللِّصّ، وقد اكتفى في النوم، وذهَب عنهُ الوسَن. فقال له بحضرةِ الجميع مثل قوله الأول، فجحَد وأنكر، فأمر بكشف البساط، وقال له : « ويلَك ! أليس هذا المال ؟

95 أليس فعَلت كذا وكذا ؟ » يصف له ما كان حدَّثه به، فأُسقط في يدِ اللِّصّ [37].

ثم أمَر، فقُبِضَ على يدَيْه ورجلَيْه وأُوثق. ثمّ أمَر بمنفاخ في دُبُرِه، وأُتيَ بقُطن فحُشيَ في أُذُنَيْه وفمه [38] وخيشُومه، وأُقبل يُنفَخ [39]. وخُلِّيَ عن يدَيْه ورجلَيْه منَ الوثاق، وأُمسك [40] بالأيدي، وقد صار كأعظم ما يكون

100 منَ الزِّقاقِ المنفوخة، وقد ورم سائر أعضائه، وعظُم جسمُه، وعيْناه قد امتلأتا وبرَزتا. فلمّا كاد أن ينشقَّ، أمَر بعضَ الأطبّاء، فضرَبَه في عرقَيْن فوقَ الحاجبَيْن، وهما في الجبين، فأقبلتِ الرِّيح تخرُج منهما معَ الدم، ولها صوت وصفير، إلى أن خمد وتلف. وكان ذلك أعظم منظر رُئيَ في ذلك اليوم منَ العذاب. وقيل : « إنَّ البدر كانت عينًا [41] وإنّ عددَها كان أكثَر

105 ممّا وصفنا. » [42] (المسعودي : مروج الذهب)

179

Notes grammaticales

Sont présentés dans ces notes les vingt points de grammaire les plus fréquents dans les nouvelles proposées, dans lesquelles sont repris tous les exemples, avec entre parenthèse un renvoi au *khabar* source. Parallèlement, dans le *khabar*, un renvoi en notes est fait à la rubrique de cet annexe grammatical. Cependant, il ne s'agit pas d'un dépouillement systématiquement exhaustif, même si certains point sont abondamment illustrés. D'autre part, quand un point de grammaire, peu fréquent dans le corpus, a été estimé important, il a été traité, au cas par cas, dans une note, avec un renvoi à des lectures permettant de le clarifier.

Il n'était guère possible, dans les limites de cet ouvrage, de revenir en détail sur chacun des vingt points retenus. Il paraissait intéressant de rassembler ici le maximum d'illustrations, sous une très brève présentation, en renvoyant pour une approche grammaticale moins rapide à l'ouvrage de Djamel Eddine Kouloughli, dans la même collection : Kouloughli D. E., *Grammaire de l'arabe d'aujourd'hui*, Press Pocket (Langues pour Tous)

1) La voix passive

Voir Kouloughli D. E., *op. cit.*, p. 209-212.

La maîtrise de la conjugaison des verbes à la voix passive et de leur emploi syntaxique est indispensable pour la lecture, que se soit pour une vocalisation correcte ou pour la compréhension du texte. On notera que dans les récits présentés, la voix passive est utilisée de manière régulière, ce qui confirme la nécessité de son identification.

Exemples de verbes utilisés à la voix passive dans les récits :

(khabar 1, p. 27, l. 3) جِيْءَ إلى ابن النسوي برجلين قد اتُّهِما بالسرقة ـ فجِيْءَ بها

(khabar 2, p. 29, l. 2) سُرِقَ مِنْ رجُل خمسمائة دينار

(khabar 5, p. 35, l. 4) فجِيءِ به

180

(khabar 3, p. 31, l. 4) قد قُتِلَتْ وقُطِّعَتْ

(khabar 9, p. 51, l. 6-7) وقُدِّرَ أنّ الرّجل واڧ

(khabar 10, p. 55, l. 1, 7, 8) وَحُدِّثْتُ ـ سُئِلَ ـ قيلَ

حلوى قد شِيبَتْ بالسُّمّ، وأكثرِ طِيبُها، وتُرِكتْ في الظُّروفِ الفاخرة

(khabar 11, p. 59, l. 4-5)

(khabar 12, p. 63, l. 10) وبقيَ أيّامًا لا يُدرى ما خَبَرُه، فقيل له

(khabar 13, p. 67, l. 4, 8) فذكرَت امرأتُه أنّ المال سُرِقَ ـ طِيب كان يُتَّخَذ له

(khabar 14, p. 75, 13) فهرّبَ الغِلمان خوفًا من أن يُقتَلوا

(khabar 15, p. 81, l. 23) والعطّار قد أُغمِيَ عليه منَ الخوف

---

2) Impératif, exhortatif et prohibitif

Voir Kouloughli D. E., *op. cit.*, p. 185-187 et 190-191.

Comme pour la voix passive, la maîtrise de la conjugaison des verbes à l'impératif, exhortatif ou prohibitif et de leur emploi syntaxique est indispensable pour la lecture, que se soit pour une vocalisation correcte ou pour la compréhension du texte. Il conviendra notamment de bien différencier les exhortatifs et prohibitifs des verbes au subjonctif ou à l'apocopé. Il conviendra également de bien prendre en compte les particularités des verbes redoublés, *hamzés* ou à glides.

Exemples de verbes utilisés à l'impératif, à l'exhortatif ou au prohibitif dans les récits :

(khabar 1, p. 27, l. 5) رُدّ

(khabar 2, p. 29, l. 4,5) فادْخُلوا ـ فَلْيُمِرّ ـ ويَلُفّ

(khabar 5, p. 35, l. 3) لا تقتله

(khabar 8, p. 47, l. 4, 5, 7, 9) انصرفْ ـ اكتُمْ ـ أعدّ ـ انطلقْ ـ قُلْ

(khabar 13, p. 69, l. 10, 12) لِيقعُدْ ـ فليأتني

(khabar 14, p. 6, 7) امضِ ـ فاقعُدْ ـ ولا تبرَحْ

181

اذهَبْ ـ اقعدْ ـ لا تُكلِّمْه ـ لا تقُمْ ـ لا تزدْني ـ أعد ـ أعلِمْني ـ جيء

(khabar 15, p. 79, l. 12, 13, 14, 15, 16)

فلا تكلِّفْني (khabar 19, p. 111, l. 38)

لا تُقِرَّ (khabar 23, p. 133, l. 16)

لا تطوِّلْ (khabar 26, p. 155, l. 15)

3) « Energiques »

Voir Kouloughli D. E., *op. cit.*, p. 185.

Rarement usité de nos jours, le mode énergique convient bien, dans nos récits, à l'expression de la force de la parole des juges et des princes. Il n'en est pas moins, là aussi, peu fréquent

Totalité des « énergiques » dans l'ensemble des récits :

لا تَقْرُبَنِّي (khabar 8, p. 49, l. 13)

ولا يَغْتَرَّنَّ به أَحَد (khabar 9, p. 53, l. 17)

لا تُقْدِمَنَّ بضربة حتّى تُؤامرِني (khabar 13, p. 71, l. 23)

لأضْرِبَنَّ رقبتك (khabar 14, p. 75, l. 17)

4) Verbes auxiliaires

Voir Kouloughli D. E., *op. cit.*, p. 234-238.

Exemples pris dans les récits :

Auxiliaires d'inchoation

فأخذ يشرب (khabar 1, p. 27, l. 3)

أخذ يرفق بها ويداريها (khabar 19, p. 111, l. 39)

فجعَل يضَع (khabar 4, p. 33, l. 4)

جعَل يبكي ويلطم وجهَه (khabar 10, p. 55, l. 6)

وجعَل ينظر (khabar 20, p. 113, l. 13)

182

فجعَلت أشرَب ـ وجعل يبكي ويقول (*khabar* 26, p. 157, l. 37 et p. 161, l. 56)

وقامَت تُصلّي (*khabar* 19, p. 111, l. 40)

فقام يمشي (*khabar* 25, p. 149, l. 26)

وأقبلَ الكلب يصيح ويبحث (*khabar* 17, p. 97, l. 27)

وأقبل ينزل ـ أقبلتْ تقول (*khabar* 19, p. 107, l. 20 et p. 109, l. 25)

وأقبلتُ أعدو ـ وأقبل يمشي ـ وأقبلتُ أفتَح

(*khabar* 25, p. 147, l. 20 et p. 149, l 27, l. 36)

أقبل ينزَع (*khabar* 26, p. 161, l. 52)

أقبل يترفّق به ـ وأقبل يُنفَخ (*khabar* 28, p. 171, l. 22 et p. 179, l. 98)

فجاء يعوي (*khabar* 17, p. 95, l. 10)

Auxiliaires de continuité

فما زالَ الكلب يسعى (*khabar* 17, p. 97, l. 26)

لم يزل يتطلّب ـ ولم يزل يحدّثني

(*khabar* 23, p. 133, l. 17-18 et p. 135, l. 27-28)

ولم أزلْ أمنَع عنها (*khabar* 24, p. 143, l. 28)

Auxiliaires d'imminence

كاد يتلف ـ كادتْ رُوحه تخرُج (*khabar* 18, p. 99, l. 10, l. 11)

Auxiliaire temporel

وكان قد سوّد الخيط بسخام (*khabar* 2, p. 29, l. 6)

كان يراصدها (*khabar* 12, p. 65, l. 21)

كانت تُحبّه ـ وقد كانت دفعَت (*khabar* 13, p. 69, l. 14)

كان يركَب (*khabar* 16, p. 85, l. 4)

كان يختصّه ـ فكانوا يتفقّدونه (*khabar* 17, p. 93, l. 6 et p. 95, l. 14)

وكان يتشاغل (*khabar* 19, p. 105, l. 4)

كنت أعمل (*khabar* 22, p. 129, l. 15)

183

كان يعشَق (khabar 23, p. 135, l. 28-29)

كانتْ تختلف (khabar 24, p. 141, l. 17)

كان... يتمسّى (khabar 26, p. 153, l. 5)

أن تكونَ أخذته ـ كنتَ أخذتَ (khabar 28, p. 173, l. 53)

5) Morphologie : Quelques points délicats

Voir Kouloughli D. E., *op. cit.*, p. 313-336 et 337-344.

Les radicaux redoublés, *hamzés* ou avec glides subissent des modifications qu'il faut bien connaître pour les identifier correctement et les lire convenablement. Ces particularités, mises en évidence par la conjugaison pour ce qui concerne les verbes, n'en procèdent pas moins du « postulat de la régularité ». Quelques exemples, réunis ci-dessous, vous rappellent l'utilité d'une bonne connaissance des processus morphologiques mis en jeu. C'est à dessein que, dans ces exemples, repris tels qu'ils se présentent dans les textes, certains éléments sont donnés sous plusieurs de leurs réalisations, pour souligner les modifications dont ils sont passibles. Est donné entre parenthèses R1R2R3 (d'après le *Arabic-English Dictionary* de Hans Wehr).

Exemples pris dans les récits :

Verbes redoublés

يلُفَّ (لفف) ـ جرَّ (جرر) ـ فأقرّ (قرر) (khabar 2, p. 29, l. 5, l. 6, l. 8)

وظنّوا (ظنن) (khabar 5, p. 35, l. 5)

هشٌّ (هشش) ـ صحّ (صحح) ـ مدّ (مدد)

(khabar 6, p. 39, l. 4, l. 7 et p. 41, l. 11)

وشقّ (khabar 26, p. 161, l. 53)

فلم يقرُّ (قرر) (khabar 28, p. 171, l. 30)

Radical à glide en R3

واستدعى (دعو) (khabar 4, p. 33, l. 6)

ابتنى (بنى) ـ ونُعطي (عطو) (khabar 5, p. 35, l. 2, l. 3)

184

مضى (مضى) ـ وبقِيَ (بقى) ـ يبكي (بكى) (khabar 10, p. 55, l. 2, l. 4, l. 6)

امش (مشو/امشى) (khabar 20, p. 117, l. 31)

وتعامَ (عمى) (khabar 21, p. 121, l. 10)

أدري (درا) ـ اشترى (شرى) ـ ينهي (نهى)

(khabar 23, p. 133, l. 22, l. 23 et p. 135, l. 26)

Radical à glide en R2

وأُريد (راد) ـ يُعيدَ (عاد) ـ رامَ (رام) ـ لم تُردْ (راد)

(khabar 5, p. 35, l. 2 et 37, l. 7, l. 10)

وعاد (عاد) ـ فقال (قال) (khabar 10, p. 55, l. 6 et p. 57, l. 9)

فاتَّهُم (فات) (khabar 16, p. 91, l. 32)

قامتْ (قام) ـ فصاح (صاح) ـ وتناوَلوا (نال)

(khabar 21, p. 123, l. 19 et p. 125, l. 33, 34)

طف (طاف) (khabar 23, p. 133, l. 14)

Radical à glide en R1

تدَعُني (ودع) (khabar 5, p. 37, l. 9))

فوجِّهتُ (وجه) (khabar 6, p. 41, l. 10)

فلم يجِدْ (وجد) ـ فأوعدَه (وعد) (khabar 10, p. 55, l. 6 et p. 57, l. 19)

يجِب (وجب) (khabar 16, p. 85, l. 6)

دَعِي (ودع) (khabar 21, p. 123, l. 21)

لم أجد (وجد) ـ وأوقد (وقد) (khabar 25, p. 145, l. 6, l. 8)

Radical à glide en R2 et R3

داويتُّم (دوى) (khabar 10, p. 57, l. 10)

روى (روى) (khabar 14, p. 73, l. 1)

ساوى (سوى) (khabar 15, p. 77, l. 3)

عوى (عوى) (khabar 17, p. 95, l. 10)

185

Radical à glide en R1 et R3

وافٍ (وفى) (khabar 9, p. 51, l. 7)

فيتَّقونَ (وقى) (khabar 21, p. 125, l. 30)

اتَّق (وقى) (khabar 26, p. 159, l. 49)

Radical à glide et hamza

رأيتُ (رأى) ـ جِئْني (جاء) (khabar 6, p. 39, l. 5 et p. 41, l. 10)

فرأَى (رأى) ـ لم يرَه (رأى) (khabar 10, p. 55, l. 5)

ولم يسِئْ (سوء) (khabar 20, p. 119, l. 42)

فتواطأً (وطئَ) ـ فجِئْتُ (جاء) ـ لتجيءَ (جاء)

(khabar 21, p. 121, l. 5, l. 9, l. 10)

ووجأته (وجأ) (khabar 25, p. 149, l. 31)

Hamzés

فيُخبِّئ (خبأ) ـ أُطفِئْ (طفئ) (khabar 19, p. 105, l. 5 et p. 111, l. 36)

برئت (برئ) ـ فأخذوه (أخذ) ـ فأمر (أمر)

(khabar 28, p. 171, l. 38 et 173, l. 44, l. 47)

MAIS cela n'est pas réservé aux verbes :

مشترٍ (شرى) (khabar 26, khabar 23, p. 135, l. 31)

خالٍ (خلو) (khabar 16, p. 85, l. 5)

6) Des masculins à ne pas confondre avec des féminins

Voir Kouloughli D. E., *op. cit.*, p. 72-74.

Certains noms masculins se terminent par une *tâ' marbûta*, ce qui est habituellement le premier indice du féminin. D'autre part, certains collectifs s'accordent comme des féminins singuliers. Diverses explications sont données de ces phénomènes. Dans un premier temps, l'essentiel est de les observer et d'en tenir compte.

186

Totalité des cas présents dans les récits :

رجل ثقة (*khabar* 9 et 23, p. 51, l. 2 et p. 133, l. 14)

رجالة (*khabar* 17 et 25, p. 97, l. 25 et p. 151, l. 47)

الخليفة (*khabar* 23, p. 131, l. 3)

وقالتِ الجيران (*khabar* 23, p. 137, l. 35)

7) Substitution d'un état prépositionnel à un état d'annexion

Voir Kouloughli D. E., *op. cit.*, p. 82-85.

Il arrive soit pour des raisons de style ou de clarté, soit pour conserver leur valeur verbale à un participe actif, un *masdar* ou un thème adjectival d'intensité, soit enfin, ce qui est le cas dans notre corpus, pour conserver l'indétermination d'un terme qui, en état d'annexion, deviendrait déterminé, de remplacer la construction habituelle de l'annexion par une tournure prépositionnelle avec مِنْ :

Totalité des occurrences présentes dans les récits :

باب من أبوابِ المدينة (*khabar* 13, p. 69, l. 11)

كلب ... من كلابه (*khabar* 17, p. 93, l. 6)

...خادمًا من خدمه (*khabar* 23, p. 131, l. 2)

قرية من قُراها (*khabar* 25, p. 145, l. 2)

8) Le nombre et le dénombré

Voir Kouloughli D. E., *op. cit.*, p. 123-134 particulièrement 129-132.

Les règles qui gèrent la relation entre le nombre et le dénombré ne sont pas les mêmes selon que le nombre se situe entre 3 et 10, 11 et 99 ou au-delà. Ces règles concernent d'une part l'accord en genre et, d'autre part, le cas grammatical du dénombré.

Exemples pris dans les récits :

Nombre ≥ 100 (sans unités ni dizaines, sinon syntaxe de la dernière tranche numérale exprimée), dénombré au singulier et au cas indirect

خمسمائة دينار (*khabar* 2, p. 29, l. 2)

مائتي ضربة (*khabar* 3, p. 31, l. 6-7)

ألف دينار (*khabar* 9, p. 51, l. 3)

ألف دينار (*khabar* 10, p. 55, l. 3)

مئة دينار (*khabar* 12, p. 65, l. 13)

بثلاثمائة دينار (*khabar* 14, p. 75, l. 20)

ألف دينار (*khabar* 15, p. 77, l. 3)

مئة مقرعة ـ ألف دينار (*khabar* 22, p. 127, l. 12 et p. 129, l. 24)

11 ≤Nombre ≤99, dénombré au singulier et au cas direct

خمس عشرة سنةً (*khabar* 9, p. 55, l. 12-13)

مائة وعشرون رطلاً (*khabar* 16, p. 85, l. 8)

ثلاثين رطلاً (*khabar* 25, p. 147, l. 19)

3 ≤Nombre ≤10, dénombré au pluriel et au cas indirect, nombre au masculin avec un dénombré féminin et inversement

أربعة نفر (*khabar* 3, p. 31, l. 5)

لأربعة من ثقاته (*khabar* 13, p. 67, l. 10)

ثلاثة غلمان (*khabar* 14, p. 73, l. 5)

ثلاثة أيّام (*khabar* 15, p. 79, l. 13)

عشرة من الرجال ـ خمسة شباب أعفار
(*khabar* 16, p. 89, l. 20-21 et p. 91, l. 30)

أربع رزم مثمنة (*khabar* 20, p. 115, l. 16)

عشرة جرب ـ لثلاثة أيام ـ الأيام الثلاثة
(*khabar* 23, p. 133, l. 22-23 et p. 135, l. 34)

خمسة أرطال (*khabar* 26, p. 157, l. 36)

عشر بِدَر ـ عشرة دنانير (*khabar* 28, p. 169, l. 2 et p. 175, l. 59)

Ordinal comme qualificatif

اليوم الرابع (*khabar* 15, p. 79, l. 14)

Annexion exprimant une grande quantité sans quantification précise

ألوف الدنانير (*khabar* 23, p. 135, l. 32)

9) Accord des noms propres

Voir Kouloughli D. E., *op. cit.*, **p. 88.**

Si « l'arabe moderne a tendance à ne plus du tout décliner les noms propres », ces derniers ont une importance particulière dans la littérature ancienne, notamment en raison de l'importance des chaînes de transmission (*sanad*) et des liens fondés sur la généalogie (*nasab*).

Il conviendra de distinguer au moins le prénom (*ism*) ; la *kunya* renvoyant aux liens directs de la personne nommée avec un ascendant (*ibn* = fils de) ou un descendant (*abû* = père de) ; la *nisba*, nom d'origine ou d'habitat, tribu, pays ou ville ; le surnom, notamment honorifique (*laqab*) ; enfin le *nasab* (filiation directe). S'agissant de ce dernier point, par convention, lorsque le terme ابن entrera dans la composition d'un *nasab* on l'écrira بن. Cette donnée orthographique permet de repérer, au milieu d'une chaîne, les éventuelles ruptures générationnelles.

Ism et *kunya* sont en apposition. *Ism* et premier élément du *nasab* le sont également. Le statut des autres composantes du *nasab* font l'objet d'interprétations variables (voir choix de vocalisation encadrés dans le premier exemple ci-dessous). Le prénom autour duquel est organisée la séquence est déterminé.

Voici l'exemple retenu par R. Blachère et M. Godefroy-Demombynes dans leur *Grammaire de l'arabe classique*, dans lequel la partie *ism* est en gras :

189

مجدُ الدينِ أبو الطاهرِ محمّدُ بنُ يعقوبَ بن محمّدٍ الفيروزآباديُّ				
[nisba]	[nasab]	[ism]	[kunya]	[laqab]
[الفيروزآباديُّ]	[بنُ يعقوبَ بن محمّدٍ]	[محمّدُ]	[أبو الطاهرِ]	[مجدُ الدينِ]

Exemples pris dans les récits :

أبو حكيم إبراهيم بن دينار (khabar 1, p. 27, l. 1) :

[nasab = بن دينار] [ism = إبراهيم] [kunya = أبو حكيم]

المُعتضد بالله أحمد بن طلحة (khabar 4, p. 32, note 2 et p. 33, l. 2) :

[laqab = المُعتضد بالله] [ism = أحمد] [nasab = بن طلحة]

محمد بن عبد الملك الهمذاني (khabar 6, p. 39, l. 1) :

[nisba = الهمذاني] [nasab = بن عبد الملك] [ism = محمد]

أحمد بن طولون (khabar 6, p. 39, l. 2) :

[nasab = بن طولون] [ism = أحمد]

أبو محمد القرشي (khabar 7, p. 43, l. 1) :

[nisba = القرشي] [kunya = أبو محمد]

أبو عليّ ابن حامد بن أبي بكر (khabar 26, p. 153, l. 2-3) :

[nasab = بن أبي بكر] [kunya = ابن حامد] [kunya = أبو عليّ]

10) Particule vocative *yâ*

Voir Kouloughli D. E., *op. cit.*, p. 268-269.

Exemples pris dans les récits :

ـ يا سلطانُ (khabar 5 et 14, p. 37, l. 9 et p. 75, l. 19)

ـ يا خائنُ (khabar 8 et 9, p. 49, l. 13 et p. 53, l. 15)

ـ يا ملعونُ ـ يا أحمدُ (khabar 18, p. 101, l. 11-12 et p. 103, l. 27)

190

ـ يا جبريلُ (khabar 19, p. 109, l. 26)

ـ يا قومُ (khabar 25, p. 147, l. 25)

ـ يا عدُوَّ الله (khabar 7, p. 45, l. 11)

ـ يا أبا طاهر (khabar 27, p. 165, l. 15)

ـ يا أميرَ المؤمنين (khabar 28, p. 171, l. 35)

11) Annexion formelle

Voir Kouloughli D. E., *op. cit.*, p. 268-269.

Totalité des occurrences présentes dans les récits :

قويّ القلب (khabar 1, p. 27, l. 6-7)

كثير الحديث (khabar 9, p. 51, l. 2)

حادّ الرائحة ـ غريب النوع (khabar 13, p. 67, l. 8)

كثير المال (khabar 17, p. 93, l. 3)

أبيض الرأس و[أبيض] اللحية و[أبيض] الثياب (khabar 18, p. 103, l. 26-27)

كثيرة الصيام و[كثيرة] القيام (khabar 19, p. 105, l. 3)

كثيرُ المال (khabar 21, p. 131, l. 3)

منكر الخلقة ـ شديد المزح ـ خالي القلب (khabar 22, p. 127, l. 4, l. 8)

بارعة الجمال (khabar 24, p. 141, l. 17)

... ضعيفَ الجسم ـ رثّ الكِسوة ـ هيّن الحالة (khabar 28, p. 169, l. 16)

12) Compléments circonstantiels exprimant la cause

Voir Kouloughli D. E., *op. cit.*, p. 245-246.

Exemples pris dans les récits :

فهرّب الغلمان خوفًا من أن يقتلوا (khabar 14, p. 75, l. 13)

191

سجد **شكرًا** لله تعالى (khabar 23, p. 137, l. 37)

ومتَّ **جزءًا** (khabar 26, p. 161, l. 54)

13) Complément absolu

Voir Kouloughli D. E., *op. cit.*, p. 241.

Totalité des occurrences présentes dans les récits :

يخفق **خفقانًا** شديدًا (khabar 4, p. 33, l. 6)

ارتاع لذلك **روعًا** عظيمًا (khabar 24, p. 199, l. 8)

وكان الثلج يسقُط في تلك الليلة **سقوطًا** عظيمًا (khabar 25, p. 147, l. 13)

فقبّلها [تقبيلا] **كثيرًا** ـ فجزِعتِ الجارية **جزعًا** شديدًا

(khabar 26, p. 159, l. 38, l. 47)

خفق **خفقًا** (khabar 28, p. 175, l. 71)

ATTENTION ! Dans les exemples suivants, il ne s'agit pas de complément absolu; la construction «verbe + nom d'une fois» indique que l'action a été accomplie une fois.

حفَر **حُفرة** طويلة (khabar 12)

رفسه **رفسة** (khabar 15)

فعمل اللصوص في أيّامه **عملة** عظيمة (khabar 16)

فصاح عليه **صيحة** واحدة عظيمة (khabar 18)

14) Verbes à double régime direct

Voir Kouloughli D. E., *op. cit.*, p. 241-243.

Exemples pris dans les récits :

أمكنَه غصبَها و[أمكنَه] قهرَها (khabar 5, p. 37, l. 10)

استودع رجل رجلاً مالاً (khabar 7 et 8, p. 43, l. 2 et p. 47, l. 1)

استودعتُك دنانير (khabar 9, p. 53, l. 9)

192

أعطاكَهُ ـ لم يُشبِعْهُ الكلام (khabar 15, p. 79, l. 16 et p. 81, l. 21)

كما أعطيتَني الدِّرهَمَيْن (khabar 20, p. 115, l. 19-20)

أعطَيتُ السائلَ الصَّدَقة (khabar 21, p. 123, l. 14-15)

ملأتُهما مالاً ـ سأَلَني المبيت (khabar 25, p. 145, l. 5 et p. 151, l. 44)

15) Le coordonnant *illâ*

Voir Kouloughli D. E., *op. cit.*, p. 277.

Totalité des occurrences présentes dans les récits :

فكُلُّهم جرَّ يده على الخيط إلّا واحدًا منهم ـ نظَر إلى أيديهم مسودّة، الّا واحدًا

(khabar 2, p. 29, l. 7-8)

وما هذا إلّا من خوف ما يحمل (khabar 3, p. 31, l. 3)

لا أقنع إلّا بقتله (khabar 5, p. 35, l. 4)

وما كان إلّا الخير (khabar 12, p. 65, l. 17)

ما لحِقت من تدّعي عليه إلّا هذا (khabar 15, p. 77, l. 8)

لم يتعلّق هذا الكلب بالرجل إلّا وله معه قصة (khabar 17, p. 95, l. 17-18)

لا سبيلَ إلى الخُروج إلّا بالنهار (khabar 19, p. 111, l. 40)

فما نريد إلّا الدخول (khabar 21, p. 121, l. 7)

لك الأمان إلّا ما يجب عليك فيه من حدّ (khabar 22, p. 129, l. 14)

تجرّح بدَني إلّا أنّي سالم ـ فما أفَقتُ إلّا قُرَيْبَ العصر ـ لم أدَعْ إلّا الأمتِعةَ الثقيلة

(khabar 25, p. 147, l. 21; p. 149, l. 34 et p. 151, l. 46)

ما كنتم إلا عشرة ـ فأبى إلّا الإنكار ـ ما كُنتُ إلّا وحدي

(khabar 28, p. 171, l. 21; p. 173, l. 40 et p. 177, l. 86)

مالي وإلّا أنْيت القاضي وشكَوت إليه أمري (khabar 8, p. 49, l. 10)

أصدقني ... وإلّا ضربت عنقك (khabar 18, p. 99, l. 11-12)

193

16) Le complément circonstanciel de temps

Voir Kouloughli D. E., *op. cit.*, **p. 245-246 et 290-292.**

Exemples pris dans les récits :

ورأى ابن طولون **يومًا** حمّالاً (khabar 3, p. 31, l. 1)

جلَس **يومًا** (khabar 6, p. 39, l. 2)

فأسحر **يومًا** في حاجة . فاجتاز **يومًا** بعض قتلة صاحبه بالباب
(khabar 17, p. 93 l. 6 et p. 95, l. 14)

كان **يومًا** جالسًا (khabar 22, p. 127, l. 3)

جاء **يومًا** (khabar 23, p. 131, l. 1)

وبقي **أيامًا** لا يدرى ما خبره (khabar 12, p. 63, l. 10)

ووقَفتُ في صومعَته **أيّامًا** (khabar 25, p. 151, l. 41)

وقرّره خبر المرأة التي قتلها **اليوم** ـ كنت **اليوم** سحرًا
(khabar 18, p. 101, l. 12 et p. 103, l. 28)

حتّى رأيتني **اليوم** (khabar 26, p. 163, l. 72-73)

أريدهم **الساعة** (khabar 14, p. 75, l. 12)

خذ أوّل ملاح ينحدر **الساعة** ـ وانحدرت **الساعة** لأمضي إلى واسط
(khabar 18, p. 101, l. 18 et p. 103, l. 27-28)

الساعة، والله، ابتدىء بك (khabar 26, p. 159, l. 50)

فرأوا ما لم يروه **أبدًا** (khabar 11, p. 61, l. 11)

لا نراهم يخرجون **نهارًا** (khabar 16, p. 89, l. 21)

وافتقدت أمّ الرجل ابنها **يومه وليلته** (khabar 17, p. 95, l. 11)

علق به الكلب كما فعل **أولاً** (khabar 17, p. 97, l. 24)

كنّا حول سرير المعتضد ذات **يوم نصف النهار** (khabar 18, p. 99, l. 4)

وكان يتشاغل بدكّانه **أكثر نهاره** ـ ثمّ يعود **عشيًّا** إلى منزله
(khabar 19, p. 105, l. 4-5)

194

فخبّأت الكيس فيه **تلك الليلة** خلف الباب (khabar 19, p. 105, l. 11-12)

فإنّ لي **الليلة** بدكّاني شغلا (khabar 20, p. 113, l. 10)

كما أعطيتَني **البارحة** الدِّرهَمَيْنِ ـ إلى أين حملت الرزم معي **البارحة**

(khabar 20, p. 115, l. 19-20 et p. 117, l. 26)

فجئت وهم معي **عشاءً** ـ دعي اللِّصَّ **الآن** يعمَل ما يشاء ـ فيتّقون المشي عليها **ليلاً**

ونهارًا (khabar 21, p. 121, l. 9; p. 123, l. 21 et p. 125, l. 30)

كنت أعمل في أتاتين الآجرّ **سنين** ـ وكنت منذ **شهور** هناك جالسًا

(khabar 22, p. 129, l. 15, l. 16)

---

17) Le complément d'état

Voir Kouloughli D. E., *op. cit.*, **p. 244-245.**

Exemples pris dans les récits :

وخرج عنها **هاربًا** (khabar 9, p. 53, l. 18)

ومرّ **مُجتازًا** ببعض أبواب المدينة (khabar 13, p. 69, l. 16)

...الكلب **متعلّقًا** به ـ فنبش، فوجد الرجل **قتيلاً**

(khabar 17, p. 95, l. 19 et p. 97, l. 30)

فانتبه **منزعجًا** ـ فأولُّ من ترونه **منحدرًا** (khabar 18, p. 99, l. 6, l. 7)

وبقيت **وحدها** في الدار (khabar 19, p. 105, l. 9)

فوجد ...حسابه **مطروحًا** ـ فوجد الباب **مقفلاً**

(khabar 20, p. 115, l. 21 et 117, l. 34)

وحصلت **مختبئًا** في مستراح الدهليز (khabar 21, p. 121, l. 13)

وأعطاه الجراب **فارغًا** (khabar 23, p. 133, l. 14)

خلّصتُها **سالمة** وتخلّصتِ الجارية **آمنة** (khabar 24, p. 143, l. 28-29)

من يجتازُه **وحيدًا** (khabar 25, p. 149, l. 38-39)

195

18) La simultanéité

Voir Kouloughli D. E., op. cit., p. 271.

Exemples pris dans les récits :

وإياس يقضي وينظر إليه ساعة (khabar 7, p. 43, l. 9)

جاؤوا ونحن نيام (khabar 16, p. 89, l. 26)

فقبَضوا عليه والكلب يراهم ـ فاجتاز يومًا بعض قتلة صاحبه بالباب، وهو رابض ـ فحين رأت الرجل، والكلب متعلّقًا به ـ فما زالَ الكلب يسعى خلفَ الأوّل، والرجل يتبعه (khabar 17, p. 93, l. 8; p. 95, l. 15, l. 18-19 et p. 97, l. 26-27)

وقامت تصلّي، وهو يهذي ويسألها، وهي لا تجيبه

(khabar 19, p. 111, l. 40-41)

فحين حصلوا في الصحن وأنا في الدهليز أتسمّع عليهم ـ فما زالوا يشدخون رؤوسهم وأبدانهم بها وأصحابي يصيحون وأنا أحمد الله على السلامة

(khabar 21, p. 123, l. 28-29 et p. 125, l. 34-35)

فجلَس وهو لا يعلم مكاني (khabar 22, p. 129, l. 17)

ولم يزلْ يُحدّثُني وأنا أسمع أحاديث (khabar 23, p. 135, l. 27-28)

فخرَجتُ معها واثقة بقولها (khabar 24, p. 141, l. 21)

فقمتُ وقد تجرّح بدّني ـ فخرَجتُ أعدو وأصيح ـ وجلَستُ استريح ـ فلمّا كان قبل طُلوع الشمس وأنا خلفَ الحصن إذ سمعتُ صوت ـ قال... وأنا أسمَعُه

(khabar 25, p. 147, l. 14, l. 16, l. 21, l. 23, l. 25)

أُجدّف وهما يشربان ـ فجامعها وأنا أراه ـ وفعَلتم كذا وكذا وأنا أراكم بعيني ـ مثل هذا الوجه وأنت تالف في حُبّه تعمّل به مثل هذا

(khabar 26, p. 157, l. 37 et p. 159, l. 38, l. 44, l. 49)

فأتت عليه أيّام وهو قاعد لا يتّكئ حتّى أُقعِد بين يديه وفي عينيه الوسَن

(khabar 28, p. 175, l. 70)

196

19) Phrases hypothétiques (avec ou sans particule de corroboration)

Voir Kouloughli D. E., op. cit., p. 289.

Exemples pris dans les récits :

لو تحرّكت في البيت فأرة لأزعجته (*khabar* 1, p. 27, l. 7-8)

لو كان هذا الاضطراب من ثقل المحمول لغاصت عنقه (*khabar* 3, p. 31, l. 2)

لو لم ترد ما فعل بها هذا الرجل، لما أمكنه غصبها (*khabar* 5, p. 37, l. 10)

لو قصدت عضد الدولة، فإنّ له فطنة (*khabar* 10, p. 55, l. 8)

لو ذهَبت إلى عضد الدولة، فله في هذه الأشياء فراسة

(*khabar* 15, p. 77, l. 9-10, p. 147, l. 15-16)

فإذا حجارة لو جاءتني وتمكّنت من دماغي طحنته (*khabar* 25, p. 157, l. 35)

20) Phrases conditionnelles

Voir Kouloughli D. E., op. cit., p. 289.

Exemples pris dans les récits :

فإن كنت تريد قتله لأجل فعله فاقتلهما جميعًا (*khabar* 5, p. 37, l. 11)

فإن أعطاك، فذاك ـ وإن جحَدك، فقُلْ له (*khabar* 8, p. 47, l. 9)

إن حملتها، خاطرت بها ـ وإن أودعتها، خفت جحد المودع

(*khabar* 10, p. 55, l. 3-4)

فإن أحضر كذا وكذا من الدّنانير، فخلّه يذهَب حيثُ شاء ـ وإن امتنع، فاضرِبه ألف
سوط من غير مُؤامَرة (*khabar* 13, p. 69, l. 21 et p. 71, l. 22)

فإن منعك، فاقعد على دكّة تقابله ـ فإن أعطاكه، فجيء به إليّ

(*khabar* 15, p. 79, l. 12, l. 16)

وحلَف إن لم يصدُقْه ضرَب عُنُقَه (*khabar* 22, p. 127, l. 12-13)

فإن عرفه منهم رجل، فسلْه على من باعَه (*khabar* 23, p. 133, l. 15)

إن صدَقتَني أطلَقتُك (*khabar* 24, p. 141, l. 13)

197

Textes arabes non vocalisés

1

حدّثني أبو حكيم إبراهيم بن دينار الفقيه، قال : حدّثني أبي، قال :

جيء إلى ابن النسوي برجلين قد اتّهما بالسرقة، فأقامهما بين يديه، ثمّ قال : « شربة ماء ! » فجيء بها. فأخذ يشرب، ثمّ ألقاها من يده عمدا، فوقعت فانكسرت. فانزعج أحد الرجلين لانكسارها، وثبت الآخر. فقال للمنزعج : « اذهب أنت. » وقال للآخر : « ردّ ما أخذت ! » فقيل له : « من أين علمت ؟ » فقال : « اللصّ قويّ القلب، لا ينزعج ؛ وهذا المنزعج بريء، لأنّه لو تحرّكت في البيت فأرة لأزعجته، ومنعته أن يسرق ! » (ابن الجوزي : الأذكياء)

2

حدّثني بعض الشّيوخ، قال :

سرق من رجل خمسمائة دينار، فحمل المتّهمين إلى الوالي. فقال الوالي : « أنا ما أضرب أحدا منكم ؛ بل عندي خيط ممدود في بيت مظلم، فادخلوا ؛ فليمرّ كلّ منكم يده عليه، من أوّل الخيط إلى آخره، ويلفّ يده في كمّه، ويخرج. فإنّ الخيط يلفّ على يد الذي سرق. » وكان قد سوّد الخيط بسخام. فدخلوا. فكلّهم جرّ يده على الخيط في الظّلمة، إلّا واحدا منهم. فلمّا خرجوا، نظر إلى أيديهم مسودّة، إلّا واحدا، فألزمه بالمال، فأقرّ به. (ابن الجوزي : الأذكياء).

3

ورأى ابن طولون يوما حمّالا يحمل صندوقا وهو يضطرب تحته، فقال : « لو كان هذا الاضطراب من ثقل المحمول لغاصت عنقه ؛ وأنا أرى عنقه بارزة ؛ وما هذا إلا من خوف ما يحمل. » فأمر بحطّ الصندوق.

198

فوجد فيه جارية، قد قتلت وقطّعت ؛ فقال : « اصدقني عن حالها ! » فقال : « أربعة نفر، في الدار الفلانيّة، أعطوني هذه الدنانير، وأمروني بحمل هذه المقتولة. » فضرب الحمّال مائتي ضربة بعصا، وأمر بقتل الأربعة. (ابن الجوزي : الأذكياء)

4

قال المحسّن :

وبلغني أنّ المعتضد بالله قام في الليل لحاجة، فرأى بعض الغلمان المردان قد نهض من ظهر غلام أمرد، ودبّ على أربعته، حتّى اندسّ بين الغلمان. فجاء المعتضد، فجعل يده يضع على فؤاد واحد بعد واحد، إلى أن وضع يده على فؤاد ذلك الفاعل، فإذا به يخفق خفقانا شديدا، فركزه برجله، فقعد. واستدعى آلات العقوبة، فأقرّ، فقتله. (ابن الجوزي : الأذكياء)

5

وجاء إلى [جلال الدولة] تركمانيّ قد لازم تركمانيّا، فقال له : « إنّي وجدت هذا قد ابتنى بابنتي، وأريد أن تأذن لي في قتله. » فقال : « لا تقتله، ولكنّا نزوّجها به، ونعطي المهر من خزانتنا عنه. » فقال : « لا أقنع إلاّ بقتله. » فقال : « هاتوا سيفا. » فجيء به. فأخذه وسلّه، وقال للرجل : « تعال. » فتعجّب الناس، وظنّوا أنّه يقتل الأب. فلما قرّب منه أعطاه السيف، وأمسك بيده الجفن، وأمره أن يعيد السيف إلى الجفن. فكلّما رام الرجل ذلك قلب السّلطان الجفن، فلم يمكنه من إدخال السيف فيه. فقال : « ما لك لا تدخل السيف ؟ » فقال : « يا سلطان، ما تدعني. » فقال : « كذلك ابنتك، لو لم ترد ما فعل بها هذا الرجل، لما أمكنه غصبها وقهرها. فإن كنت تريد قتله لأجل فعله فاقتلهما جميعا. » فبقي الرجل لا يردّ جوابا، وقال : « الأمر للسلطان. » فأحضر من زوّجه بها، وأعطى المهر من الخزانة. (ابن الجوزي : الأذكياء)

وذكر محمّد بن عبد الملك الهمداني أنّ...

...أحمد بن طولون جلس يوما في متنزّه له يأكل. فرأى سائلا في ثوب خلق. فوضع يده في رغيف ودجاجة وفرخ وقطع لحم وقطعة فالوذج، وأمر بعض الغلمان بمناولته. فرجع الغلام، وذكر أنّه ما هشّ له. فقال ابن طولون للغلام : « جئني به. » فمثل به بين يديه ؛ فاستنطقه، فأحسن الجواب ولم يضطرب من هيبته. فقال له : أحضرني الكتب التي معك، واصدقني عمّن بعث بك، فقد صحّ عندي أنّك صاحب خبر. » واستحضر السّياط. فاعترف له بذلك. فقال بعض من حضر : « هذا ـ والله ـ السّحر ! » فقال أحمد : « ما هو بسحر ولكنّه قياس صحيح. رأيت سوء حال هذا، فوجّهت إليه بطعام يشره إلى أكله الشبعان، فما هشّ له، ولا مدّ يده ؛ فأحضرته، فتلقّاني بقوّة جأش. فلمّا رأيت رثاثة حاله وقوّة جنانه علمت أنّه صاحب خبر. » (ابن الجوزي : الأذكياء)

أخبرنا أبو محمّد القرشيّ، قال :

استودع رجل رجلا مالا. ثمّ طلبه فجحده. فخاصمه إلى إياس بن معاوية. فقال الطالب : « إنّي دفعت المال إليه. » قال : « ومن حضر ؟ » قال : « دفعته إليه في مكان كذا وكذا، ولم يحضرنا أحد. » قال : « فأيّ شيء كان في ذلك الموضع ؟ » قال : « شجرة. » قال : « فانطلق إلى ذلك الموضع، وانظر إلى الشجرة ؛ فلعلّ الله تعالى يوضح لك هناك ما يبين لك حقّك. لعلّك دفنت مالك عند الشجرة ونسيت، فتذكر إذا رأيت الشجرة. » فمضى الرجل. وقال إياس للمطلوب : « اجلس حتّى يرجع خصمك. » فجلس وإياس يقضي وينظر إليه ساعة. ثمّ قال له : « يا ذا، أترى صاحبك بلغ موضع الشجرة التي ذكرها ؟ » قال : « لا. » قال : « يا عدوّ الله ! إنّك لخائن. » قال : « أقلني، أقالك الله ! » فأمر من يحتفظ به حتّى جاء الرجل. فقال له إياس : « قد أقرّ لك بحقّك، فخذه به. » (ابن منظور : مختصر تاريخ دمشق)

واستودع رجل رجلا مالا. قال... وكان أمينا لا بأس به. وخرج المستودع إلى مكّة. فلمّا رجع، طلبه فجحده. فأتى إياس بن معاوية، فأخبره. فقال له إياس : « أعلم أنّك أتيتني؟ » قال : « لا. » قال : « فنازعته عند أحد ؟ » قال : « لا. لم يعلم أحد بهذا. » قال : « فانصرف واكتم أمرك، ثمّ عد إليّ بعد يومين. » فمضى الرجل. فدعا إياس أمينه ذاك، وقال له : « قد حضر مال كثير، أريد أن أصيّره إليك ؛ أفحصينٌ منزلك ؟ » قال : « نعم. » قال : « فأعدّ موضعا للمال وقوما يحملونه. » وعاد الرجل إلى إياس، فقال له : « انطلق إلى صاحبك، فاطلب مالك. فإن أعطاك، فذاك ؛ وإن جحدك، فقل له : "إنّي أخبر القاضي" » فأتى الرجل صاحبه، فقال له : « مالي، وإلاّ أتيت القاضي وشكوت إليه أمري ! » فدفع إليه ماله. فرجع الرجل إلى إياس، فقال : « قد أعطاني المال. » وجاء الأمين إلى إياس لموعده، فزبره وانتهره، وقال : « لا تقربنّي، يا خائن ! » (ابن منظور : مختصر تاريخ دمشق)

أخبرنا يزيد بن هارون، قال :

تقلّد القضاء في واسط رجل ثقة، كثير الحديث. فجاء رجل، فاستودع بعض الشّهود كيسا مختوما، ذكر أنّ فيه ألف دينار. فلمّا حصل الكيس عند الشاهد، وطالت غيبة الرّجل، قدّر أنّه قد هلك، فهمّ بإنفاق المال. ثمّ دبّر، وفتق الكيس من أسفله، وأخذ الدّنانير، وجعل مكانها دراهم، وأعاد الخياطة كما كانت. وقدّر أنّ الرجل وافى، وطالب الشّاهد بوديعته، فأعطاه الكيس بختمه. فلمّا حصل في منزله، فضّ ختمه، فصادف في الكيس دراهم، فرجع إلى الشّاهد، فقال له : « عافاك الله ! اردد عليّ مالي ؛ فإنّي استودعتك دنانير، والّذي وجدت دراهم مكانها. » فأنكره ذلك. واستعدى عليه القاضي المقدّم ذكره. فأمر بإحضار الشّاهد مع خصمه. فلمّا حضرا، سأل الحاكم : « منذ كم أودعته هذا الكيس ؟ » قال : « منذ خمس عشرة سنة. » فأخذ القاضي الدّراهم، وقرأ سكّكها، فإذا هي دراهم عليها ما قد ضرب منذ سنتين وثلاث ونحوها. فأمره أن يدفع الدّنانير إليه، فدفعها

إليه. وأسقطه، وقال له : « يا خائن ! » ونادى مناديه : « ألا ! إنّ فلان بن فلان القاضي قد أسقط فلان بن فلان الشاهد. فاعلموا ذلك، ولا يغترّنّ به أحدٌ بعد اليوم. » فباع الشاهد أملاكه في واسط، وخرج عنها هاربا. فلم يعلم له خبر، ولا أحسّ منه أثر. (ابن الجوزي : الأذكياء)

10

وقال مؤلّف الكتاب :

وحدّثت أنّ بعض التّجار قدم من خراسان ليحجّ. فتأهّب للحجّ، وبقي معه من ماله ألف دينار لا يحتاج إليها. فقال : « إن حملتها، خاطرت بها ؛ وإن أودعتها، خفت جحد المودع. » فمضى إلى الصحراء، فرأى شجرة خروع، فحفر تحتها ودفنها ؛ ولم يره أحد. ثم خرج إلى الحجّ وعاد. فحفر المكان، فلم يجد شيئا، فجعل يبكي ويلطم وجهه، فإذا سئل عن حاله، قال : « الأرض سرقت مالي ! » فلما كثر ذلك منه، قيل له : « لو قصدت عضد الدولة، فإنّ له فطنة. » فقال : « أويعلم الغيب ؟ » فقيل له : « لا بأس بقصده. » فأخبره بقصّته. فجمع الأطبّاء، وقال لهم : « هل داويتم في هذه السنة أحدا بعروق الخروع ؟ » فقال أحدهم : « أنا داويت فلانا، وهو من خواصّك. » فقال : « عليّ به. » فجاء. فقال له : « هل تداويت في هذه السنة بعروق الخروع ؟ » قال : « نعم. » قال : « من جاءك به ؟ » قال : « فلانٌ الفرّاش. » قال : « عليّ به. » فلمّا جاء، قال : « من أين أخذت عروق الخروع ؟ » فقال : « من المكان الفلاني. » فقال : « اذهب بهذا معك، فأره المكان الذي أخذت منه. » فذهب بصاحب المال إلى تلك الشجرة، وقال : « من هذه الشجرة أخذت. » فقال الرجل : « ههنا ـ والله ـ تركت مالي ! » فرجع إلى عضد الدولة، فأخبره. فقال للفرّاش : « هلمّ بالمال ! » فتلكّأ ؛ فأوعده، فأحضر المال. (ابن الجوزي : الأذكياء)

11

وذكر محمّد بن عبد الملك الهمداني في تاريخه أنّه

بلغ إلى عضد الدولة خبر قوم من الأكراد، يقطعون الطريق،

ويقيمون في جبال شاقّة، فلا يقدر عليهم. فاستدعى أحد التّجّار، ودفع إليه بغلا عليه صندوقان، فيهما حلوى قد شيبت بالسّمّ، وأكثر طيبها، وتركت في الظروف الفاخرة ؛ وأعطاه دنانير، وأمره أن يسير مع القافلة، ويظهر أنّ هذه هديّة لإحدى نساء أمراء الأطراف. ففعل التاجر ذلك، وسار أمام القافلة. فنزل القوم، وأخذوا الأمتعة والأموال. وانفرد أحدهم بالبغل، وصعد به مع جماعتهم إلى الجبل، وبقي المسافرون عراة. ولمّا فتح الصّندوقين، وجد الحلوى يضوع طيبها، ويدهش منظرها، ويعجب ريحها. وعلم أنّه لا يمكنه الاستبداد بها، فدعا أصحابه. فرأوا ما لم يروه أبدا قبل ذلك ؛ فأمعنوا في الأكل عقيب مجاعة ؛ فانقلبوا، فهلكوا عن آخرهم. فبادر التّجّار إلى أخذ أموالهم وأمتعتهم وسلاحهم، واستردّوا المأخوذ عن آخره. فلم أسمع بأعجب من هذه المكيدة، محت أثر العاتين وشوكة المفسدين. (ابن الجوزي : الأذكياء)

12

وقال المؤلّف أيضا :

بلغني عن عضد الدولة، أنّه كان في بعض أمرائه شابّ تركيّ، وكان يقف عند روزنة، ينظر إلى امرأة فيها. فقالت المرأة لزوجها : « قد حرّم عليّ هذا التّركيّ أن أتطلّع في الروزنة، فإنّه طول النهار ينظر إليها وليس فيها أحد، فلا يشكّ الناس أنّ لي معه حديثا ؛ وما أدري كيف أصنع. » فقال زوجها : « أكتبي إليه رقعة، وقولي فيها : "لا معنى لوقوفك، فتعال إليّ بعد العشاء إذا غفل الناس في الظلمة، فإنّي خلف الباب." ثمّ قام وحفر حفرة طويلة خلف الباب، ووقف له. فلمّا جاء التّركيّ، فتح له الباب، فدخل، فدفعه الرجل، فوقع في الحفرة، وطمّوا عليه. وبقي أيّاما لا يدرى ما خبره. فسأل عنه عضد الدولة. فقيل له : « ما لنا فيه خبر. » فما زال يعمل فكره، إلى أن بعث يطلب مؤذّن المسجد المجاور لتلك الدار. فأخذه أخذا عنيفا في الظاهر، ثمّ قال له : هذه مئة دينار ؛ خذها، وامتثل ما آمرك. إذا رجعت إلى مسجدك، فأذّن الليلة، واقعد في المسجد. فأوّل من يدخل عليك، ويسألك عن سبب إنفاذي إليك، فأعلمني به. » فقال : « نعم. » ففعل ذلك. فكان أوّل من دخل ذلك الشيخ، فقال له :

203

« قلبي إليك، وأيّ شيء أراد منك عضد الدولة ؟ » فقال : « ما أراد منّي شيئا، وما كان إلا الخير. » فلمّا أصبح، أخبر عضد الدولة بالحال. فبعث إلى الشيخ فأحضره، ثم قال له : « ما فعل التركيّ ؟ » فقال : أصدقك. لي امرأة ستيرة مستحسنة، كان يراصدها، ويقف تحت روزنتها ؛ فضجّت من خوف الفضيحة بوقوفه. ففعلت به كذا وكذا. » فقال : « اذهب في دعة الله، فما سمع الناس، ولا قلنا. » (ابن الجوزي : الأذكياء)

13

وبلغنا عن المنصور أنّه جلس في إحدى قباب مدينته، فرأى رجلا ملهوفا يجول في الطّرقات، فأرسل من أتاه به. فسأله عن حاله ؛ فأخبره الرجل أنّه خرج في تجارة، فأفاد مالا ؛ وأنّه رجع بالمال إلى منزله، فدفعه إلى أهله ؛ فذكرت امرأته أنّ المال سرق من بيتها، ولم ير نقبا ولا تسلّقا. فقال له المنصور : « منذ كم تزوّجتها ؟ » قال : « سنة. ». قال : « أفبكرا تزوّجتها ؟ » قال : « لا. » قال : « فلها ولد من سواك ؟ » قال : « لا. » قال : « فشابّة هي أم مسنّة ؟ » قال : « بل حدثة. » فدعا المنصور بقارورة طيب كان يتّخذ له، حادّ الرّائحة، غريب النّوع، فدفعها إليه، وقال له : « تطيّب من هذا الطّيب، فإنّه يذهب همّك. » فلمّا خرج الرجل من عند المنصور، قال المنصور لأربعة من ثقاته : « ليقعد على كلّ باب من أبواب المدينة واحد منكم، فمن مرّ بكم فشممتم منه رائحة هذا الطّيب - وأشممهم منه - فليأتني به ! » وخرج الرجل بالطيب، فدفعه إلى امرأته، وقال لها : « وهبه لي أمير المؤمنين ! » فلمّا شمّته، بعثت إلى رجل كانت تحبّه، وقد كانت دفعت المال إليه، فقالت له : « تطيّب من هذا الطّيب، فإنّ أمير المؤمنين وهبه لزوجي. » فتطيّب منه الرجل، ومرّ مجتازا ببعض أبواب المدينة ؛ فشمّ الموكل بالباب رائحة الطيب منه، فأخذه فأتى به المنصور. فقال له المنصور : « من أين استفدت هذا الطّيب، فإنّ رائحته غريبة معجبة ؟ » فقال : « اشتريته. » فقال : « أخبرنا ممّن اشتريته. » فتلجلج الرّجل، وخلط كلامه. فدعا المنصور صاحب شرطته، وقال له : « خذ هذا الرّجل إليك ؛ فإن أحضر كذا وكذا من الدّنانير، فخلّه يذهب حيث شاء ؛ وإن امتنع، فاضربه ألف سوط من غير مؤامرة. » فلمّا خرج من عنده،

204

دعا صاحب شرطته، فقال : « هوّل عليه وجرّده، ولا تقدمنّ بضربة حتّى تؤامرني. » فخرج صاحب شرطته. فلمّا جرّده وسجنه، أذعن بردّ الدّنانير، وأحضرها بهيئتها. فأعلم المنصور بذلك. فدعا صاحب الدنانير، فقال له : « أرأيتك، إن رددت إليك الدّنانير بهيئتها، أتحكّمني في امرأتك ؟ » قال : « نعم. » قال : « هذه دنانيرك، وقد طلّقت المرأة عليك. » وأخبره بخبرها. (ابن الجوزي : الأذكياء)

14

وروى أبو الحسن بن هلال ابن الحسن الصابي في تاريخه، قال : حدّثني بعض التّجّار وقال :

كنت في المعسكر، واتّفق أن ركب السّلطان جلال الدولة يوما إلى صيد على عادته، فلقيه سواديّ يبكي. فقال : « مالك ؟ » فقال : « لقيني ثلاثة غلمان، أخذوا حمل بطّيخ كان معي، وهو بضاعتي. » فقال : « امض إلى المعسكر، فهناك قبّة حمراء، فاقعد عندها، ولا تبرح إلى آخر النهار ؛ فأنا أرجع، وأعطيك ما يغنيك. » فلمّا عاد السّلطان، قال لبعض شرّائه : « قد اشتهيت بطّيخا، ففتّش العسكر وخيمهم على شيء منه. » ففعل، وأحضر البطّيخ. فقال : « عند من رأيتموه ؟ » فقال : « في خيمة فلان الحاجب. » فقال : « أحضروه. » فقال له : « من أين هذا البطّيخ ؟ » فقال : « الغلمان جاؤوا به. » فقال : « أريدهم الساعة. » فمضى وقد أحسّ بالشرّ، فهرّب الغلمان خوفا من أن يقتلوا. وعاد، فقال : « قد هربوا لمّا علموا بطلب السّلطان لهم. » فقال : « أحضروا السواديّ. » فأحضر. فقال له : « هذا بطّيخك الذي أخذ منك ؟ » قال : « نعم. » قال : « فخذه. وهذا الحاجب مملوك لي، وقد سلّمته إليك، ووهبته لك، حتّى يحضر الذين أخذوا منك البطّيخ. ووالله ! لئن أخليته لأضربنّ رقبتك ! » فأخذ السوادي بيد الحاجب فأخرجه. فاشترى الحاجب نفسه بثلاثمائة دينار. فعاد السواديّ إلى السّلطان، وقال : « يا سلطان، قد بعت المملوك الذي وهبته لي بثلاثمائة دينار ! » فقال : « قد رضيت بذلك ؟ » قال : « نعم ! » قال : « اقبضها وامض مصاحبا بالسلامة. » (ابن الجوزي : الأذكياء)

205

15

قال المؤلّف

بلغني أنّ رجلا قدم إلى بغداد للحجّ، وكان معه عقد من الحبّ يساوي ألف دينار. فاجتهد في بيعه، فلم ينفق. فجاء إلى عطّار موصوف بالخير، فأودعه إيّاه، ثمّ حجّ وعاد، فأتاه بهديّة. فقال له العطّار : « من أنت، وما هذا ؟ » فقال : « أنا صاحب العقد الذي أودعتك. » فما كلّمه حتّى رفسه رفسة رماه عن دكّانه، وقال : « تدّعي عليّ مثل هذه الدعوى ! » فاجتمع الناس، وقالوا للحاجّي : « ويلك ! هذا رجل خير ! ما لحقت من تدّعي عليه إلاّ هذا ؟ » فتحيّر الحاجّي وتردّد إليه، فما زاده إلاّ شتما وضربا. فقيل له : « لو ذهبت إلى عضد الدولة، فله في هذه الأشياء فراسة. » فكتب قصّته، وجعلها على قصبة، ورفعها لعضد الدولة. فصاح به، فجاء، فسأله عن حاله، فأخبره بالقصّة، فقال : « اذهب إلى العطّار غدا، واقعد على دكّته ؛ فإن منعك، فاقعد على دكّة تقابله، من الصّبح إلى المغرب، ولا تكلّمه ؛ وافعل هكذا ثلاثة أيّام. فإنّي أمرّ عليك في اليوم الرابع، وأقف وأسلّم عليك، فلا تقم لي، ولا تزدني على ردّ السلام، وجواب ما أسألك عنه. فإذا انصرفت، فأعد عليه ذكر العقد، ثمّ أعلمني ما يقول لك. فإن أعطاكه، فجيء به إليّ. » قال... فجاء إلى دكان العطار ليجلس، فمنعه. فجلس بمقابلته ثلاثة أيّام. فلمّا كان اليوم الرابع، اجتاز عضد الدولة في موكبه العظيم. فلمّا رأى الخراسانيّ وقف، وقال : « سلام عليكم ! » فقال الخراسانيّ، ولم يتحرّك : « وعليكم السلام. » فقال : « يا أخي، تقدم فلا تأتي إلينا، ولا تعرض حوائجك علينا ! » فقال كما اتّفق، ولم يشبعه الكلام، وعضد الدولة يسأله ويحتفي به ؛ وقد وقف، ووقف العسكر كلّه ؛ والعطّار قد أغمي عليه من الخوف. فلمّا انصرف، التفت العطّار إلى الحاجّي، فقال : « ويحك، متى أودعتني هذا العقد، وفي أيّ شيء كان ملفوفا ؟ فذكّرني، لعلّي أذكره. » فقال : « من صفته كذا وكذا. » فقام وفتّش، ثم نقض جرّة نقدّ عنده، فوقع العقد، فقال : « قد كنت نسيت ؛ ولو لم تذكرني الحال، ما ذكرت. » فأخذ العقد، ثم قال : « وأيّ فائدة لي في أن أعلم عضد الدولة ؟ » ثمّ قال في نفسه : « لعلّه يريد أن يشتريه. »

206

فذهب إليه، فأعلمه، فبعث به مع الحاجب إلى دكّان العطّار. فعلّق العقد في عنق العطّار، وصلبه بباب الدّكّان، ونودي عليه : « هذا جزاء من استودع فجحد ! » فلمّا ذهب النهار، أخذ الحاجب العقد، فسلّمه إلى الحاجّي، وقال : « اذهب. » (ابن الجوزي : الأذكياء)

16

قال الحسين بن الحسن بن أحمد بن يحيى الواثقي :

كان جدّي يتقلّد شرطة بغداد للمكتفي بالله ؛ فعمل اللصوص في أيّامه عملة عظيمة. فاجتمع التّجّار، وتظلّموا إلى المكتفي بالله، فألزمه بإحضار اللّصوص أو غرامة المال. فتحيّر حتّى كان يركب وحده، ويطوف بالليل والنهار. إلى أن اجتاز يوما في زقاق خالٍ، في بعض أطراف بغداد. فدخله، فوجد منكرا. ووجد فيه زقاقا لا ينفذ، فدخله. فرأى على بعض أبواب دور الزّقاق شوك سمكة كبيرة وعظم الصّلب، وتقدير ذاك أن تكون السمكة فيها مائة وعشرون رطلا. فقال لواحد من أصحاب المسالخ : « ويحك ! ما ترى عظام هذه السمكة، كم تقدّر ثمنها ؟ » قال : « دينار. » فقال : « أهل هذا الزّقاق لا تحمل أحوالهم شراء مثل هذه السمكة، لأنّه زقاق بيّن الاحتلال إلى جانب الصحراء، لا ينزله من معه شيء يخافه أو له مال ينفق منه مثل هذه النفقة ؛ وما هي إلا بليّة يجب أن يكشف عنها. » فاستبعد الرجل هذا، وقال : « هذا فكر بعيد ! » فقال : « اطلبوا امرأة من الدرب أكلّمها. » فدقّ بابا غير الباب الذي عليه الشوك، واستسقى ماء، فخرجت عجوز ضعيفة. فما زال يطلب شربة بعد شربة، وهي تسقيهم، والواثقيّ في خلال ذلك يسأل عن الدرب وأهله، وهي تخبره غير عارفة بعواقب ذلك، إلى أن قال لها : « فهذه الدار، من يسكنها ؟ » وأومأ إلى التي عليها عظام السمك. فقالت : « والله، ما ندري على الحقيقة من سكّانها، إلا أنّ فيها خمسة شباب أعفار، كأنّهم تجّار، قد نزلوا منذ شهر. لا نراهم يخرجون نهارا، إلا كلّ مدّة طويلة. وإنّا نرى الواحد منهم يخرج في الحاجة ويعود سريعا. وهم طول النهار يجتمعون، فيأكلون ويشربون، ويلعبون بالشطرنج والنرد. ولهم صبيّ يخدمهم. وإذا كان الليل، انصرفوا إلى دار لهم في الكرخ. ويدعون الصبيّ في الدار يحفظها. فإذا كان سحرا

207

بليل، جاؤوا ونحن نيام، لا نعقل بهم وقت مجيئهم. » قال... فقطع الوالي استسقاء الماء، ودخلت العجوز، وقال للرجل : « هذه صفة لصوص أم لا ؟ » فقال : « توكّلوا بحوالي الدار، ودعوني على بابها ! » قال... وأنفذ في الحال، واستدعى عشرة من الرجال، وأدخلهم إلى سطوح الجيران، ودقّ هو الباب ؛ فجاء الصبيّ ففتح، فدخل والرجال معه، فما فاتهم من القوم أحد. وحملهم إلى مجلس الشرطة وقرّرهم. فكانوا هم أصحاب الخيانة بعينها، ودلّوا على باقي أصحابهم، فتبعهم الواثقي. وكان يفتخر بهذه القصة. (ابن الجوزي : الأذكياء).

17

ومنها : إنّ مبشّرا الروميّ، مولى أبي، حدّثني أنّه سمع مولى، كان له قبل أبي، يعرف بأبي عثمان زكريّا المدني، ويقال له ابن فلانة، وكان هو تاجرا جليلا عظيما، كثير المال، مشهورا بالجلالة والثقة والأمانة، يحدّث :

أنّه كان في جواره ببغداد رجل من أصحاب العصبيّة، يلعب بالكلاب. فأسحر يوما في حاجة، وتبعه كلب كان يختصّه من كلابه ؛ فردّه، فلم يرجع، فتركه. ومشى حتّى انتهى إلى قوم كانت بينه وبينهم عداوة، فصادفوه بغير حديد، فقبضوا عليه، والكلب يراهم. فأدخلوه، فدخل معهم، فقتلوه ودفنوه في بئر في الدار، وضربوا الكلب، فسعى وخرج، وقد لحقته جراحة. فجاء إلى بيت صاحبه يعوي، فلم يعبؤوا به. وافتقدت أمّ الرجل ابنها يومه وليلته، فتبيّنت الجراحة بالكلب، وأنّها من فعل من قتل ابنها، وأنّه قد تلف ؛ فأقامت عليه المأتم، وطردت الكلاب عن بابها. فلزم ذلك الكلب الباب ولم ينطرد. فكانوا يتفقّدونه في بعض الأوقات. فاجتاز يوما بعض قتلة صاحبه بالباب، وهو رابض. فعرفه الكلب، فخمش ساقه ونهشه وعلق به. واجتهد المجتازون في تخليصه منه، فلم يمكنهم. وارتفعت ضجّة. وجاء حارس الدرب، فقال : « لم يتعلّق هذا الكلب بالرجل إلاّ وله معه قصّة ؛ ولعلّه هو الذي جرحه. » وخرجت أمّ القتيل. فحين رأت الرجل، والكلب متعلّقا به، وسمعت كلام الحارس، تأمّلت الرجل، فذكرت أنّه كان أحد من يعادي ابنها ويطلبه. فوقع في نفسها أنّه قاتل ابنها. فتعلّقت به، وادّعت عليه القتل، وارتفعا إلى صاحب

208

الشرطة. فحبسه بعد أن ضرب ولم يقرّ. ولزم الكلب باب الحبس. فلمّا كان بعد أيّام، أطلق الرجل. فحين أخرج من باب الحبس علق به الكلب كما فعل أوّلا. فعجب الناس من ذلك. وأسرّ صاحب الشرطة إلى بعض رجالته أن يفرّق بين الكلب والرجل، ويتبع الرجل، ويعرف موضعه، ويترصّده. ففعل ذلك. فما زال الكلب يسعى خلف الأوّل، والرجل يتبعه، إلى أن صار في بيته. وأقبل الكلب يصيح ويبحث في موضع البئر التّي طرح فيها القتيل. فقال الشرطيّ : « انبشوا موضع نبش الكلب ! » فنبش، فوجد الرجل قتيلا. فأخذ الرجل وضرب، وأقرّ على نفسه وعلى جماعة بالقتل. فقتل هو، وطلب الباقون، فهربوا. (التنوخي : نشوار المحاضرة)

18

أنبأنا أبو بكر بن عبد الباقي قال : أنبأنا عليّ بن المحسّن عن أبيه عن جده، قال : حدّثني أبو محمّد الحسن بن محمّد الصّلحيّ قال : حدّث أحد خدم المعتضد المختصّين بخدّمته قال :

كنّا حول سرير المعتضد ذات يوم نصف النهار، وقد نام بعد أن أكل. وكان رسمنا أن نكون عند سريره أوقات منامه من ليل أو نهار. فانتبه منزعجا، وقال : « يا خدم، يا خدم ! » فأسرعنا الجواب. فقال : « ويلكم ! أعينوني والحقوا الشطّ ! فأوّل من ترونه منحدرا في سفينة فارغة، فاقبضوا عليه وجيئوني به، ووكلوا بسفينته. » فأسرعنا، فوجدنا ملّاحا في سميريّة، فأصعدناه. فحين رآه الملّاح كاد يتلف. فصاح عليه صيحة واحدة عظيمة كادت روحه تخرج معها، قال : « اصدقني، يا ملعون، عن قصّتك مع المرأة التي قتلتها وسلبتها اليوم، وإلّا ضربت عنقك ! » قال... فتلعثم، وقال : « نعم، كنت اليوم سحرا في المشرعة الفلانية، فنزلت امرأة لم أر مثلها، عليها ثياب فاخرة وحليّ كثيرة ؛ فطمعت فيها، واحتلت عليها حتّى سددت فاها، وغرّقتها، وأخذت جميع ما كان عليها ؛ ولم أجتريء على حمل سلبها إلى بيتي لئلا يفشو الخبر، فعملت على الهرب، وانحدرت الساعة لأمضي إلى واسط، فعوّقني هؤلاء الخدم، وحملوني. » فقال : « وأين الحليّ والسلب ؟ » فقال : « في صدر السفينة، تحت البواري. » فقال المعتضد للخدم : « جيئوني به. » فمضوا وأحضروه. وقال : « خذوا

209

الملّاح، فغرّقوه. » ففعلوا. ثمّ أمر أن ينادى في بغداد كلّها على امرأة خرجت إلى المشرعة الفلانية سحرا، وعليها ثياب وحليّ، يحضر من يعرفها، ويعطي صفة ما كان عليها ويأخذه، فقد تلفت المرأة. فحضر في اليوم الثاني أو الثالث أهل المرأة، فأعطوه صفة ما كان عليها، فسلّمه إليهم. فقلنا : « يا مولاي، أوحي إليك ؟ » فقال : « رأيت في منامي كأنّ شيخا، أبيض الرأس واللّحية والثياب، وهو ينادي : « يا أحمد ! خذ أوّل ملاح ينحدر الساعة، فاقبض عليه، وقرّره خبر المرأة التي قتلها اليوم وسلبها، وأقم عليه الحدّ ! فكان ما شهدتم. » (التنوخي : نشوار المحاضرة)

19

حدّثني أبو جعفر محمّد بن الفضل بن حميدٍ الصيمريّ مؤدّبي، قال :

كان في بلدنا عجوز صالحة، كثيرة الصّيام والقيام. وكان لها ابن صيرفيّ، منهمك على الشّرب واللّعب. وكان يتشاغل بدكانه أكثر نهاره، ثمّ يعود عشيّا إلى منزله، فيخبّئ كيسه عند والدته، ويمضي فيبيت في مواضع يشرب فيها. فعيّن بعض اللّصوص على كيسه ليأخذه. وتبعه في بعض العشايا، ودخل وراءه إلى الدار ـ وهو لا يعلم ـ فاختفى فيها. وسلّم هو كيسه إلى أمّه وخرج. وبقيت وحدها في الدار. وكان لها في دارها بيت مؤزّر بالسّياج إلى أكثر حيطانه، عليه باب حديد، تجعل قماشها وكلّ ما تملكه فيه والكيس. فخبّأت الكيس فيه تلك الليلة خلف الباب، وجلست، فأفطرت بين يديه. فقال اللّصّ : « هذه الساعة تفطر وتكسل وتنام، وأنزل فأفتح الباب وآخذ الكيس والقماش. » قال... فلمّا أفطرت قامت إلى الصلاة. فظنّ اللّصّ أنّها تصلّي العتمة وتنام. فانتظرها. فمدّت الصلاة، وتطاول عليه الأمر، ومضى نصف الليل. وتحيّر اللّصّ ممّا نزل به، وخاف أن يدركه الصّبح ولا يظفر بشيء. فطاف بالدار، فوجد إزارا جديدا ؛ وطلب جمرا، فظفر به. ووقع في يده شيء كان لهم فيه دخنة طيّبة. فلبس الإزار، وأشعل ذلك البخور، وأقبل ينزل على الدرجة، ويصيح بصوت غليظ. وتعمّد أن يجعله جهوريّا لتفزع العجوز. وكانت معتزليّة جلدة، ففطنت لحركته، وأنّه لصّ. فلم تره أنّها فطنت، وقالت : « من هذا ؟ » بارتعاد

210

وفزع شديد. فقال لها : « أنا رسول الله ربّ العالمين، أرسلني إلى ابنك، هذا الفاسق، لأعظه وأعامله بما يمنعه من ارتكاب المعاصي. » فأظهرت أنها قد ضعفت وغشي عليها من الجزع، وأقبلت تقول : « يا جبريل، سألتك بالله إلاّ رفقت به، فإنّه واحدي ! » فقال اللّص : « ما أرسلت لقتله. » فقالت : « فما تريد ؟ وبما أرسلت ؟ » قال : « لآخذ كيسه، وأولم قلبه بذلك ؛ فإذا تاب، رددته إليه. » فقالت : « شأنك، يا جبريل، وما أمرت. » فقال : « تنحّي من باب البيت. » فتنحّت. وفتح هو الباب، ودخل ليأخذ الكيس والقماش، واشتغل في تكويره. فمشت العجوز قليلا قليلا، وجذبت الباب بحميّة فردّته، وجعلت الحلقة في الرزّة، وجاءت بقفل فقفلته. فنظر اللّص إلى الموت بعينه. ورام حيلة في داخل البيت من نقب أو منفذ، فلم يجدها. فقال لها : « افتحي الباب لأخرج، فقد اتّعظ ابنك. » فقالت : « يا جبريل، أخاف أن أفتح الباب فتذهب عيني من ملاحظتي لنورك. » فقال : « إنّي أطفئ نوري حتّى لا تذهب عينك.» فقالت : « يا جبريل، إنّك رسول ربّ العالمين ؛ لا يعوزك أن تخرج من السقف، أو تخرق الحائط بريشة من جناحك وتخرج، فلا تكلّفني أنا التغرير ببصري. » فأحسّ اللّص بأنّها جلدة، فأخذ يرفق بها ويداريها، ويبذل التوبة. فقالت له : « دع ذا عنك. لا سبيل إلى الخروج إلا بالنهار. » وقامت تصلّي، وهو يهذي ويسألها، وهي لا تجيبه، حتّى طلعت الشمس، وجاء ابنها، فعرف خبرها، وحدّثته بالحديث. فمضى وأحضر صاحب الشّرطة، وفتح الباب، وقبض على اللّص. (التنوخي : نشوار المحاضرة)

20

أنبأنا محمّد بن أبي طاهر، قال : أنبأنا علي بن المحسّن عن أبيه، قال : حدّثني عبيد الله بن محمّد الصروي، قال : حدّثنا بعض إخواننا...

...أنّه كان ببغداد رجل يطلب التلصّص في حداثته، ثمّ تاب فصار بزّازا. قال... فانصرف ليلة من دكانه وقد غلقه. فجاء لصّ محتال، متزيّ بزيّ صاحب الدّكان، في كمّه شمعة صغيرة ومفاتيح. فصاح بالحارس، فأعطاه الشمعة في الظلمة، وقال : « أشعلها وجئني بها، فإنّ لي الليلة بدكّاني شغلا. » فمضى الحارس يشعل الشمعة ؛ وركب اللّص على الأقفال،

211

ففتحها ودخل الدّكّان. وجاء الحارس بالشمعة، فأخذها من يده، فجعلها بين يديه، وفتح سفط الحساب، وأخرج ما فيه، وجعل ينظر في الدفاتر، ويري بيده انّه يحسب ؛ والحارس يتردّد ويطالعه، ولا يشكّ في أنّه صاحب الدّكّان ؛ إلى أن قارب السحر. فاستدعى اللّصّ الحارس، وكلّمه من بعيد، وقال : « اطلب لي حمّالا. » فجاء بحمّال، فحمّل عليه أربع رزم مثمنة، وقفل الدّكّان، وانصرف ومعه الحمّال، وأعطى الحارس درهمين. فلمّا أصبح الناس، جاء صاحب الدّكّان ليفتح دكانه، فقام إليه الحارس يدعو له، ويقول : « فعل الله بك وصنع كما أعطيتني البارحة الدّرهمين ! » فأنكر الرجل ما سمعه، وفتح دكانه، فوجد سيلان الشمعة وحسابه مطروحا وفقد الأربع رزم. فاستدعى الحارس، وقال له : « من كان حمل الرّزم معي من دكّاني ؟ » قال : « أما استدعيت منّي حمّالا فجئتك به ؟ » قال : « بلى، ولكنّي كنت ناعسا ؛ وأريد الحمّال، فجئني به.» فمضى الحارس، فجاء بالحمّال، فأغلق الرجل الدّكّان، وأخذ معه الحمّال ومضى. وقال له : « إلى أين حملت الرّزم معي البارحة ؟ فإنّي كنت متنبّذا ! » قال : « إلى المشرعة الفلانية، واستدعيت لك فلانا الملّاح، فركبت معه.» فقصد الرجل المشرعة، وسأل عن الملّاح، فحضر. وركب معه، وقال : « أين رقّيت أخي الذي كان معه الأربع رزم ؟ » قال : « إلى المشرعة الفلانية. » قال : « اطرحني إليها.» فطرحه. قال : « من حملها معه ؟ » قال : « فلانٌ الحمّال. » فدعا به، فقال له : « امش بين يدي. » فمشى. فأعطاه شيئا، واستدلّه برفق إلى الموضع الذي حمل إليه الرّزم. فجاء به إلى باب غرفة، في موضع بعيد عن الشطّ، قريب من الصحراء. فوجد الباب مقفلا. فاستوقف الحمّال، وفشّ القفل، ودخل فوجد الرزم بحالها. وإذا في البيت بركان معلّق على حبل، فلفّ به الرّزم، ودعا بالحمّال، فحمّلها عليه، وقصد المشرعة. فحين خرج من الغرفة، استقبله اللّصّ، فرآه وما معه، فأبلس، فاتّبعه إلى الشطّ. فجاء إلى المشرعة، ودعا الملّاح ليعبر. فطلب الملّاح من يحطّ عنه. فجاء اللّصّ، فحطّ الكساء كأنّه مجتاز متطوّع. فأدخل الرّزم إلى السفينة مع صاحبها، وجعل البركان على كتفه، وقال له : « يا أخي، استودعك الله، قد استرجعت رزمك، فدع كسائي ! » فضحك، وقال : « انزل، فلا خوف عليك. » فنزل

معه، واستتابه، ووهب له شيئاً، وصرفه ولم يسئ إليه. (التنوخي : نشوار المحاضرة)

21

حدّثنا أبو الحسين، قال : حدّثني رجل من أهل بغداد أنّ بعض من تاب من اللّصوصيّة حدّثه، قال :

كان في الناحية الفلانيّة صيرفيّ كثير المال، يطلبه اللّصوص، فلا تتمّ عليه حيلة، ولا يقدرون عليه. قال... فتواطأ عليه جماعة لصوص، كنت أحدهم، فقالوا : « كيف نعمل في دخول داره ؟ » فقلت : « أمّا الدّخول فعليّ لكم، وأمّا ما بعد ذلك فلا أضمنه. » قالوا : « فما نريد إلاّ الدّخول. » قال... فجئت وهم معي عشاء، فقلت لواحد منهم : « تصدّق، فإذا خرجت الجارية إليك بشيء، فتباعد وتعام عليها، لتجيء إليك تعطيك الصدقة ؛ وكن على خطى من الباب، لأدخل أنا وهي متشاغلة معك، قد بعدت عن الباب، فلا تراني إلى أن أدخل فأختبئ. » قال... ففعل ذلك، وحصلت مختبئا في مستراح الدّهليز. فلمّا عادت الجارية، قال لها مولاها : « قد احتبست ! » قالت : « حتّى أعطيت السائل الصّدقة. » قال : « ليس هذا قدر دفعك إليه. » قالت : « لم يكن على الباب، فلحقته في الطريق، وأعطيته. » فقال : « وكم خطوة مشيت من الباب ؟ » قالت : « خطى كثيرة. » قال : « لعنك الله ! أخطأت عليّ ! قد حصل معي في الدار لصّ، لا أشكّ فيه. » قال... فحين سمعت هذا، قامت قيامتي وتحيّرت. » فقال لها : « هاتي القفل. » فجاءته به، فجاء إلى باب دهليز الدار ـ والصحن بعد باب الدار ـ فقفله من عنده، ثمّ قال لها : « دعي اللّصّ الآن يعمل ما يشاء. » قال... فلما انتصف الليل، جاء أصحابي ؛ فصفروا على الباب، ففتحت لهم باب الدار، فدخلوا الدّهليز، وأخبرتهم بالخبر. فقالوا : « ننقب العتبة، ونخرج إلى الصحن. » ونقبوا. فلمّا فرغوا، قالوا : « ادخل معنا. » فقلت : « إنّ نفسي قد نبت عن هذا الرجل، وأحسست بشرّ، وما أدخل البتّة ! » فاجتهدوا بي، وقالوا : « لا نعطيك شيئا ! » فقلت : « قد رضيت. » فدخلوا. فحين حصلوا في الصحن، وأنا في الدّهليز أتسمّع عليهم، مشوا فيه. فإذا للمولى زبية في أكثر الصحن محيطة به، يعرفها هو وعياله، فيتّقون المشي

213

عليها ليلا ونهارا، وهي منصوبة للحفظ من هذا وشبهه، وعليها باريّة من فوق خشب رقيق جدًّا. فحين حصلوا عليها، سقطوا إليها، فإذا هي عميقة جدًّا، لا يمكن الصّعود منها. فسمع المولى صوت سقوطهم، فصاح : « وقع هؤلاء ! » وقام هو وجاريته يصفقون ويرقصون. وتناولوا حجارة معدّة لهم، فما زالوا يشدخون رؤوسهم وأبدانهم بها، وأصحابي يصيحون، وأنا أحمد الله على السلامة، إلى أن أتلفهم. وهربت أنا من الدّهليز، ولم أعرف لأصحابي خبرا، كيف دفنوا، أو كيف أخرجوا. فكان ذلك سبب توبتي من اللّصوصيّة. (التنوخي : نشوار المحاضرة)

22

أنبأنا أبو بكر بن محمّد بن عبد الباقي عن أبي القاسم عليّ بن المحسّن عن أبيه، قال :

بلغني أنّ المعتضد بالله كان يوما جالسا في بيت يبنى له يشاهد الصّنّاع. فرأى في جملتهم غلاما أسود، منكر الخلقة، شديد المزح، يصعد على السلاليم مرقاتين مرقاتين، ويحمل ضعف ما يحملونه. فأنكر أمره، فأحضره، وسأله عن سبب ذلك ؛ فتلجلج. فقال لابن حمدون ـ وكان حاضرا : « أيّ شيء يقع لك في أمره ؟ » فقال : « ومن هذا حتّى صرفت فكرك إليه ! ولعله لا عيال له، فهو خالي القلب. » قال : « ويحك ! قد خمّنت في أمره تخمينا ما أحسبه باطلا ؛ إمّا أن يكون معه دنانير قد ظفر بها دفعة من غير وجهها، أو يكون لصّا يتستر بالعلم في الطين. » فلاحاه ابن حمدون في ذلك، فقال : « عليّ بالأسود. » فأحضر. وقال : « مقارع ! » فضربه نحو مئة مقرعة، وقرّره، وحلف إن لم يصدقه ضرب عنقه. وأحضر السيف والنّطع. فقال الأسود : « لي الأمان ؟ » فقال : « لك الأمان إلا ما يجب عليك فيه من حدّ. » فلم يفهم ما قال له، وظنّ أنّه قد أمّنه، فقال : « أنا كنت أعمل في أتاتين الآجرّ سنين. وكنت منذ شهور هناك جالسا، فاجتاز بي رجل في وسطه هميان، فتبعته ؛ فجاء إلى بعض الأتاتين، فجلس وهو لا يعلم مكاني ؛ فحلّ الهميان، وأخرج منه دينارا. فتأمّلته، فإذا كلّه دنانير. فثاورته، وكتّفته، وسددت فاه، وأخذت الهميان، وحملته على كتفي، وطرحته في نقرة الأتون وطيّنته ؛ فلمّا كان بعد ذلك،

214

أخرجت عظامه، فطرحتها في دجلة. والدنانير معي، يقوى بها قلبي. » فأمر المعتضد من أحضر الدنانير من منزله. وإذا على الهميان مكتوب « لفلان بن فلان. » فنودي في البلدة باسمه، فجاءت امرأة، قالت : « هذا زوجي، ولي منه هذا الطفل. خرج في وقت كذا ومعه هميان فيه ألف دينار، فغاب إلى الآن. » فسلّم الدنانير إليها، وأمرها أن تعتدّ، وضرب عنق الأسود، وأمر أن تحمل جثّته إلى الأتون. (ابن الجوزي : الأذكياء)

23

قال المحسّن :

وبلغناعن المعتضد بالله، أنّ خادما من خدمه جاءيوما، فأخبره أنّه كانقائما على شاطئ الدّجلة في دار الخليفة، فرأى صيّادا وقد طرحشبكته فثقلت بشيء، فجذبها،فأخرجها، فإذا فيها جراب ؛ وأنّه قدّره مالا، فأخذهوفتحه،فوجد فيه آجرّ، وبين الآجرّ كفّ مخضوبة بحنّاء. قال... فأحضر الجراب والكفّ والآجرّ. فهالالمعتضد ذلك وقال : «قل للصيّاد يعاود طرح الشبكة فوق الموضع وأسفله وعند قاربه. ». قال... ففعل. فخربجراب آخر فيه رجل. قال... فطلبوا فلم يخرج شيء آخر. فاغتمّ المعتضد فقال : «معي في البلد من يقتل إنسانا ويقطع أعضاءه ويفرّقه ولا أعرّف به ! ما هذا ملك ! »

قال... وأقام يومه كلّه ما طعم طعاما. فلمّا كان من الغد أحضر ثقة له وأعطاه الجراب فارغا وقال له : «طف به على كلّ من يعمل الجرب ببغداد ؛ فإن عرفه منهم رجل، فسله على من باعه. فإذا دلّك عليه فسل المشتري من اشتراه منه، ولا تقرّ على خبره أحدا. »

قال... فغاب الرّجل. وجاءه بعد ثلاثة أيّام، فزعم أنّه لم يزل يتطلّب في الدّباغين وأصحاب الجرب، إلى أن عرف صانعه، وسأل عنه. فذكر أنّه باعهإلى عطار بسوق يحيى. وأنّه مضىإلى العطار وعرضه عليه.

فقال: « ويحك ! كيف وقعهذا الجراب في يدك ؟ » فقلت : « أوتعرفه ؟ » قال : « نعم. اشترى منّي فلانٌ الهاشميّ منذ ثلاثة أيّام عشرة جرب، لا أدري لأيّ شيء أرادها، وهذا منها. » فقلتله : « من فلانٌ

215

الهاشميّ ؟ » فقال : « رجل من ولد عليّ بن ريطة، من ولد المهديّ، يقال له فلان، عظيم إلاّ أنّه شرّ النّاس، وأظلمهم، وأفسدهم لحرم المسلمين، وأشدّهم تشوّقا إلى مكايدهم. وليس في الدّنيا من ينهيخبره إلى المعتضد خوفا من شرّه، ولفرط تمكّنه من الدّولة والمال. » ولم يزل يحدّثني وأنا أسمعأحاديث له قبيحة، إلى أن قال : « فحسبك أنّه كان يعشق منذ سنين فلانة المغنّية، جارية فلانة المغنّية. وكانت كالدّينار المنقوش وكالقمر الطّالع، في غاية حسن الغناء. فساوم مولاتها فيها، فلم تقاربه. فلمّا كان منذ أيّام، بلغه أنّ سيّدتها تريد بيعها على مشتر قد حضر، بذل فيها ألوف الدّنانير. فوجّه إليها : "لا أقلّ من أن تنفذيها إليّ لتودّعني." فأنفذتهاإليه بعد أن أنفذ إليها حذرها لثلاثة أيّام. فلمّا انقضت الأيّام الثّلاثة، غصبها عليها، وغيّبها عنها، فما يعرف لها خبر. وادّعى أنّها هربت من داره. وقالت الجيران إنّه قتلها ؛ وقال قوم : "لا، بل هي عنده". وقد أقامت سيّدتها عليها المأتم، وجاءت وصاحت على بابه، وسوّدت وجهها، فلم ينفعها شيء. فلمّا سمع المعتضد، سجد شكرا لله تعالى على انكشاف الأمر له. وبعث في الحال من كبس على الهاشميّ وأحضر المغنّية. وأخرج اليد والرّجل إلى الهاشميّ. فلمّا رآهما، انتقع لونه وأيقن بالهلاك واعترف. فأمر المعتضد بدفع ثمن الجارية إلى مولاتها من بيت المال وصرفها. ثمّ حبس الهاشميّ. فيقال إنّه قتله، ويقال مات في الحبس. (ابن الجوزي : الأذكياء)

24

وفي سنة خمس وثلاثين ومائتين ... مات إسحاق بن إبراهيم بن مصعب وكان على بغداد، وولّي ابنه مكانه. وله أخبار حسان قد أتينا على غررها في كتابنا أخبار الزمان.

ومن ظريف أخباره والمستحسن ممّا كان في أيّامه وسيره ببغداد، ما حدّث به عنه موسى بن صالح بن شيخ بن عميرة الأسديّ...

...أنّه رأى في منامه كأنّ النبيّ ـ صلّى الله عليه وسلّم ـ يقول له : « أطلق القاتل ! » فارتاع لذلك روعًا عظيمًا، ونظر في الكتب الواردة

216

لأصحاب الحبوس، فلم يجدْ فيها ذكر قاتل. فأمر بإحضار السّندي وعبّاس. فسألهما هل رفع إليهما أحد ادّعى عليه بالقتل. فقال له عبّاس : « نعم، وقد كتبْنا بخبره. » فأعاد النظر فوجد الكتاب في أضعاف القراطيس. وإذا الرجل قد شهد عليه بالقتل وأقرّ به. فأمر إسحاق بإحضاره. فلمّا دخل عليه، ورأى ما به من الارتياع، قال له : « إن صدقتني أطلقتك. » فابتدأ يخبره بخبره، وذكر أنّه كان، هو وعدّة من أصحابه، يرتكبون كلّ عظيمة ويستحلّون كلّ محرّم ؛ وأنّه كان اجتماعهم في منزل بمدينة أبي جعفر المنصور، يعتكفون فيه على كلّ بليّة. فلمّا كان في هذا اليوم، جاءتْهم عجوز، كانت تختلف إليهم للفساد، ومعها جارية بارعة الجمال.

« فلمّا توسّطت الجارية الدار، صرخْت صرخة، فبادرت إليها من بين أصحابي، فأدخلتها بيتًا، وسكّنت روعها، وسألتها عن قصّتها. فقالتْ : الله في ! فإنّ هذه العجوز خدعتْني وأعلمتْني أنّ في خزانتها حقًّا لم ير مثله ؛ فشوّقتْني إلى النظر إلى ما فيه، فخرجت معها، واثقة بقولها، فهجمتْ بي عليكم ! وجدّي رسول الله ـ صلّى الله عليه وسلّم ـ وأمّي فاطمة، وأبي الحسن بن علي فاحفظوهم في ! »

قال الرجل : « فضمنت خلاصها. وخرجت إلى أصحابي، فعرّفتهم بذلك. فكأنّي أغريتهم بها، وقالوا : "لمّا قضيت حاجتك منها، أردت صرفنا عنها !" وبادروا إليها. وقمت دونها أمنع عنها، فتفاقم الأمر بيننا، إلى أن نالتْني جراح. فعمدت إلى أشدّهم كان في أمرها وأكلبهم على هتكها، فقتلته. ولم أزل أمنع عنها إلى أن خلّصتها سالمة. وتخلّصت الجارية آمنة ممّا خافتْه على نفسها. فأخرجتها من الدار. فسمعتها تقول : « سترك الله كما سترتني، وكان لك كما كنت لي ! » وسمع الجيران الضجّة، فتبادروا إلينا، والسّكّين في يدي، والرجل يتشخّط في دمه. فرفعت على هذه الحالة. »

فقال له إسحاق : « قد عرفت لك ما كان من حفظك للمرأة، ووهبتك لله ورسوله. » قال : « فوحقّ من وهبتني له، لا عاودت معصية، ولا دخلت في ريبة، حتّى ألقى الله. » فأخبره إسحاق بالرّؤيا التي رآها، وأنّ الله لم يضيّعْ له ذلك. وعرض عليه برًّا واسعًا، فأبى قبول شيء من ذلك. (المسعودي مروج الذهب)

217

25

حدّثنا رجل من الجند، قال :

خرجت من بعض بلدان الشام، أريد قرية من قراها. فلمّا صرت في الطريق، وقد سرت عدّة فراسخ، تعبت. وكنت على دابّة، وعليها خرجي ورحلي، وقد قرب المساء. فإذا بحصن عظيم، وفيه راهب في صومعة. فنزل إليّ، واستقبلني، وسألني المبيت عنده، وأن يضيفني. ففعلت.

فلمّا دخلت الدير، لم أجد فيه غيري. فأخذ دابّتي، وجعل رحلي في بيت، وطرح للدابّة الشعير، وجاءني بماء حارّ. وكان الزمان شديد البرد، والثلج يسقط. وأوقد بين يديّ نارا عظيمة، وجاء بطعام طيّب، فأكلت. ومضت قطعة من الليل، فأردت النوم، فسألته عن طريق النوم. ثمّ سألته عن طريق المستراح، فدلّني على طريقه. وكان في غرفة، فمشيت. فلمّا صرت على باب المستراح، إذا بارية عظيمة. فلمّا صارت رجلاي عليها، نزلت. فإذا أنا في الصحراء، وإذا البارية قد كانت مطروحة على غير سقف. وكان الثلج يسقط في تلك الليلة سقوطا عظيما فصحت فما كلمني. فقمت وقد تجرّح بدني إلا أنّي سالم، فجئت فاستظللت بطاق عند باب الحصن من الثلج. فإذا حجارة لو جاءتني وتمكّنت من دماغي طحنته. فخرجت أعدو وأصيح. فشتمني. فعلمت أنّ ذلك من جانبه وطمع في رحلي.

فلمّا خرجت، وقع الثلج عليّ وبلّ ثيابي. ونظرت، فإذا أنا تالف بالبرد والثلج. فولّد لي الفكر أن طلبت حجرا فيه نحو ثلاثين رطلا، فوضعته على عاتقي، وأقبلت أعدو في الصحراء شوطا طويلا، حتّى أتعب ؛ فإذا تعبت وحميت وعرقت، طرحت الحجر وجلست استريح. فإذا سكنت وأخذني البرد، تناولت الحجر، وسعيت. كذلك إلى الغداة. فلمّا كان قبل طلوع الشمس، وأنا خلف الحصن، إذ سمعت صوت باب الدير قد فتح. وإذا أنا بالراهب قد خرج، وجاء إلى الموضع الذي قد سقطت منه. فلما لم يرني، قال : « يا قوم، ما فعل ؟ » ـ وأنا أسمعه ـ « وأظنّه، المشوم، قد رأى بقربه قرية، فقام يمشي إليها. كيف أعمل ؟ »

قال : وأقبل يمشي، فخالفته أنا إلى الباب، ودخلت الحصن، وقد مشى

218

هو من ذاك المكان يطلبني حوالي الحصن. فحصلت أنا خلف باب الحصن. وقد كان في وسطي سكّين لم يعلم بها الراهب. فوقفت خلف الباب. فطاف الراهب. فلما لم يقف لي على أثر، عاد ودخل وأغلق الباب. فحين خفت أن يراني، ثرت إليه، ووجأته بالسكّين، فصرعته وذبحته. وأغلقت باب الحصن، وصعدت إلى الغرفة، واصطليت بنار كانت موقودة هناك، وطرحت عليّ من تلك الثّياب، وفتحت خرجي، ولبست منه ثيابا، وأخذت كساء الراهب، فنمت فيه. فما أفقت إلاّ قريب العصر. ثمّ انتبهت فطفت الحصن حتّى وقعت على طعام، فأكلت وسكنت نفسي ؛ ووقعت بمفاتيح بيوت الحصن، وأقبلت أفتح بيتا بيتا. وإذا بأموال عظيمة من عين وورق وأمتعة وثياب وآلات ورجال قوم وأخراجهم وحمولاتهم. وإذا الراهب من عادته تلك الحال مع كلّ من يجتازه وحيدا، ويتمكّن منه.

فلم أدر كيف أعمل في نقل المال، فلبست من ثياب الراهب شيئا، ووقفت في صومعته أيّاما، أترآى لمن يجتاز بي في الموضع من بعيد، لئلا يشكّوا في أنّي أنا هو. فإذا قرّبوا، لم أبرز لهم وجهي، إلى أن خفي خبري. ثمّ نزعت تلك الثّياب، وأخذت جوالقين ممّا كان في الدير من تلك الأمتعة، وملأتهما مالا، وجعلتهما على الدابة، وسقتها إلى أقرب قرية كانت. واكتريت فيها منزلا. ولم أزل أنقل منه الصامت حتى حملته كلّه، ثمّ ما خفّ وكثرت قيمته، حتّى لم أدع إلاّ الأمتعة الثقيلة. واكتريت عدّة أحمال وحمير ورجالة، وجئت بهم دفعة واحدة، وحمّلت كلّ ما قدرت عليه، وسرت في قافلة عظيمة لنفسي بغنيمة هائلة، حتّى قدمت بلدي، وقد حصل لي عشرة آلاف درهم، ودنانير كثيرة، مع قيمة الأمتعة. وغصت في الأرض، فما عرف خبري. (ابن الجوزي : الأذكياء)

26

أنبأنا محمّد بن عبد الباقي، قال : أنبأنا عليّ بن المحسّن التنوخي، عن أبيه، قال : حدّثني إبراهيم بن عليّ بن النّصيبي. قال : حدّثني أبو عليّ ابن حامد بن أبي بكر، المعروف بابن أبي حامد قال : حدّثني بعض أصحاب أبي، قال :

219

كان جدّك ابن أبي حامد، وهو صاحب بيت المال إذ ذاك، يتمسّى في دار الخلافة، فينصرف وقد مضى ربع الليل أو ثلثه، فيجلس في طيّارة، ويصعد إلى داره. ونحتاج نحن أن يكون لنا سفن مشاهرة ؛ فإذا ركب طيّارة، نزلنا نحن في سفننا. وكان برسمي ملاّح على مرور الأوقات. فلمّا كان ليلة من الليالي، خرجت مع جدّك، فطلبت ملاّحي، فلم أجده. فأخذني بعض أصحاب جدّك في سميريّته. وبكّرت في الغد، فلم أعرف له خبرا.

وتمادى ذلك سنين. فلمّا كان بعد سنين، رأيته في الكرخ، بطيلسان ونعل طاق، بزيّ التجّار المياسير. فقلت : « فلان ؟ فحين رآني اضطرب. فقلت : « ويحك ! ما قصّتك ؟ » قال : « خير. » فقلت : « وما هذا الزيّ ؟ » قال : « تركت الملاحة وصرت تاجرا. » قلت : « فرأس المال، من أين لك ؟ » فجهد أن يفلت. فقلت : « لا تطوّل عليّ ؛ والله، لا افترقنا أو تخبرني خبرك، ولم تركتني تلك الليلة، ثمّ لم نرك إلى الآن ! » فقال : « على أن تستر عليّ. » فقلت : « أفعل. فأحلفني فحلفت.

قال : « إنّك أبطأت تلك الليلة، وعرضت لي بولة ؛ فأصعدت من دار الخلافة إلى مشرعة بنهر معلّى، فبلت. وإذا برجل قد نزل، فقال : "احملني." فقلت : "أنا مع راكب لا يمكنني فراقه." فقال : "خذ منّي دينارا واحملني." فلمّا سمعت بذكر الدينار، طمعت وظننته هاربا، فقلت : "إلى أين أحملك ؟" فقال : "إلى الدبّاغين." فقلت : "لا أحملك." فقال : "خذ دينارين." فقلت : "هات !" فأعطاني دينارين، فجعلتهما في كمّي. وكان معه غلام، فقال له : "امض وهات ما معك." فمضى الغلام، ولم يحتبس حتّى جاء بامرأة، لم أر قطّ أحسن منها وجها ولا ثيابا. وجاء بجونة كبيرة حسنة، وأطباق فاكهة، وثلج ونبيذ. وكانت ليلة مقمرة. وجاء بعود، فأخذته الجارية في حجرها. فسهل عليّ، لطيب الوقت، أن أخلّ بك. ثمّ قال للغلام : "امض أنت." فمضى. قال : "ادفع." فدفعت. وكشفت الجارية وجهها، فإذا هي أحسن من البدر بشيء كثير.

فلمّا بلغت الدبّاغين، جرّد سيفا كان معه، وقال : "ادفع إلى مكان ما أقول لك، وإلاّ ضربت عنقك !" فقلت : "ما بك إلى هذا حاجة ؛ السمع والطاعة !" فانحدرت. فقال لها : "تأكلين شيئا ؟" فقالت : "نعم." فأخرج

ما كان في الجونة. فإذا طعام نظيف ظريف. فأكلا، وألقى الجونة إليّ، ثمّ أخذت العود، وغنّت أحسن غناء يكون، وأطيبه. فقال لي : يا ملاح، لولا خوفي أن تسكر، لسقيتك.» فقلت : «يا أستاذ، أنا أشرب عشرين رطلا نبيذا، ولا أسكر.» فأعطاني ظرفا فيه خمسة أرطال، وقال : «اشرب لنفسك.» فجعلت أشرب على الغناء، وأجدّف، وهما يشربان. إلى أن دنا منها، فقبّلها كثيرا، واحتدّت شهوته، فجامعها وأنا أراه. ثم عاودها دفعات. وتمل. فقال : «يا فلانة، خنت عهدي وميثاقي، ومكنت فلانا من نفسك، حتّى فعل بك كيت وكيت ؛ وفلانا، وفلانا...» وجعل يواقفها، وهي تقول : «لا، والله، يا سيّدي، ما فعلت هذا ! وإنّما كذبوا عليّ عندك، ليباعدوني منك.» فقال : «كذبت ! أنا توصّلت إلى أن حصلت معكم، في ليلة كذا، في الدار الفلانيّة، وقد دعاك فلان، وصنعتم وفعلتم كذا وكذا، وأنا أراكم بعيني ؛ وما بعد هذا شيء ! وتدرين لم جئت بك إلى هذا الموضع، وعاتبتك ها هنا ؟» فقالت : «لا.» فقال : «لأن أودّعك، وأجعل هذا آخر العهد بك، وأقتلك وأطرحك في الماء.»

قال : فجزعت الجارية جزعا شديدا، ثم قالت : «يا مولاي، ويطيب قلبك ؟» قال : «إي، والله !» ثم خالطها، وأخرج تكتها، فكتّفها بها. فقلت : «يا سيّدي، اتّق الله ! مثل هذا الوجه، وأنت تالف في حبّه، تعمل به مثل هذا ؟» فقال : «الساعة، والله، ابتدىء بك !» وأخذ السيف. فجزعت، وأمسكت. وتقدّم إليها، فذبحها، وأمسكها حتّى جرى دمها، وماتت. ثمّ أقبل ينزع حليها، ويرمي به إلى صدر السميريّة. ثمّ نزع الثياب عنها، وشقّ جوفها، وجعل يقطعها قطعا، ويرمي بها إلى الماء. وكنّا قد قاربنا المدائن، وقد مضى أكثر الليل. فرأيت منظرا لم أر قطّ مثله، ومتّ جزعا، وقلت : «الساعة يقتلني لئلاّ أنمّ عليه !» ولم أجد حيلة فاستسلمت.

وطرح نفسه كالمغشيّ عليه، وجعل يبكي ويقول : «شفيت قلبي، وقتلت نفسي !» ويلطم. ورمى بالعود وجميع ما كان معه من فاكهة وأكل وشراب إلى الماء. فطلع الفجر وأضاء، وبقي بيننا وبين المدائن نصف فرسخ، فطمعت في الحيلة عليه. فقلت له : «يا سيّدي، قد أصبحنا، أفلا تصلّي ؟» وأردت أن يصعد إلى الشطّ، وأنحدر أنا في السميريّة، وأدعه.

221

فقال : "بلى ؛ اطرحني إلى الشطّ." فقدّمت السّميريّة إلى الشطّ وطرحته. فحين صعد من السّميريّة أذرعا يسيرة، إذا سبع قد قفز عليه فتناوله. فرأيته، والله، في فمه كالفأرة في فم السّنّور. فلا أنسى ما ورد على قلبي من السّرور بذلك.

فحدرت السفينة. فلما تجاوزت المدائن، طرحت إلى الشطّ، وجمعت الحليّ وخبّأته تحت باريّة السّميريّة ؛ وتأمّلت الثياب، فغسلت ما أثر الدم فيه وخبّأته، وانحدرت. فما ردّ وجهي شيء إلى البصرة. فنظرت، فإذا معي حليّ بألف دينار، وثياب بعتها بجملة دنانير كثيرة. فأقمت بالبصرة أتجر، وخفت العود إلى بغداد لئلّا يراني ذلك الغلام، فيطالبني بالرجل، أو أسأل عن الحديث. فلمّا طالت المدّة وانقضت السّنون، وقع لي أنّ الأمر قد نسي، واشتقت إلى بغداد، وكانت البضاعة قد نمت وزادت، فاشتريت بجميعها تجارة إلى بغداد، ودخلت. وأنا فيها منذ نحو سنة، حتّى رأيتني اليوم. (التنوخي : نشوار المحاضرة)

27

بلغني أنّ رجلا من الحراميّة•، واللّصوص الكرّاريّة، كانت نفسه ذات الخيانة•، تحرّضه على الدّخول، من حواصل الملك، إلى الخزانة ؛ وأنّها لرؤية الخزانة مشتاقة•، ولمعانقة فاسق التحرّم عشّاقة. وكان جاهدا في أن يعطيها من مناها ما يرضيها. ولكن كانت نجوم احراس بالرصد• ولرجوع ذلك الشيطان كلّ بعد. وكتم ذلك السّر عن الإخوان•. ومضى عليه برهة من الزمان، وهو يكابد اكتتامه•، ويخاف من السّوء ختامه. والقدر كائن•، والكائن حائن. إلى أن طفح عليه ما قصد وغلا خمر سرّه في قلبه وقذف بالزبد. فطلب صاحبا يتلفّظ به إليه• ويعتمد في اكتتام سرّه عليه. واختلا في حجرته• فقرصه برغوث في حنجرته، فمدّ يده إليه•، وأفشى سرّه معتمدا عليه، وقال في خاطره•، عند إفشاء سرائره : « لا لهذا لسان• يقدر على البيان ؛ وعلى تقدير أن لو كان، فهو مثل ولدي•، تربّ من دم كبدي•، ولحم جسدي، واطلع على عورتي•، فلا يقصد عترتي، ولا يكشف سرّي• ولا يهتك ستري ». ثمّ أدنى فاه• حتّى وافاه، وقال : « يا أبا طامر•، وكاتم السّر في السرائر، إنّي عزمت كالمنهمك•، على الدّخول إلى

222

خزائن الملك، لأستصفيها•، وآخذ ما فيها ! فاكتم هذا السّرّ عنّي•، وامصص ما شئت من الدم منّي ! » ثمّ طرحه في سراويله•، واستمرّ في نيّته على أباطيله. ثمّ قصد في بعض الليالي• ما كان يخلو به على التوالي، ويرصده في المكامن•، من الدّخول إلى الخزائن. فلاحت له فرصة فانتهزها•، واستعمل دقائق صنعه وأبرزها، وانتقل من ذلك إلى المبيت•، ولطئ تحت سرير الملك كالعفريت. والملك نائم فوق السرير•، على فراش الحرير•، معانقٌ الظبي الغرير ؛ وخرزة التاج عند رأسه تقدّ• كأنّها سراج متّقد. فقصد اللّص أخذها• واقتطاعها وفلذها. فاسهل القوم• أن استغرقوا في النوم. وبينما هو متفكّر فيما به•، إذ خرج البرغوث من ثيابه، ودخل إلى جسد السلطان• وقصّ عليه بلسان القرص• كلّ ما كان من شأن اللّص. فنهض الملك من مرقده• فرأى نقطة على جسده، فطلب النور• لينظر في الأمور ؛ فرأى برغوثا طار، ونزل تحت السرير• فقصوا أثره على المسير•، فوجدوا الحراميّ الكسير• فربطوه كالأسير• ووقع في الأمر العسير• بالأمر اليسير، فصار كما قيل :

مشى برجليه عمدا نحو مصرعه ⟵ ليقضي الله أمرا كان مفعولا

(ابن عربشاه : فاكهة الخلفاء)

28

وممّا ذكر من خبر المعتضد وحزمه في الأمور وحيله، أنه أطلق من بيت المال لبعض الرّسوم في الجند عشر بدر، فحملت إلى منزل صاحب عطاء الجيش ليصرفها فيهم. فنقب منزله في تلك الليلة، وأخذت العشر البدر. فلما أصبح، نظر إلى النقب، ولم ير المال. فأمر بإحضار صاحب الحرس. وكان على الحرس يومئذ مؤنسٌ العجليّ. فلمّا أتاه، قال له : « إنّ هذا المال للسلطان والجند ؛ ومتى لم تأت به، أو بالذي نقبه وأخذ المال، ألزمك أمير المؤمنين غرمه. فجدّ في طلبه وطلب اللص الذي جسر على هذا الفعل ! »

فصار إلى مجلسه، وأحضر التوّابين والشّرط (والتوّابون هم شيوخ أنواع اللّصوص، الذين قد كبروا وتابوا. فإذا جرت حادثة، علموا من فعل

223

من هي، فدلّوا عليه. وربّما يتقاسمون اللّصوص ما سرقوه) فتقدّم إليهم في الطلب وتهدّدهم وأوعدهم وطالبهم. فتفرّق القوم في الدّروب والأسواق والغرف والمواخير ودكاكين الرّواسين ودور القمار. فما لبثوا أن أحضروا رجلا نحيفا، ضعيف الجسم، رثّ الكسوة، هيّن الحالة، فقالوا : « يا سيّدي، هذا صاحب الفعلة. وهو غريب، من غير هذا البلد. » وأطبق القوم كلّهم على أنّه صاحب النقب ولصّ المال.

فأقبل عليه مؤنس العجلي، فقال له : « ويلك ! من كان معك ؟ ومن أعانك ؟ وأين أصحابك ؟ ما أظنّك تقدر على عشر بدر وحدك في ليلة ؛ ما كنتم إلا عشرة، وأقلّ ذلك خمسة. فأقرّ لي بالمال إن كان مجتمعا ؛ وعلى أصحابك إن كان المال قد قسم ! » فما زاده على الإنكار شيئا. فأقبل يترفّق به، ويعده أن يثيبه ويرزقه ويعظّم جائزته، ويعده بكلّ جميل على ردّه والإقرار به ؛ ويتوعّده بكل مكروه، وهو على جحوده وإنكاره. فلمّا غاظه ذلك وأنكره ويئس من إقراره، أخذ في عقوبته ومساءلته. فضربه بالسوط والقلوس والمقارع والدّرّة على ظهره وبطنه وقفاه ورأسه وأسفل رجليه وكعابه وعضله، حتّى لم يكن للضرب فيه موضع. وبلغ به ذلك إلى حالة لا يعقل فيها ولا ينطق، فلم يقرّ بشيء.

فبلغ ذلك المعتضد. فأحضر صاحب الجيش، فقال له : « ما صنعت في المال ؟ » فأخبره الخبر. فقال له : « ويلك ! تأخذ لصّا قد سرق من بيت المال عشر بدر، فتبلغ به الموت والتلف، حتّى يهلك الرجل ويضيع المال ! فأين حيل الرّجال ؟ » قال : « يا أمير المؤمنين، ما أعلم الغيب، ولم تكن لي في أمره حيلة غير ما فعلت ! » قال : « أحضرني الرجل. » فأتي به وقد حمل في جلّ، فوضع بين يديه، وقد عقل ؛ فسأله، فأنكر، فقال له : « ويلك ! إن متّ، لم ينفعك ؛ وإن برئت من هذا الضرب ونجوت، لم أدعك تصل إليه. فلك الأمان والضمان على ما تصلح به حالتك ويحمد به أمرك. » فأبى إلاّ الإنكار.

فقال : « عليّ بأهل الطّب. » فأحضروا. فقال : « خذوا هذا الرجل إليكم، فعالجوه بأرفق العلاج، وواظبوا عليه بالمراهم والغذاء والتعاهد، واجتهدوا أن تبرئوه في أسرع وقت ! » فأخذوه إليهم. وأخرج مالا مكان

224

المال، وأمر بتفريقه على الجند. فيقال إنّه برئ وصلح في أيّام يسيرة. ثمّ واظبوا عليه بالطعام والشراب والوطاء والطيب حتّى صحّ وقوي جسمه وظهر لونه ورجعت إليه نفسه. ثمّ ذكّر به، فأمر بإحضاره. فلما حضر بين يديه، سأله عن حاله، فدعا وشكر، وقال : « أنا بخير ما أبقى الله أمير المؤمنين ! »

ثمّ سأله عن المال، فعاد إلى الإنكار. فقال له : « ويلك ! لست تخلو من أن تكون أخذته وحدك كلّه، أو وصل إليك بعضه. فإن كنت أخذته كلّه، فإنّك تنفقه في أكل وشرب ولهو، ولا أظنّك تفنيه قبل موتك ؛ وإن متّ، فعليك وزره ؛ وإن كنت أخذت بعضه، سمحنا لك به. فأقرّ لنا به، وأقرّ على أصحابك. فإنّي أقتلك إن لم تقرّ، ولا ينفعك بقاء المال بعدك، ولا يبالي أصحابك بقتلك ! ومتى أقررت، دفعت إليك عشرة آلاف درهم، وأخذت لك من أصحاب الجسر مثل ذلك، ورسمتك من التوّابين ؛ وأجريت لك في كلّ شهر عشرة دنانير، تكفيك لأكلك وشربك وكسوتك وطيبك، وتكون عزيزا، وتنجو من القتل، وتتخلّص من الإثم. » فأبى إلّا الإنكار. فاستحلفه بالله، فحلف. وأظهر له مصحفا واستحلفه، فحلف عليه. فقال : « إنّي سأظهر على المال. فإن أنا ظهرت عليه بعد هذه اليمين، قتلتك ولم أستبقك ! » فأبى إلّا الإنكار. فقال له : « ضع يدك على رأسي واحلف بحياتي ! » فوضع يده على رأسه، وحلف بحياته إنّه ما أخذه، وإنّه مظلوم متّهم، وإنّ التوّابين قد تبرّؤوا به. فقال له المعتضد : « فإن كنت قد كذبت قتلتك، وأنا بريء من دمك ! » قال : « نعم. »

فأمر بإحضار ثلاثين أسود، بحيث يراهم ويرونه ؛ وأمرهم أن يتناوبوا في ملازمته. فأتت عليه أيّام، وهو قاعد، لا يتّكئ ولا يستند ولا يستلقي ولا يضطجع. وكلّما خفق خفقا، وجي فكه وقمع رأسه، حتّى إذا ضعف وقارب التلف، أمر بإحضاره، فأعاد عليه ما كان خاطبه به، واستحلفه بالله وبغير ذلك من الأيمان. فحلف على ذلك كلّه، وما لم يستحلفه به، إنّه ما أخذ المال، ولا يعرف من أخذه. فقال المعتضد لمن حضر : « قلبي يشهد أنّه بريء، وأنّ ما يقول حقّ خفقة، وأنّ التوّابين قد عرفوا صاحبه ؛ وقد أثّمنا في هذا الرجل. » وسأله أن يجعله في حلّ، ففعل.

225

ثم أمر بإحضار مائدة عليها طعام، وأحضر بارد الشراب. وأمره بالجلوس والأكل والشراب، فأقبل يأكل ويشرب ويحثّ على الأكل ويلقم، ويعاد الشراب عليه ويكرّر، حتى لم يبق للأكل والشراب موضع. ثمّ أمر ببخور وطيب، فبُخّر وطيّب. وأتي له بحشيّة ريش، فوطِئ له ومهِّد. فلما استلقى واستراح وغفا، أمر بإزعاجه وسرعة إيقاظه، فحمل من موضعه حتى أقعد بين يديه، وفي عينيه الوسن. فقال له : « حدّثني كيف صنعت وكيف نقبت ومن أين خرجت وإلى أين ذهبت بالمال ومن كان معك. » قال : « ما كنت إلا وحدي، وخرجت من النقب الذي دخلت منه ؛ وكان مقابل الدار حمّام له كوم شوك يوقد به، فأخذت المال، ورفعت ذلك الشوك والقماش والقصب، فوضعته تحته وغطّيته وهو هنالك »

فأمر بردّه إلى فراشه، فردّوه وأضجعوه عليه. ثمّ أمر بإحضار المال، فأحضر عن آخره. وأحضر مؤنس العجلي وأحضر الوزير والجلساء، وقد غطّي المال بالبساط ناحية من المجلس. ثمّ أمر بإيقاظ اللصّ، وقد اكتفى في النوم، وذهب عنه الوسن. فقال له بحضرة الجميع مثل قوله الأول، فجحد وأنكر، فأمر بكشف البساط، وقال له : « ويلك ! أليس هذا المال ؟ أليس فعلت كذا وكذا ؟ » يصف له ما كان حدّثه به، فأسقط في يد اللصّ

ثم أمر، فقبض على يديه ورجليه وأوثق. ثمّ أمر بمنفاخ في دبره، وأتي بقطن فحشي في أذنيه وفمه وخيشومه، وأقبل ينفخ. وخلي عن يديه ورجليه من الوثاق، وأمسك بالأيدي، وقد صار كأعظم ما يكون من الزّقاق المنفوخة، وقد ورم سائر أعضائه، وعظم جسمه، وعيناه قد امتلأتا وبرزتا. فلمّا كاد أن ينشقّ، أمر بعض الأطبّاء، فضربه في عرقين فوق الحاجبين، وهما في الجبين، فأقبلت الريح تخرج منهما مع الدم، ولها صوت وصفير، إلى أن خمد وتلف. وكان ذلك أعظم منظر رئي في ذلك اليوم من العذاب. وقيل : « إنّ البدر كانت عينا وإنّ عددها كان أكثر ممّا وصفنا. » (المسعودي : مروج الذهب)

226

Lexique
français - arabe

NB : le numéro correspond au *khabar*

A					
Aboyer	عوى	17	Apaiser	سكّن روع...	24
Abriter (s')	استظلّ	25	Aphaniptère	بُرغوث ج. براغيثُ	27
Absence	غَيبة	9	Apothicaire	عطّار	15
Absenter (s')	غابَ	23	Applaudir	صفّقَ	21
Accepter	رضي	21	Appliquer (s') avec ardeur	جدّ في...	28
Accepter	قَبول	24			
Accueillir	استقبلَ	25	Approcher	قرّبَ	5
Accusé	مُتّهَم	2	Arbre	شجَرة	7
Accuser	اتّهمَ	1	Ardu	شاقّ	11
Accuser	[ادّعى فلان كذا على فلان]	17	Arête	شوك	16
Achat	شراء	16	Argile	طين	22
Acheter	اشترى	13	Arrêter	أوقفَ	18
Acheteur	مُشترٍ	14	Arrêter qq'l	قبَض ـ على	19
Adversaire	خَصْم ج. خُصوم	7	Articulation	كعاب	28
Âgé	مُسِنّ	13	Assassin	قاتل ج. قَتَلة	17
Agriffer	خَمَش ـ	17	Asseoir (s')	جلَس ـ	6
Agriper	علق ـَ بـ	17	Assis	جالس	28
Agité	ملهوف	13	Assister à	حضَر ُ	6
Agiter (s')	اضطربَ	3	Atermoyer	تلكّأ	10
Aider	أعانَ	18	Aube	سحَر	18
Aile	جناح ج. أجنِحة	19	Aube	فجر	26
Aimer	أحبّ	13	Aumône	صدَقة	21
Allumer	أوقدَ	25	Autoriser	أذِن ـَ	5
Alourdir (s')	ثقُل ُ	23	Autorité	هيبة	6
Âme	روح ج. أرواح	18	Avant (n. m.)	صدر ج. صُدور	18
Âme	نفس ج. نُفوس	27	Aviné	مُتنبِّذ	20
Âne	حمار ج. حَمير	25	Avoine	شعير	25
Anneau	حلقة ج. حلَق	19	Avoir besoin de	احتاجَ	10
Anus	دُبُر ج. أدبار	28	Avoir des relations sexuelles	جامعَ	26

227

Avoir pour charge	مُختَصّ	18	
Avoisinant	مُجاوِر	12	
Avouer	أقرّ	2	

B

Bafouiller	تَلَجلَجَ	13
Bafouiller	تَلعثَمَ	18
Bagages	أمتعة	11
Bâillonner	[سَدَّ فلان فاهَ فلان]	18
Ballot	رزمة ج. رِزَم	20
Barbe	لحية ج. لحى	18
Bât	حِمل ج. أحمال	25
Bâton	عَصا	3
Battre	خَفَقَ ـِ	4
Besoin	حاجة ج. حاجات، حوائجُ	15
Biche	ظبي ج. ظِباء	27
Bien	خير	15
Biens, propriétés	مُلْك ج. أملاك	9
Bijoux	حُليّ	18
Blesser	شَدَّخَ ـَ	21
Blessure	جِراحة	17
Boire	شرب ـَ	1
Bois	خَشَب	21
Bouche	فم ج. أفواه	27
Bouger	تحرّك	1
Bougie	شمعة ج. شُموع	20
Bouillir	غلا	27
Braise	جمر	19
Brandir (épée)	سَلَّ	5
Brique	آجُرّ	23
Butin	غنيمة ج. غنائمُ	25

C

Cacher	خبّأ	19
Cacher (se)	استَتَرَ	22
Cachette	مكمن ج. مكامنُ	27
Cadavre	جُثّة ج. جُثَث	22

Cadeau	هديّة ج. هدايا	11
Cadenas	قُفل ج. أقفال	19
Caisse	صُندوق ج. صَناديق	3
Caleçon	سروال ج. سَراويلُ	27
Campement	مَعْسْكَر	14
Cantine	جُونة	26
Caravane	قافلة ج. قَوافلُ	11
Casser (se)	انكسرَ	1
Cause	سَبَب ج. أسباب	21
Chairs	عضَل	28
Chambre	غُرفة ج. غُرَف	20
Changeur	صيرفيّ ج. صيارفة	19
Chant	غِناء	23
Chanteuse	مُغنّية	23
Chargement	حُمولة	25
Chasse	صيد	14
Chasser, éloigner	طرَد ـُ	1
Chat	سِنّور ج. سنانيرُ	26
Chaud	حارّ	25
Chemin	درب ج. دُروب	28
Chétive	ضعيفة ج. ضِعاف	16
Chien	كلب ج. كِلاب	17
Chute	وقَع يقَع	21
Clé	مفتاح ج. مفاتيحُ	20
Coeur	جَنان (rare)	1
Coeur	فُؤاد ح أفْئِدَة	1
Coeur	قلب ج. قُلوب	1
Coffre	صُندوق ج. صَناديقُ	3
Collier	عقد ج. عُقود	15
Commerçant	تاجر ج. تُجّار	16
Commerce	تجارة	13
Commettre	ارتكاب	19
Commodités, latrines	مُستَراح	21
Comploter	تواطأ	21
Comptes	حساب	20

Confier (un objet)	أودَع	15	Cri	صيحة	18
Confier (un secret)	أَسَرَّ	17	Cri	صرخة	24
Confier en dépôt	استودَع	8	Crier	صاحَ يصيح	18
Conflit	عداوة	17	Crier	صَرَخ ـُ	24
Conformer (se) à	امتثلَ	12	Crieur	مناد	9
Congédier	صَرَف ـ	23	Crucifier	صَلَب ـ	15
Conjecturer	خمّنَ	22	**D**		
Conséquences	عاقبة ج. عواقبُ		Danser	رقَص ـُ	21
Contraindre	ألزمَ	2	Débauché	فاسق ج. فُسّاق	19
Contrat, promesse	عهد ج. عُهود	26	Découdre	فَتَق ـُ	9
Convocation	إنفاذ	12	Découper	قطّعَ	3
Convoquer	دعا يدعو	8	Découvrir	كشَف ـ	26
Corde	حبل ج. حبال	20	Déguisé	متزيّ بـ	20
Corps	بدَن ج. أبدان	21	Délégué, responsable	مُوكَّل	13
Corps	جسَد ج. أجساد	27	Délibérément	عمدًا	1
Cortège	موكب ج. مَواكبُ	15	Demander l'aumône	تصدّقَ	21
Cou	عُنُق ج. أعناق	3	Dénudé	عار ج. عُراة	11
Couchant	مَغرب	15	Dépense	انفاق	16
Couché (chien)	رابض	17	Dépenser	انفقَ	9
Coudée	ذراع ج. أذرُع	26	Déposer à terre, faire accoster	رقّى	20
Couloir	دهليز ج. دَهاليزُ	21			
Coup de pieds	رفسة	15	Déposer à terre, faire accoster	طرّح ـَ	20
Couper la tête	ضَرَب ـ رقبة ...	14			
Coups	ضرب	15	Désert	صحراء ج. صحارٍ	10
Courage	[قُوّة جَأش]	6	Déshabiller	جرّدَ	13
Courir	عدا يعدو	25	Destin	قدَر ج. أقدار	27
Courir	سعى	25	Destituer	أسقطَ	9
Couronne	تاج ج. تيجان	27	Détermination	[قُوّة جَأش]	6
Couteau	سكّين ج. سَكاكينُ	24	Diable	عفريت ج. عفاريتُ	27
Couvent	دير ج. أديرة	25	Difficile	عسير	27
Couverture	جُلّ	28	Diffuser (se)	فشا	18
Crainte	خوف	20	Dire la vérité	صدَق ـُ	3
Creuser	حفَر ـُ	10	Disperser	فرّقَ	23
Creuser	نقَب ـَ	21	Disperser (se)	تفرّقَ	28
Creuser, fouiller	نبَش ـُ	17	Distractions, loisirs	لهُو	28

229

Divorcer	طلَّقَ	13	Enlacement	مُعانَقة	27
Donner	أعطى	3	Ennemi	عدُوّ ج. أعداء	7
Donner	دفَع ـَ	8	Enrichir	أغنى	14
Donner à boire	سقى	16	Enrouler	لفَّ	2
Donner des marques	احتفى بـ	15	Ensevelir	طمَّ	12
de considération			Ensommeillé	ناعس	20
Dormir	نوم	25	Enterrer	دفَن ـِ	21
Dos	ظهر	4	Entrer	دخَل ـُ	12
Double, multiple	ضعف ج. أضعاف	22	Enveloppé	ملفوف	15
Douter	شكَّ يشُكّ	21	Envoyer	أرسلَ	13
Drapier	بزاز	20	Epaule	كتِف ج. أكتاف	20
Droit (n. m.)	حقّ ج. حُقوق	7	Epée	سيِف ج. سُيوف	5

E			

			Ephèbe	غُلام ج. غِلْمان	4
Eau	ماء ج. مِياه	1	Epier	راصدَ	12
Ecarter (s') de	تنحّى	19	Ermitage	صوْمَعة ج. صوامِعُ	25
Echecs	شطرَنج	16	Escalade	تسَلّق	13
Echoppe	دُكّان ج. دَكاكين	15	Escalier	درَج	19
Ecouter	تسمَعَ	21	Escaliers	سلاليم م. سُلّم	22
Ecume	زبَد	27	Escarpé	شاقّ	11
Effrayer	هوَّل	13	Esclave (f)	جارِية ج. جَوارٍ	3
Effrayer (s')	هالَ	23	Esclave (m)	غُلام ج. غِلْمان	4
Egorger	ذبَح ـَ	25	Esclave (m.)	مملوك ج. مماليكُ	14
Emballage	ظرف ج. ظُروف	11	Estimable	مُستحسَن	12
Embarcadère	مَشرعة	18	Estimer, évaluer	قدَّرَ	16
Embarcation	سفينة ج. سُفُن	18	Eteindre	أطفأ	19
Emparer de (s')	قبض ـ على	17	Etendu	ممدود	2
Empêcher	منعَ ـَ	1	Etonner (s')	تعجّبَ	5
Emplâtres	مَراهِمُ م. مرهَم	28	Etonner (s')	عجِب ـَ	17
Emprisonner	حبَس ـِ	13	Etrange	غريب	13
Encens	بَخور	19	Etranger	غريب ج. غُرباءُ	28
Endroit (lieu)	مَوْضِع ج. مواضِعُ	7	Etre éduqué	تربّى	27
Enfant	ولَد ج. أولاد	13	Etre effrayé	جزِع ـَ	26
Enfler	ورِم	28	Etre épris de	عشِق ـَ	23
Enfoncer (s')	غاصَ يغوص	3	Etre fier de	افتخرَ	16
Enfouir, enterrer	دفَن ـِ	10	Etre inspiré	أوحِيَ له	18

230

Etre perplexe	تحيّر	15	Frapper	ضرَب ـ	2	
Etre témoin de	شهِد ـَ	18	Frapper	لطَم ـ	10	
Etre utile	نفَع ـَ	23	Frapper (à la porte)	دقّ	16	
Evanouir (s')	[أُغميَ على فلان]	15	Frayeur	فزَع	19	
Exposer	عرَض ـ	15	Frère	أخ ج. إخوة، إخوان	15	

			Friandise	حلوى ج. حلوَيّات	11	
Fabricant	صانع ج. صُنّاع	23	Froid	برد	25	
Facile, aisé	يسير	27	Front	جبين ج. أجبنة	28	
Faiblir	ضعُف ـُ	19	Fruits	فاكهة ج. فواكه	26	
Faire disparaître	غيّب	23	Fugitif	هارب	9	
Faire sentir	أشمّ	13	Fuir	هرَب ـُ	14	
Faire ses adieux	ودّع	23	Funérailles	مأتم ج. مآتِم	17	
Famine	مجاعة	11				

Fasciner	أدهشَ	11	Gage	حذَر	23	
Fatiguer (se)	تعِب ـَ	25	Gagner	ظفِر ـَ	22	
Fauve	سبع ج. سِباع	26	Garantir	ضمِن ـَ	21	
Fer	حديد	19	Garçonnet	صبيّ ج. صِبية	16	
Fermer	أغلقَ	20	Garder	احتفظ	7	
Fermeté	[قوّة جأش]	6	Garder	حفِظ ـَ	16	
Fermeté	حزم	28	Gardien	حارس ج. حُرّاس	17	
Fermoir	رزّة	19	Gens (les)	الناس	15	
Feu	نار ج. نيران	25	Giron	حِجر ج. حُجور	26	
Fiable	أمين ج. أمَناءُ	8	Glace (pain de), glaçons	ثلج	26	
Fiable	ثقة ج. ثقات	9	Glisser (se)	اندسّ	4	
Fil	خيط ج. خُيوط	2	Gonfler	نفَخ ـُ	28	
Filet	شبَكة ج. شباك	23	Gorge	حنجرة ج. حناجرُ	27	
Fin (adj.)	رقيق ج. رقاق	21	Gouverneur	والي ج. وُلاة	2	
Flacon	قارورة ج. قواريرُ	13	Grand-père	جدّ ج. أجداد، جُدود	16	
Forcer	غصَب ـ	5	Gravé	منقوش	23	
Fort	قويّ	1	Grille	سياج	19	
Forteresse, citadelle	حِصن ج. حُصون	25 6	Grimper	صعِد ـَ	11	
Fouet	سَوط ج. سِياط		Grimper	صُعود	21	
Four à brique	أتون ج. أتاتينُ	22	Guérir	شفى	26	
Fourreau	جَفن ج. جُفون	5	Guérir, recouvrer la santé	صحّ	28	

H

Habillement	كِسوة	28
Habiller (s')	لبِس َ	25
Habitant	ساكن ج. سُكّان	16
Habits	ثياب	18
Haillons	[ثوب خلِق]	6
Henné	حِنّاء	23
Hier	البارِحة	20
Histoire	قِصّة ج. قِصَص	10
Honnêteté	أمانة	17
Horreur	بلِيّة ج. بلايا	24
Hurler	صاحَ	23

I

Illicite	مُحرّم	24
Impasse	[زُقاق لا ينفُذ]	16
Imperturbable (être)	ثبَت ُ	1
Imposant	عظيم ج. عِظام	15
Informer	أعلمَ	15
Inique	ظالِم	23
Innocent	بَريء ج. أبرياءُ	1
Inquiéter pour (s'), examiner	تفقّدَ	17
Insouciant	[خالي القلب]	22
Instrument	آلة	4
Insulte	شتَم ُ	15
Insulter	شتَم ُ	25
Intendant	أمين ج. أمَناءُ	8
Interdire	حرّم	12
Interdire	منَع َ	19
Interroger	سألَ	12
Isoler (s')	اِنفردَ	11

J

Jacquet	نرد	16
Jambe	ساق	17
Jardin	مُتنزّه	6

Jeûne	صِيام	19
Jeune homme	شابّ ج. شُبّان	12
Jeunesse	حداثة	20
Jeunette	حدّثة	13
Jouer	لعِب َ	16
Journée	نهار	14
Juge	قاضٍ ج. قُضاة	8

K

Kurde	كُرديّ ج. أكراد	11

L

Laid	[مُنكَر الخِلقة]	22
Laid	قبيح	23
Laisser	ترَك ُ	10
Langue	لِسان ج. ألسِنة	27
Languir (se) de	اِشتاق إلى	26
Lanterne, lampe	سِراج ج. سُرُج	27
Légendes (monnaie)	سِكّة ج. سِكك	9
Lendemain	الغداة	25
Lever (se)	قامَ	15
Libéré (être)	أطلِقَ	17
Libérer	أطلقَ	24
Liens, entraves	وِثاق	28
Lit	سرير ج. أسِرّة	18
Livres de comptes	دفتَر ج. دفاتِرُ	20
Location au mois	مُشاهَرة	26
Lumière	نور ج. أنوار	19
Lune	قمر ج. أقمار	23
Luth	عود ج. عيدان	26
Luxueux	فاخِر	11

M

Magie	سِحر	6
Maison	بيت ج. بُيوت	1
Maison	دار ج. دور	3
Maison	منزِل ج. منازِلُ	24
Maître	شيخ ج. شُيوخ	2

232

Papier	ورَق ج. أوراق	25	Poisson	سمك	16
Paquetage	رحل	25	Police	شُرطة	13
Parasange	فرسَخ ج. فراسِخُ	25	Pommades	مَراهِم م. مرهَم	28
Pardonner	أقالَ	7	Pont	جسر ج. جُسور	28
Parents	أهل	18	Porte	بَاب ج. أبواب	13
Parfum	طيب ج. طُيوب	11	Porte-faix	حمّال	20
Parfumer (se)	تطيّبَ	13	Porter	حمَل ـ	8
Partager (se)	تقاسمَ	28	Porteur	حمّال	3
Parties intimes	عورة	27	Poser	وضَع	4
Partir	مضى	14	Poulet	دَجاجة	6
Partir à l'aube	أسحرَ	17	Pousser	دفَع ـَ	12
Partir en pèlerinage	حجَّ ـُ	10	Poussin	فَرْخ ج. فراخ	6
Pas	خُطوة ج. خطَوات	21	Préparer	أعَدَّ	8
Passager	مُجتاز	20	Préparer (se)	تأهّبَ	10
Passant	مُجتاز	17	Présenter	عرَض ـ	23
Pastèque	بطّيخ	14	Prestance	هيبة	6
Paume	كَفّ ج. كُفوف	23	Prétendre	ادّعى	15
Péché, faute	إثم ج. آثام	28	Prêter serment	حلَف ـ	28
Pêcheur	صيّاد	23	Prison	حبس ج. حُبوس	17
Perdre la face	[سوّدَ فلان وجهَه]	23	Prisonnier	أسير ج. أسرى	27
Perles	حبّ ج. حُبوب	15	Prix	ثمَن ج. أثمان	16
Perron	دكّة ج. دكَك	15	Profond	عميق ج. عماق	21
Peur	خَوْف	3	Prolonger (se)	طال	9
Pied	رجل ج. أرجُل	23	Prophète	نبيّ ج. أنبياءُ	24
Piège	مَكيدة	11	Protégé	حصين ج. حصان	8
Pierres	حجارة	21	Puce	بُرغوث ج. براغيثُ	27
Piqure	قرص	27	Pudique	ستير	12
Plafond	سقف ج. سُقوف	19	Puits	بئر ج. آبار	17
Plaindre (se)	شكا يشكو	8		**Q**	
Plaindre (se)	تظلّمَ	16	Qualifié	موصوف	15
Plaisanterie	مزح	22	Questionner	استنطقَ	6
Pleurer	بكى	10		**R**	
Plume	ريشة	19	Racine	عرق ج. عُروق	10
Poignarder	وجأ	25	Raconter	حدّثَ	1
Poison	سُمّ ج. سُموم	11	Raconter	روى	14

234

Raconter	أخبَرَ	16	Réponse	جَواب ج. أجوبَة	5
Radoter, délirer	هذى يهذي	19	Reprendre des couleurs		28
Raisonnement par analogie	قياس	6		[ظَهَر لونُ فلان]	
			Réprimander	زَبَرَ ـُ	8
Ramer	جدَّفَ	26	Responsabilité morale, fardeau	وِزر ج. أوزار	28
Rapidement	سريعًا	16			
Rappeler qqc à qq	[ذكَّرَ فلان فلانًا بـ]	15	Ressenti	أحسَّ	14
Rapporter	أحضرَ	10	Restituer	رَدَّ، أعاد	9
Rassasié	شبعان ج. شِباع	6	Retarder, retenir	عوَّقَ	18
Rassemblement, réunion	اجتِماع	24	Retrouver ses esprits	[رجَعت إليه نفسُه]	28
Rassembler (se)	اجتمعَ	15	Rêve, vision	منام	18
Réchauffer (se)	حمِيَ	25	Réveiller en sursaut (se)	انتبَهَ	18
Réclamer	طالبَ	9			
Recommencer	عاودَ	23	Réveiller le matin (se)	أصبحَ	12
Récompense	جائزة ج. جوائزُ	28	Révéler	أقرَّ	23
Récompenser	أثابَ	28	Revenir	عادَ يعود	8
Récupérer	استرجعَ	20	Revenir	وافى	9
Réduire en poudre	طحَن ـَ	25	Revenir	رجَع ـِ	14
Refuser	أبى	24	Ricinier	شجرة خروَع	10
Regarder	نظَر ـُ	2	Rire	ضحك ـَ	20
Région frontalière	الأطراف م. طرَف	11	Rive	شطّ ج. شواطئُ	18
Registre	قِرطاس ج. قراطيسُ	24	Roseau	قصَبة	15
Relayer (se)	تناوبَ	28	Rouler en boule	كوَّرَ	19
Rembarrer	انتهَرَ	8	Rue	طريق ج. طُرُقات	13
Remettre qqc à qq'l	سلَّمَ	15	Ruelle	زُقاق ج. أزِقّة	16
Remplacer	جعَل ... مكان ...	9	Ruse	حيلة ج. حِيَل	19
Rendez-vous	موعِد ج. مواعيدُ	8	Rusé	مُحتال	20
Rendre grâces	حمَد ـَ	21		**S**	
Rendre, restituer	رَدَّ	1	Sac	كيس ج. أكياس	9
Repentir (n.)	توبة	21	Sac	جِراب ج. جُرُب	23
Repentir (se)	تاب يتوب	19	Sac à grains (blé)	جُوالِق	25
Repentis (Les)	التوّابون	28	Sagacité	فِطنة ج. فطَن	10
Replis	أضعاف م. ضعف	24	Saillant	بارز	3
Répondre	أجابَ	9	Saillir, s'exorbiter	برَز ـُ	28

235

Sain et sauf	سالم	25	
Salut, sécurité, paix	سلامة	14	
Sanction	عُقوبَة	4	
Sanction	جزاء	15	
Sanction légale	حدّ ج. حُدود	18	
Sang	دم	26	
Satan	شيطان ج. شياطينُ	27	
Satisfaire (se) de	[قضى فلان حاجتَه]	24	
Savoir	دري	12	
Scandale	فضيحة ج. فضائحُ	12	
Scellé	مختوم	9	
Secourir	أعان	18	
Secret	سرّ ج. أسرار	27	
Selle	خُرج ج. أخراج	25	
Séparer	فرّق بين	17	
Serment	يمين ج. أيمان	28	
Sermonner	وعظ يعظ	19	
Servir	خدَم -ُ	16	
Serviteur	خادم ج. خدَم	18	
Seul	وحدَه	19	
Sifflement	صفير	28	
Siffler	صفَر -ِ	21	
Soigner	داوى	10	
Soins	علاج	28	
Soir	مساء	25	
Soldats	عسكَر	14	
Soleil	شمس ج. شُموس	19	
Sommeil	منام، نوم، نعَس	18	
Sommeil, assoupissement	وسَن	28 2	
Sortir	خرَج -ُ		
Souci	همّ ج. هُموم	13	
Sourcil	حاجب	28	
Souris	فأرة ج. فئْران	1	
Souvenir (se)	ذكَر -ُ	7	

Souvenir (se)	تذكّر	15	
Spectacle	منظر ج. مناظِرُ	28	
Subtilement	برفق	20	
Sucer	مصّ	27	
Suie	سُخام	2	
Suivre	تبع -َ	17	
Suivre	اتّبعَ	20	
Sultan	سُلطان ج. سلاطينُ	14	
Supposer	ظنّ	5	
Surveiller	ترصّدَ	17	
Sus-nommé	[المقدّم ذكره]	9	

T

Taire	كتَم -ُ	8	
Tanneur	دبّاغ	26	
Tapis	بساط ج. بُسط	28	
Tarder	احتبسَ	21	
Tas	كوم ج. أكوام	28	
Teint	مخضوب	23	
Témoin	شاهد ج. شُهود	9	
Tente	قُبّة ج. قباب	14	
Tente	خيمة ج. خيَم	14	
Terrasse	سطح ج. سُطوح	16	
Terre	أرض ج. أراض	10	
Tête	رأس ج. رُؤوس	21	
Tirer vers soi	جذَب -ِ	23	
Tissu	قُماش ج. أقمشة	19	
Tomber	وقع يقَع	1	
Tomber	سقَط -ُ	21	
Tomber	وقَع	23	
Torture	عَذاب	28	
Tour	صومَعة ج. صوامعُ	25	
Tourelle	قُبّة ج. قباب	13	
Trahir	خان	26	
Traîner dans son sang	[تشخّطَ فلان في دمه]	24	

236

Français	Arabe	#	Français	Arabe	#
Traitement	تعاهد	28	Vide	فارغ	23
Traître	خائن ج. خَوَنة	7	Vieillard	شيخ ج. شُيوخ	2
Tranchée, trou	زُبية ج. زُبى	21	Vieille	عجوز ج. عجائزُ	16
Transpirer	عرِق -	25	Vierge	بِكر ج. أبكار	13
Travail	شُغل ج. أشغال	20	Village	قرية ج. قُرى	25
Traverser	[مرَّ مُجتازًا]	13	Ville	مدينة ج. مُدُن	13
Tremblement	ارتعاد	19	Visage	وَجه ج. وُجوه	10
Trésor	خِزانة ج. خَزائنُ	4	Voir	رأى	4
Tripot	[دار القِمار] ج. [دور القِمار]	28	Voisin	جار ج. جيران	16
Trompé (se laisser)	اغترّ	9	Voisinage	جِوار	17
			Voix	صوت ج. أصوات	21
Tromper	خدَع -	24	Vol	سرِقة	1
Trou	حُفرة	12	Voler	سرَق -	1
Trou	نقب	13	Voler	سلَب -	18
Troublé	مُنزعج	18	Voleur	لصّ ج. لُصوص	1
Troubler (se)	انزعَج	1	Volontaire	مُتطوّع	20
Trouver	وجَد	3	Voyageur	مُسافِر	11
Tuer	قتَل -	5	Vue	بصَر	19
Tuer	أتلفَ	21			

U

Uriner	بال يبول	26
Utilité	فائدة ج. فوائدُ	15

V

Vacarme, bruit	ضجّة	24
Vaincre	قهَر -	5
Valoir	ساوى	15
Veine	عرق ج. عُروق	28
Vendre	باع	9
Vénérable	جليل ج. أجلاّءُ	17
Ventre	بطن ج. بُطون	28
Vérité	حقيقة	16
Vêtement	كِساء	20
Viande	لَحم	6
Vice	فساد	24
Vide	خالٍ ج. خوالٍ	16

Lexique
arabe - français
NB : le numéro correspond au *khabar*

17	Accuser	[ادّعى فلان كذا على فلان]			أ	
11	Fasciner	أدهشَ				
5	Autoriser	أذن ـَ	7	Manifester	أبانَ	
19	Tremblement	ارتعاد	24	Refuser	أبى	
19	Commettre	ارتكاب	20	Suivre	اتّبعَ	
13	Envoyer	أرسلَ	21	Tuer	أتلفَ	
10	Terre	أرض ج. أراضٍ	1	Accuser	اتّهمَ	
20	Nuire	أساءَ يُسيء	22	Four à brique	أتون ج. أتاتينُ	
22	Cacher (se)	استترَ	28	Récompenser	أثابَ	
20	Récupérer	استرجعَ	28	Péché, faute	إثم ج. آثام	
25	Abriter (s')	استظلَّ	9	Répondre	أجابَ	
25	Accueillir	استقبلَ	18	Oser	اجترأ	
6	Questionner	استنطقَ	24	Rassemblement, réunion	اجتماع	
8	Confier en dépôt	استودعَ	15	Rassembler (se)	اجتمعَ	
17	Partir à l'aube	أسحرَ	23	Brique	آجُرّ	
17	Confier (un secret)	أسرَّ	13	Aimer	أحَبَّ	
9	Destituer	أسقطَ	10	Avoir besoin de	احتاجَ	
27	Prisonnier	أسير ج. أسرى	21	Tarder	احتبسَ	
26	Languir (se) de	اشتاق إلى	7	Garder	احتفظَ	
13	Acheter	اشترى	15	Donner des marques de considération	احتفى بـ	
13	Faire sentir	أشمَّ				
12	Réveiller le matin (se)	أصبحَ	14	Ressenti	أحَسَّ	
3	Agiter (s')	اضطربَ	10	Rapporter	أحضرَ	
24	Replis	أضعاف م. ضعف	15	Frère	أخ ج. إخوة، إخوان	
11	Région frontalière	الأطراف م. طرَف	16	Raconter	أخبرَ	
19	Eteindre	أطفأ	15	Prétendre	ادّعى	

238

11	Isoler (s')	انفردَ	24	Libérer	أطلقَ
9	Dépenser	أنفقَ	17	Libéré (être)	أُطلقَ
1	Casser (se)	انكسرَ	18	Aider	أعانَ
14	Offrir	أهدى	18	Secourir	أعانَ
18	Parents	أهل	8	Préparer	أعدّ
18	Etre inspiré	أُوحيَ له	3	Donner	أعطى
15	Confier (un objet)	أودعَ	15	Informer	أعلمَ
10	Menacer	أوعدَ	9	Trompé (se laisser)	اغترّ
25	Allumer	أوقدَ	20	Fermer	أغلقَ
18	Arrêter	أوقفَ	15	Evanouir (s')	[أُغميَ على فلان]
			14	Enrichir	أغنى

ب

			16	Etre fier de	افتخرَ
17	Puits	بئر ج. آبار	7	Pardonner	أقالَ
13	Porte	باب ج. أبواب	23	Révéler	أقرّ
20	Hier	البارحة	2	Avouer	أقرّ
3	Saillant	بارز	6	Manger	أكلَ ـُ
18	Natte	باريّة ج. بوارٍ	4	Instrument	آلة
9	Vendre	باعَ يبيع	2	Contraindre	ألزمَ
26	Uriner	بال يبول	17	Honnêteté	أمانة
19	Encens	بَخور	12	Conformer (se) à	امتثلَ
21	Corps	بدَن ج. أبدان	11	Bagages	أمتعة
25	Froid	برد	6	Ordonner	أمرَ ـُ
28	Saillir, s'exorbiter	برزَ ـُ	8	Fiable	أمين ج. أُمَناءُ
27	Aphaniptère	بُرغوث ج. براغيثُ	8	Intendant	أمين ج. أُمَناءُ
27	Puce	بُرغوث ج. براغيثُ	18	Réveiller en sursaut (se)	انتبَهَ
20	Subtilement	برفق	23	Pâlir	[انتُقِعَ وجهُ فلان]
1	Innocent	بريء ج. أبرياءُ	8	Rembarrer	انتهرَ
20	Drapier	بزّاز	4	Glisser (se)	اندسّ
28	Tapis	بِساط ج. بُسط	1	Troubler (se)	انزعجَ
19	Vue	بصَر	12	Convocation	إنفاذ
14	Marchandise	بضاعة	16	Dépense	إنفاق

239

5	Etonner (s')	تعجَّبَ
28	Disperser (se)	تفرَّقَ
17	Inquiéter pour (s'), examiner	تفقَّد
28	Partager (se)	تقاسَمَ
13	Bafouiller	تلَجْلَجَ
18	Bafouiller	تلَعْثَمَ
17	Mourir	تلِف ـَ
18	Mourir	تلِف ـَ
10	Atermoyer	تلكَّأَ
28	Relayer (se)	تناوبَ
19	Ecarter (s') de	تنحَّى
28	Menacer	تهدَّدَ
28	Repentis (Les)	التوّابون
21	Comploter	تواطأَ
21	Repentir (n.)	توبة

<table>
<tr><th colspan="3">ث</th></tr>
</table>

1	Imperturbable (être)	ثَبَت ـُ
9	Fiable	ثِقَة ج. ثِقات
23	Alourdir (s')	ثقُل ـُ
26	Glace (pain de), glaçons	ثلج
25	Neige	ثلج ج. ثُلوج
16	Prix	ثمَن ج. أثْمان
6	Haillons	[ثَوب خَلِق]
18	Habits	ثِياب

<table>
<tr><th colspan="3">ج</th></tr>
</table>

28	Récompense	جائزة ج. جوائزُ
16	Voisin	جار ج. جيران
3	Esclave (f)	جارية ج. جَوارٍ
28	Assis	جالس
26	Avoir des relations sexuelles	جامَعَ

28	Ventre	بطن ج. بُطون
14	Pastèque	بطِّيخ
11	Mule	بَغْل ج. بِغال
13	Vierge	بِكر ج. أبْكار
10	Pleurer	بكى
25	Mouiller	بلَّ
24	Horreur	بليَّة ج. بلايا
1	Maison	بَيْت ج. بُيوت

<table>
<tr><th colspan="3">ت</th></tr>
</table>

19	Repentir (se)	تابَ يتوب
27	Couronne	تاج ج. تيجان
16	Commerçant	تاجر ج. تُجَّار
10	Préparer (se)	تأهَّبَ
17	Suivre	تبِع ـَ
13	Commerce	تجارة
1	Bouger	تحرَّكَ
15	Etre perplexe	تحيَّرَ
15	Souvenir (se)	تذكَّرَ
27	Etre éduqué	تربَّى
17	Surveiller	ترصَّدَ
10	Laisser	ترَك ـُ
13	Escalade	تسَلَّق
21	Ecouter	تسمَّعَ
24	Traîner dans son sang	[تشخّطَ فلان في دمه]
21	Demander l'aumône	تصدَّق
13	Parfumer (se)	تطيَّبَ
16	Plaindre (se)	تظلَّمَ
28	Traitement	تعاهَدَ
25	Fatiguer (se)	تعِب ـَ

240

15	Besoin	حاجة ج. حاجات، حوائجُ	11	Montagne	جَبَل ج. جبال
25	Chaud	حارّ	28	Front	جبين ج. أجبنة
17	Gardien	حارس ج. حُرّاس	22	Cadavre	جُثّة ج. جُثَث
15	Perles	حبّ ج. حُبوب	7	Nier	جَحَدَ ـَ
13	Emprisonner	حبَس ـِ	16	Grand-père	جدّ ج. أجداد، جُدود
17	Prison	حبس ج. حُبوس	28	Appliquer (s') avec ardeur	جدّ في...
20	Corde	حبل ج. حِبال	26	Ramer	جذَف
10	Partir en pèlerinage	حجّ ـُ	23	Tirer vers soi	جذَب ـِ
21	Pierres	حجارة	23	Sac	جِراب ج. جُرُب
26	Giron	حِجر ج. حُجور	17	Blessure	جراحة
18	Sanction légale	حدّ ج. حُدود	13	Déshabiller	جرّد
20	Jeunesse	حداثة	15	Sanction	جزاء
1	Raconter	حدّث	26	Etre effrayé	جزِع ـَ
13	Jeunette	حدَثة	27	Corps	جسَد ج. أجساد
19	Fer	حديد	28	Pont	جِسر ج. جُسور
23	Gage	حذر	9	Remplacer	جعل ... مكان ...
12	Interdire	حرّم	5	Fourreau	جَفن ج. جفون، أجفان
28	Fermeté	حزم	28	Couverture	جُلّ
20	Comptes	حساب	6	Asseoir (s'=)	جلَس ـِ
25	Forteresse, citadelle	حِصن ج. حُصون	17	Vénérable	جليل ج. أجلاءُ
8	Protégé	حصين ج. حِصان	19	Braise	جمر
6	Assister à	حضَر ـُ	19	Aile	جناح ج. أجنِحة
10	Creuser	حفَر ـُ	1	Coeur	جَنان (rare)
12	Trou	حُفرة	5	Réponse	جَواب ج. أجوِبة
16	Garder	حفظ ـَ	17	Voisinage	جوار
7	Droit (n. m.)	حقّ ج. حُقوق	25	Sac à grains (blé)	جُوالق
16	Vérité	حقيقة	26	Cantine	جُونة
28	Prêter serment	حلَف ـِ		ح	
19	Anneau	حلقة ج. حلَق	19	Mur	حائط ج. حيطان
11	Friandise	حلوى ج. حلوَيّات	28	Sourcil	حاجب ج. حُجّاب
18	Bijoux	حُليّ			

241

3	Peur	خوف		25	Ane	حمار ج. حَمير
15	Bien	خير		20	Porte-faix	حمّال
2	Fil	خيط ج. خُيوط		3	Porteur	حمّال
14	Tente	خيمة ج. خِيَم		21	Rendre grâces	حمَد َ
	د			8	Porter	حمَل ِ
25	Monture	دابّة ج. دوابّ		25	Bât	حمل ج. أحمال
28	Tripot	[دار القمار] ج. [دور القمار]		25	Chargement	حُمولة
3	Maison	دار ج. دور		25	Réchauffer (se)	حمِيَ
10	Soigner	داوى		23	Henné	حنّاء
26	Tanneur	دبّاغ		27	Gorge	حنجرة ج. حناجرُ
28	Anus	دُبُر ج. أدبار		19	Ruse	حيلة ج. حِيَل
6	Poulet	دَجاجة			**خ**	
12	Entrer	دخَل ُ		7	Traître	خائن ج. خَوَنة
28	Chemin	درب ج. دُروب		18	Serviteur	خادم ج. خَدَم
28	Nerf de boeuf	درّة		16	Vide	خالٍ ج. خوالٍ
19	Escalier	دَرَج		22	Insouciant	خالي القلب
12	Savoir	دري		26	Trahir	خان
8	Convoquer	دعا يدعو		19	Cacher	خبّأ
20	Livres de comptes	دفتَر ج. دفاتِرُ		24	Tromper	خدَع َ
12	Pousser	دفَع َ		16	Servir	خدَم ُ
8	Donner	دفَع َ		2	Sortir	خرَج ُ
21	Enterrer	دفَن ِ		25	Selle	خُرج ج. أخراج
10	Enfouir, enterrer	دفَن ِ		H4	Trésor	خزانة ج. خَزائنُ
16	Frapper (à la porte)	دقّ		21	Bois	خشَب
15	Echoppe	دُكّان ج. دَكاكينُ		7	Adversaire	خصم ج. خُصوم
15	Perron	دكّة ج. دِكك		21	Pas	خُطوة ج. خَطوات
26	Sang	دم		4	Battre	خفَق ِ
23	Monde	دُنيا		17	Agriffer	خمَش ِ
21	Couloir	دهليز ج. دَهاليزُ		22	Conjecturer	خمّنَ
25	Couvent	دير ج. أديرة		20	Crainte	خوف

242

	ز			ذ	
18	Ame	رُوح ج. أرواح	25	Egorger	ذَبَح -َ
14	Raconter	رَوَى يروي	26	Coudée	ذِراع ج. أذرُع
19	Plume	ريشة	7	Souvenir (se)	ذكَر ـُ
27	Ecume	زَبَد	15	Rappeler qqc à qq'l	[ذكّر فلان فلانًا بـ...]
8	Réprimander	زَبَر ـُ			
21	Tranchée, trou	زُبية ج. زُبى			
16	Ruelle	زُقاق ج. أزقّة		ر	
16	Impasse	[زُقاق لا ينفُذ]	13	Odeur	رائحة
5	Marier	زوّجَ	17	Couché (chien)	رابض
			21	Tête	رأس ج. رُؤوس
	س		12	Epier	راصدَ
6	Mendiant	سائل	25	Moine	راهب ج. رُهبان
17	Jambe	ساق يسوق	4	Voir	رأى
16	Habitant	ساكن ج. سُكّان	14	Revenir	رجَع -ِ
12	Interroger	سأل -َ	28	Retrouver ses esprits	[رجَعت إليه نفسُه]
25	Sain et sauf	سالم			
23	Négocier (achat)	ساومَ	23	Pied	رِجل ج. أرجُل
15	Valoir	ساوى	25	Paquetage	رحل
21	Cause	سَبَب ج. أسباب	1	Rendre, restituer	رَدّ
26	Fauve	سبع ج. سِباع	9	Restituer	رَدّ، أعاد
12	Pudique	ستير	19	Fermoir	رزّة
6	Magie	سِحر	20	Ballot	رِزمة ج. رِزَم
18	Aube	سَحَر	19	Messager	رسول ج. رُسُل
2	Suie	سُخام	21	Accepter	رضي
18	Bâillonner	[سدّ فلان فاهَ فلان]	6	Pain	رَغِيف ج. أرغفة
27	Secret	سِرّ ج. أسرار	15	Coup de pieds	رفسة
27	Lanterne, lampe	سِراج ج. سُرُج	21	Danser	رقَص ـُ
1	Voler	سَرَق ـِ	20	Déposer à terre, faire accoster	رقّى
1	Vol	سَرِقة			
27	Caleçon	سِروال ج. سَراويلُ	21	Fin (adj.)	رقيق ج. رِقاق

243

6	Rassasié	شَبْعان ج. شباع	18	Lit	سرير ج. أسِرّة
23	Filet	شبَكة ج. شِباك	16	Rapidement	سريعًا
15	Insulte	شتم	16	Terrasse	سطح ج. سُطوح
25	Insulter	شتَم ـُ	25	Courir	سعى
7	Arbre	شجَرة	18	Embarcation	سفينة ج. سُفُن
10	Ricinier	شجَرة خروَع	21	Tomber	سقَط ـُ
21	Blesser	شدَخ ـَ	19	Plafond	سقف ج. سُقوف
23	Malveillance	شرّ	16	Donner à boire	سقى يسقي
16	Achat	شراء	9	Légendes (monnaie)	سكّة ج. سكَك
1	Boire	شرِب ـَ	24	Apaiser	سكّنَ روع...
13	Police	شرطة	24	Couteau	سكّين ج. سَكاكين
18	Rive	شط ج. شواطِئُ	5	Brandir (épée)	سلّ
16	Echecs	شطرَنج	22	Escaliers	سلاليمُ م. سُلّم
25	Avoine	شعير	14	Salut, sécurité, paix	سلامة
20	Travail	شُغل ج. أشغال	18	Voler	سلَب ـُ
26	Guérir	شفى يشفي	14	Sultan	سُلطان ج. سلاطين
21	Douter	شكّ يشُكّ	15	Remettre qqc à qq'1	سلّمَ
8	Plaindre (se)	شكا يشكو	11	Poison	سُمّ ج. سُموم
19	Soleil	شمس ج. شُموس	16	Poisson	سمك
20	Bougie	شمعة ج. شُموع	26	Chat	سنَّوْر ج. سنانيرُ
18	Etre témoin de	شهِد ـَ	2	Noircir	سوَّد
16	Mois	شهر ج. أشهُر، شهور	23	Perdre la face	[سوَّد فلان وجهَه]
16	Arête	شوك	6	Fouet	سَوط ج. سِياط
2	Maître	شيخ ج. شُيوخ	19	Grille	سِياج
2	Vieillard	شيخ ج. شُيوخ	5	Epée	سيف ج. سُيوف
27	Satan	شيطان ج. شياطينُ			

		ش
12	Jeune homme	شابّ ج. شُبّان
11	Ardu	شاقّ
11	Escarpé	شاقّ
9	Témoin	شاهد ج. شُهود

		ص
23	Hurler	صاح يصيح
18	Crier	صاح يصيح
23	Fabricant	صانع ج. صُنّاع

244

15	Coups	ضرب	22	Ouvrier	صانع ج. صُنّاع
2	Frapper	ضرَبَ ـ	15	Matin	صُبح
14	Couper la tête	[ضرَب ـ فلان رقبة فلان]	16	Garçonnet	صبيّ ج. صِبية
19	Faiblir	ضعُفَ ـُ	28	Guérir, recouvrer la santé	صحّ
22	Double, multiple	ضعف ج. أضعاف	10	Désert	صحراء ج. صحارٍ
16	Chétive	ضعيفة ج. ضِعاف	18	Avant (n. m.)	صدر ج. صُدور
21	Garantir	ضمِن ـَ	3	Dire la vérité	صدقَ ـُ

ط

9	Prolonger (se)	طال يطول	21	Aumône	صدَقة
9	Réclamer	طالبَ	24	Crier	صرَخ ـُ
10	Médecin	طبيب ج. أطِبّاء	24	Cri	صرخة
25	Réduire en poudre	طحَن ـَ	23	Congédier	صرَف ـ
20	Déposer à terre, faire accoster	طرَح ـَ	11	Grimper	صعِد ـَ
	Chasser, éloigner	طرَد ـُ	21	Grimper	صُعود
13	Rue	طريق ج. طُرُقات	21	Siffler	صفَر ـ
6	Nourriture	طَعام ج. أطْعِمة	21	Applaudir	صفّقَ
13	Divorcer	طلّق	28	Sifflement	صفير
12	Ensevelir	طمّ	15	Crucifier	صلَب ـ
11	Parfum	طيب ج. طُيوب	3	Caisse	صُندوق ج. صَناديقُ
22	Argile	طِين	3	Coffre	صُندوق ج. صَناديقُ

ظ

			21	Voix	صوت ج. أصوات
23	Inique	ظالم	25	Ermitage	صومَعة ج. صوامعُ
27	Biche	ظبي ج. ظِباء	25	Tour	صومَعة ج. صوامعُ
26	Outre	ظرف ج. ظُروف	23	Pêcheur	صيّاد
11	Emballage	ظَرف ج. ظُروف	19	Jeûne	صِيام
22	Gagner	ظفِرَ ـَ	18	Cri	صيحة
2	Obscurité	ظُلمة	14	Chasse	صيد
5	Supposer	ظنّ	19	Changeur	صيرَفيّ ج. صيارِفة
4	Dos	ظهر			

ض

			24	Vacarme, bruit	ضجّة
			20	Rire	ضحِك ـَ

245

4	Sanction	عُقُوبة	28	Reprendre des couleurs	[ظهَر لونُ فلان]

4	Sanction	عُقُوبة
28	Soins	علاج
17	Agriper	علِق ـَ بـ
1	Délibérément	عمدًا
21	Profond	عميق ج. عِماق
3	Cou	عُنُق ج. أَعْناق
26	Contrat, promesse	عهد ج. عُهود
26	Luth	عود ج. عيدان
27	Parties intimes	عورة
18	Retarder, retenir	عوَّقَ
17	Aboyer	عوى
25	Or	عين

غ

23	Absenter (s')	غاب يغيب
3	Enfoncer (s')	غاص يغوص
28	Mettre en colère	غاظ يغيظ
25	Lendemain	الغداة
20	Chambre	غُرفة ج. غُرَف
18	Noyer	غرَّقَ
13	Etrange	غريب
28	Etranger	غريب ج. غُرباءُ
27	Novice	غرير
5	Forcer	غصَب ـ
27	Bouillir	غلا
4	Ephèbe	غُلام ج. غِلْمان
4	Esclave (m)	غُلام ج. غِلْمان
23	Chant	غِناء
25	Butin	غنيمة ج. غنائمُ
10	Mystères du monde invisible	الغيب

28	Reprendre des couleurs	[ظهَر لونُ فلان]

ع

8	Revenir	عاد يعود
11	Dénudé	عارٍ ج. عُراة
	Conséquences	عاقبة ج. عواقبُ
23	Recommencer	عاودَ
17	Occuper de (s')	عبِءَ بـ
21	Palier	عتَبة
17	Etonner (s')	عجِب ـَ
16	Vieille	عجوز ج. عجائزُ
25	Courir	عدا يعدو
17	Conflit	عداوة
7	Ennemi	عَدُوّ ج. أَعْداء
28	Torture	عَذاب
15	Exposer	عرَض ـ
23	Présenter	عرَض ـ
25	Transpirer	عرِق ـَ
28	Veine	عرِق ج. عُروق
10	Racine	عرِق ج. عُروق
14	Soldats	عسكَر
27	Difficile	عسير
23	Etre épris de	عشِق ـَ
3	Bâton	عَصا
28	Chairs	عضَل
23	Membre	عُضو ج. أعضاء
15	Apothicaire	عطّار
15	Imposant	عظيم ج. عِظام
27	Diable	عفريت ج. عفاريتُ
15	Collier	عِقد ج. عُقود

246

14	Tente	قُبّة ج. قِباب
17	Emparer de (s')	قبض ـ على
19	Arrêter qq'1	قبض ـ على
24	Accepter	قُبول
23	Laid	قبيح
5	Tuer	قَتَل ـُ
16	Estimer, évaluer	قدّر
27	Destin	قَدَر ج. أقدار
5	Approcher	قرّب
27	Piqure	قرص
24	Registre	قِرطاس ج. قَراطيسُ
25	Village	قرية ج. قُرى
15	Roseau	قَصَبة
10	Histoire	قِصّة ج. قِصَص
24	Satisfaire (se) de	[قضى فلان حاجتَه]
3	Découper	قطّع
6	Morceau	قِطعة ج. قِطَع
28	Nuque	قفا
19	Cadenas	قُفل ج. أقفال
1	Coeur	قلب ج. قُلوب
19	Tissu	قُماش ج. أقمشة
23	Lune	قمر ج. أقمار
5	Vaincre	قَهَر ـَ
6	Courage	[قُوّة جَأش]
6	Détermination	[قُوّة جَأش]
6	Fermeté	[قُوّة جَأش]
1	Fort	قَويّ
6	Raisonnement par analogie	قِياس

23	Faire disparaître	غيّب
9	Absence	غَيبة

	ف	
1	Coeur	فُؤاد ح أفْئِدَة
15	Utilité	فائدة ج. فوائدُ
11	Luxueux	فاخرَ
1	Souris	فأرة ج. فِئْران
23	Vide	فارغ
19	Débauché	فاسق ج. فُسّاق
26	Fruits	فاكهة ج. فواكهُ
9	Découdre	فتَق ـُ
26	Aube	فجر
6	Poussin	فرخ ج. فِراخ
25	Parasange	فرسَخ ج. فراسخُ
27	Occasion	فُرصة ج. فُرَص
23	Disperser	فرّق
17	Séparer	فرّق بين
19	Frayeur	فزَع ـَ
24	Vice	فساد
18	Diffuser (se)	فشا
12	Scandale	فضيحة ج. فضائحُ
10	Sagacité	فِطنة ج. فِطَن
27	Bouche	فم ج. أفواه

	ق	
17	Assassin	قاتل ج. قَتَلة
13	Flacon	قارورة ج. قواريرُ
8	Juge	قاضٍ ج. قُضاة
11	Caravane	قافلة ج. قَوافلُ
15	Lever (se)	قامَ يقوم
13	Tourelle	قُبّة ج. قِباب

247

20	Déguisé	مُتَزَّي بـ	
20	Volontaire	مُتطوِّع	

		ك	
20	Aviné	مُتنبِّذ	20 Epaule كتِف ج. أكتاف
6	Jardin	مُتنزَّه	8 Taire كَتَم ـُ
2	Accusé	مُتّهَم	11 Kurde كُرديّ ج. أكراد
11	Famine	مجاعة	20 Vêtement كساء
12	Avoisinant	مُجاوِر	28 Habillement كَسوة
20	Passager	مُجتاز	26 Découvrir كشَف ـ
17	Passant	مُجتاز	28 Articulation كِعاب
20	Rusé	مُحتال	23 Paume كفّ ج. كُفوف
24	Illicite	مُحرّم	17 Chien كلب ج. كِلاب
18	Avoir pour charge	مُختَصّ	2 Manche كُمّ ج. أكمام
9	Scellé	مختوم	19 Rouler en boule كوّرَ
23	Teint	مخضوب	28 Tas كوم ج. أكوام
13	Ville	مدينة ج. مُدُن	9 Sac كيس ج. أكياس
13	Traverser	[مرَّ فلان مُجتازاً]	**ل**
28	Emplâtres	مَراهم م. مرهَم	25 Habiller (s') لبِس ـَ
28	Pommades	مَراهم م. مرهَم	6 Viande لَحم
22	Marche d'	مِرقاة	18 Barbe لِحية ج. لحى
22	Plaisanterie	مزح	27 Langue لِسان ج. ألسنة
25	Soir	مساء	1 Voleur لِصّ ج. لُصوص
11	Voyageur	مُسافِر	10 Frapper لطَم ـ
12	Estimable	مُستحسَن	16 Jouer لعِب ـَ
21	Commodités, latrines	مُستَراح	21 Maudire لعَن ـَ
12	Mosquée	مسجِد ج. مساجِدُ	2 Enrouler لَفّ
13	Agé	مُسِنّ	28 Distractions, loisirs لهُو
2	Noirci(e)	مُسْوَدّ (ة)	**م**
26	Location au mois	مُشاهَرة	12 Muezzin مُؤذِّن
14	Acheteur	مشترٍ	1 Eau ماء ج. مِياه
18	Embarcadère	مَشرعة	17 Funérailles مأتم
17	Marcher	مشى	

28	Responsabilité morale, fardeau	وِزر	11	Mourir	هلَك ـ
28	Sommeil, assoupissement	وسَن	13	Souci	همّ ج. هُموم
4	Poser	وضَع	13	Effrayer	هوّل
19	Sermonner	وعظ يعِظ	6	Prestance	هيبة
23	Tomber	وقَع	6	Autorité	هيبة

و

1	Tomber	وقَع
21	Chute	وقَع يقَع
13	Enfant	ولَد ج. أولاد
20	Offrir	وهب يهِب

9	Revenir	وافٍ
2	Gouverneur	والي ج. وُلاة
28	Liens, entraves	وِثاق
25	Poignarder	وجَأ
3	Trouver	وجَد يجِد
10	Visage	وجه ج. وُجوه
19	Seul	وحدَهُ
23	Faire ses adieux	ودّع
25	Papier	ورَق ج. أوراق
28	Enfler	ورِم

ي

27	Facile, aisé	يسير
28	Serment	يمين ج. أيمان

CODE DE LECTURE DES INDEX

Ces deux index sont classés selon l'ordre alphabétique des termes tels qu'ils apparaissent dans les récits. La voyelle finale (*a*) des verbes de formes dérivées à l'accompli est marquée pour vous aider à les reconnaître. Pour la forme I, sont données les voyelles de R2 à l'accompli et à l'incaccompli. De même, les pluriels internes sont mentionnés et les diptotes signalés par la voyelle (*u*) finale. Les autres éléments seront lus conformément aux indications données dans la partie introductive.

Les Mille et Une Nuits

ألف ليلة وليلة (ثلاث حكايات)

BILINGUE

Nouvelles arabes du Proche-Orient

قصص عربية قصيرة
من المشرق

LANGUES POUR TOUS

Nouvelles arabes du Maghreb

قصص قصيرة من المغرب

Imprimé en France par

BUSSIÈRE

à Saint-Amand-Montrond (Cher)
en janvier 2013

POCKET – 12, avenue d'Italie – 75627 Paris Cedex 13

N° d'impression : 124962
Dépôt légal : mai 2008
Suite du premier tirage : janvier 2013
S17372/03